TRANZLATY

La Langue est pour tout le Monde
ภาษาเป็นสิ่งที่ทุกคนต้องการ

La Métamorphose

กลาย

Franz Kafka
ฟรานซ์ คาฟกา

Français
ไทย

www.tranzlaty.com

Première partie
ตอนที่หนึ่ง

Gregor Samsa se réveilla un matin après des rêves agités.
เช้าวันหนึ่ง เกรกอร์ ซัมซา ตื่นขึ้นมาจากการฝันร้าย

Il se retrouva dans son lit, incapable de bouger.
เขาพบว่าตัวเองอยู่บนเตียง แต่ขยับตัวไม่ได้

Il avait été transformé en un monstre vermineux.
เขาได้กลายร่างเป็นสัตว์ร้ายที่น่าเกลียดน่ากลัว

Il était allongé sur le dos, une carapace dure comme une armure.
เขานอนหงายอยู่บนพื้น ซึ่งแข็งเหมือนเกราะ

En relevant légèrement la tête, il pouvait voir son ventre.
เมื่อเขาเงยหน้าขึ้นเล็กน้อย เขาก็สามารถมองเห็นท้องของตัวเองได้

Mais son ventre était bombé et divisé en segments.
แต่ท้องของมันโป่งออกและแบ่งออกเป็นปล้องๆ

La couverture reposait sur son ventre arrondi.
ผ้าห่มวางอยู่บนท้องกลมๆ ของเขา

Mais la couverture était sur le point de glisser complètement.
แต่ผ้าห่มเกือบจะเลื่อนลงมาหมดแล้ว

Ses jambes étaient pitoyables comparées à leur taille habituelle.
ขาของเขาดูเล็กจิ๋วเมื่อเทียบกับขนาดปกติ

Et ses nombreuses pattes s'agitaient impuissantes devant ses yeux.
และขามากมายของเขาก็สั่นไหวอย่างช่วยไม่ได้ต่อหน้าต่อตาเขา

« Que m'est-il arrivé ? » se demanda-t-il.
"เกิดอะไรขึ้นกับฉันกันแน่?" เขาคิดในใจ

Mais ce n'était pas un rêve dont il ne pouvait se réveiller.
แต่มันไม่ใช่ความฝันที่เขาตื่นไม่ได้

Il se trouvait bel et bien dans sa propre chambre.
ที่จริงแล้วเขาพบว่าตัวเองอยู่ในห้องของตัวเอง

Une vraie chambre pour des humains, mais un peu trop petite.
เป็นห้องที่เหมาะสำหรับมนุษย์ แต่เล็กไปหน่อย

Il gisait tranquillement entre les quatre murs bien connus.
เขานอนนิ่งอยู่ระหว่างกำแพงทั้งสี่ที่คุ้นเคยกันดี

Sur la table se trouvait une collection d'échantillons de textiles.
บนโต๊ะมีตัวอย่างผ้าหลายชนิดวางอยู่

Samsa était un vendeur ambulant, d'où les échantillons.
ซัมซาเป็นเซลส์แมนเดินทาง จึงมีสินค้าตัวอย่างติดมือไปด้วย

Au-dessus des échantillons de textile désassemblés se trouvait une image.
เหนือตัวอย่างสิ่งทอที่ถูกแยกชิ้นส่วนนั้น มีรูปภาพอยู่ภาพหนึ่ง

Il avait récemment découpé la photo dans un magazine.
เขาเพิ่งตัดรูปนั้นออกมาจากนิตยสาร

Il avait placé le tableau dans un joli cadre doré.
เขาได้ใส่ภาพนั้นไว้ในกรอบสีทองสวยงาม

Le tableau encadré représentait une dame assise bien droite.
ภาพที่ใส่กรอบนั้นแสดงให้เห็นหญิงสาวนั่งตัวตรง

Elle portait un chapeau de fourrure et un manchon de fourrure.
เธอสวมหมวกขนสัตว์และมีที่ปิดมือทำจากขนสัตว์ด้วย

Elle levait la main en direction du spectateur.
เธอกำลังยกมือขึ้นไปทางผู้ชมภาพ

Son avant-bras entier disparaissait dans son épais manchon de fourrure.
แขนท่อนล่างของเธอหายเข้าไปในถุงมือขนสัตว์หนาๆ นั้นจนหมด

Gregor regarda par la fenêtre le temps maussade.
เกรเกอร์มองออกไปนอกหน้าต่าง เห็นสภาพอากาศมืดครึ้ม

On pouvait entendre les grosses gouttes de pluie frapper la fenêtre.
ได้ยินเสียงฝนตกหนักกระทบหน้าต่าง

Le temps gris le rendait très mélancolique.
อากาศที่มืดครึ้มทำให้เขารู้สึกหดหู่ใจมาก

« Et si je dormais un peu plus longtemps ? » pensa-t-il.
"ฉันนอนต่ออีกหน่อยดีไหมนะ?" เขาคิด

« Dormir davantage m'aiderait peut-être à oublier ces bêtises. »
"การนอนหลับให้มากขึ้นอาจช่วยให้ฉันลืมเรื่องไร้สาระพวกนี้ได้"

Mais dormir plus longtemps était totalement impossible.
แต่การนอนหลับต่อเป็นไปไม่ได้อย่างสิ้นเชิง

Parce qu'il avait l'habitude de dormir sur le côté droit.
เพราะเขาเคยชินกับการนอนตะแคงข้างขวา

Mais son état actuel l'empêchait d'effectuer ses mouvements habituels.
แต่สภาพร่างกายในขณะนั้นทำให้เขาไม่สามารถเคลื่อนไหวได้ตามปกติ

Il n'avait aucun moyen de se retrouver dans cette situation.
เขาไม่มีทางทำให้ตัวเองตกอยู่ในสถานการณ์เช่นนี้ได้เลย

Il fit de son mieux pour se jeter sur son côté droit.
เขาพยายามอย่างสุดกำลังที่จะพลิกตัวไปทางด้านขวา

Il a probablement tenté ce mouvement une centaine de fois.
เขาอาจลองทำท่านี้มาแล้วเป็นร้อยครั้ง

Mais il revenait toujours en position couchée sur le dos.
แต่เขาก็มักจะเอนตัวกลับไปนอนหงายเสมอ

Il ferma les yeux pour ne pas voir ses jambes qui s'agitaient.
เขาหลับตาลงเพื่อไม่ให้เห็นขาที่ขยับไปมาของตัวเอง

Finalement, la douleur l'a empêché de réessayer.
สุดท้ายแล้ว ความเจ็บปวดทำให้เขาไม่กล้าลองอีกครั้ง

Une douleur sourde au flanc qu'il n'avait jamais ressentie auparavant.
อาการปวดตื้อๆ บริเวณสีข้างที่เขาไม่เคยรู้สึกมาก่อน

« Oh mon Dieu », pensa désespérément Gregor Samsa.
"โอ้ พระเจ้า" เกรกอร์ ซัมซาคิดในใจอย่างสิ้นหวัง

« Quel métier pénible j'ai choisi ! »
"ฉันเลือกอาชีพที่หนักหน่วงเหลือเกิน!"

« Je dois voyager tous les jours pour le travail. »
"ทุกวัน ฉันต้องเดินทางไปทำงาน"

« Le travail de bureau est beaucoup plus facile que le travail
sur la route. »
"งานในสำนักงานง่ายกว่างานนอกสถานที่เยอะ"

« Et j'ai la malédiction de devoir voyager constamment. »
"และฉันก็โชคร้ายที่ต้องเดินทางไปมาอยู่ตลอด"

« Toutes ces inquiétudes liées au fait d'être à l'heure pour les
trains. »
"ความกังวลทั้งหมดเกี่ยวกับการไปขึ้นรถไฟให้ทันเวลา"

« Mes horaires de repas sont irréguliers et la nourriture est
mauvaise. »
"เวลาทานอาหารของฉันไม่แน่นอน และอาหารก็ไม่อร่อย"

« Mes amis changent constamment de ville. »
"เพื่อนของฉันมักย้ายไปมาตามเมืองต่างๆ"

« Mes interactions sont froides et professionnelles. »
"การติดต่อสื่อสารของฉันเป็นไปอย่างเย็นชาและเป็นทางการ"

«Que le diable s'amuse avec ce genre de travail !»
"ปล่อยให้ปีศาจสนุกกับงานแบบนี้ไปเถอะ!"

Il ressentit une légère démangeaison en haut de l'estomac.
เขารู้สึกคันเล็กน้อยบริเวณส่วนบนของท้อง

Il s'appuya contre le montant du lit, le dos contre le sol.
เขาเอนหลังพิงเสาเตียง

Il voulait pouvoir mieux lever la tête.
เขาอยากจะสามารถเงยหน้าได้ดีขึ้นกว่าเดิม

Il a trouvé l'endroit qui le démangeait.
เขาพบจุดที่คันและรบกวนเขาอยู่

Sa tête semblait recouverte de petits points blancs.
ดูเหมือนว่าศีรษะของเขาจะถูกปกคลุมไปด้วยจุดสีขาวเล็กๆ

Il ne pouvait pas dire ce que représentaient ces petits points
blancs.
เขาไม่สามารถบอกได้ว่าจุดสีขาวเล็กๆ เหล่านั้นคืออะไร

Il avait prévu de toucher l'endroit avec une de ses jambes.
เขาตั้งใจจะใช้ขาข้างหนึ่งแตะลงบนจุดนั้น

Mais lorsqu'il toucha l'endroit, il ressentit un étrange
frisson.

แต่เมื่อเขาสัมผัสจุดนั้น เขาก็รู้สึกถึงความเย็นยะเยือกแปลกๆ

Il a donc immédiatement retiré sa jambe.
เขาจึงรีบดึงขาออกจากจุดนั้นทันที

Il n'avait d'autre choix que d'accepter cette sensation de démangeaison.
เขาไม่มีทางเลือกอื่นนอกจากต้องยอมรับความรู้สึกคันนั้น

Et il reprit sa position initiale dans le lit.
แล้วเขาก็กลับไปนอนในท่าเดิมบนเตียง

«Se réveiller si tôt rend vraiment stupide.»
"การตื่นนอนแต่เช้าตรู่ทำให้คนเราโง่ได้จริงๆ"

« Un homme doit dormir suffisamment », pensa-t-il.
"คนเราต้องนอนหลับให้เพียงพอ" เขาคิดในใจ

« Les autres représentants de commerce mènent une vie de luxe. »
"พนักงานขายเดินทางคนอื่นๆ ใช้ชีวิตอย่างหรูหรา"

« Le matin, je transfère les ordres que j'ai reçus. »
"ตอนเช้าฉันจะโอนเงินตามคำสั่งซื้อที่ได้รับ"

« Pendant ce temps, ces messieurs prennent encore leur petit-déjeuner. »
"ขณะเดียวกัน สุภาพบุรุษเหล่านั้นก็ยังคงรับประทานอาหารเช้าอยู่"

« Imaginez un peu si j'essayais de faire ça avec mon patron. »
"ลองนึกภาพดูสิว่าถ้าฉันลองทำแบบนั้นกับเจ้านายของฉันจะเป็นยังไง"

«Il me licenciait avant même que j'aie fini mon petit-déjeuner.»
"เขาคงไล่ฉันออกก่อนที่ฉันจะกินอาหารเช้าเสร็จด้วยซ้ำ"

« Mais ce ne serait peut-être pas le pire non plus. »
"แต่บางทีนั่นอาจจะไม่ใช่เรื่องที่แย่ที่สุดก็ได้"

«Le problème, c'est que mes parents me freinent.»
"ปัญหาคือพ่อแม่ของฉันกำลังขัดขวางฉันอยู่"

« Sans eux, j'aurais déjà démissionné. »
"ถ้าไม่ใช่เพราะพวกเขา ฉันคงลาออกไปแล้ว"

« J'aurais tenu tête au patron et je lui aurais dit. »
"ฉันน่าจะลุกขึ้นต่อว่าเจ้านายและบอกเขาไปตรงๆ"

« Je dirais exactement ce que je pense de lui et de son travail. »
"ฉันจะพูดตรงๆ ว่าฉันคิดอย่างไรกับเขาและงานนั้น"

« Il tomberait de son bureau si je lui racontais tout ! »
"ถ้าฉันเล่าทุกอย่างให้เขาฟัง เขาคงตกโต๊ะแน่!"

« Sa façon de s'asseoir à son bureau est très étrange. »
"ท่าทางการนั่งบนโต๊ะทำงานของเขานั้นแปลกมาก"

« Sa façon de parler à ses subordonnés n'est pas correcte. »
"วิธีการที่เขาพูดกับลูกน้องนั้นไม่เหมาะสม"

« Et le pire, c'est que son ouïe est très mauvaise. »
"และที่แย่ที่สุดคือเขามีปัญหาเรื่องการได้ยินอย่างมาก"

«Vous n'avez donc pas d'autre choix que de vous asseoir très près de lui.»
"ดังนั้นคุณจึงไม่มีทางเลือกอื่นนอกจากต้องนั่งใกล้เขามาก ๆ"

« Cela dit, l'espoir n'est pas encore totalement perdu. »
"แต่ถึงกระนั้น ความหวังก็ยังไม่หมดไปเสียทีเดียว"

« Je vais économiser cet argent pour rembourser les dettes de mes parents. »
"ฉันจะเก็บเงินไว้เพื่อชำระหนี้ของพ่อแม่"

« Je ne peux rien faire tant qu'ils lui doivent de l'argent. »
"ฉันทำอะไรไม่ได้เลยตราบใดที่พวกเขายังติดหนี้เขาอยู่"

« Mais une fois la dette remboursée, je le ferai sans aucun doute. »
"แต่เมื่อชำระหนี้หมดแล้ว ฉันจะทำอย่างแน่นอน"

« Cela prendra probablement encore cinq à six ans. »
"น่าจะใช้เวลาอีกประมาณห้าถึงหกปี"

« Oui, alors la grande séparation aura certainement lieu. »
"ใช่แล้ว การแยกทางครั้งใหญ่จะต้องเกิดขึ้นอย่างแน่นอน"

« Pour le moment, je dois me lever. »
"อย่างไรก็ตาม ตอนนี้ฉันต้องลุกจากเตียงแล้ว"

« Parce que mon train part à cinq heures. »
"เพราะรถไฟของฉันจะออกเวลาห้าโมงเย็น"

Gregor regarda le réveil qui tic-tac sur la table.
เกรเกอร์มองนาฬิกาปลุกที่วางอยู่บนโต๊ะซึ่งกำลังส่งเสียงติ๊กต๊อกอยู่

« Père céleste ! » pensa-t-il en regardant l'heure.
"พระเจ้าผู้ทรงสถิตในสวรรค์!" เขาคิดในใจขณะดูเวลา

Six heures et demie étaient déjà passées sans qu'on s'en aperçoive.
เวลาหกโมงครึ่งผ่านไปอย่างเงียบเชียบแล้ว

Et les aiguilles de l'horloge continuaient d'avancer d'elles-mêmes.
และเข็มนาฬิกาก็ยังคงเคลื่อนไปข้างหน้าเรื่อยๆ

Et il était presque sept heures quarante-cinq.
และตอนนี้เวลาก็ใกล้จะถึงเจ็ดโมงสี่สิบห้าแล้ว

« Peut-être que le réveil n'a pas sonné ? » pensa-t-il.
"บางทีนาฬิกาปลุกอาจจะยังไม่ดังเพื่อปลุกฉันก็ได้" เขาคิด

Depuis son lit, Gregor inspecta le réveil.
จากบนเตียง เกรเกอร์เหลือบมองนาฬิกาปลุก

Le réveil était correctement réglé sur quatre heures.
นาฬิกาปลุกถูกตั้งเวลาไว้ถูกต้องที่เวลาสี่โมงเย็น

Il ne pouvait pas l'expliquer, mais l'alarme avait dû sonner.
เขาอธิบายไม่ได้ แต่สัญญาณเตือนภัยคงดังขึ้นแน่ๆ

« Comment ai-je pu dormir sans m'en rendre compte après avoir entendu le réveil ? »
"ฉันนอนหลับเลยเวลาปลุกไปได้ยังไงโดยไม่รู้ตัว?"

Quand elle sonne, l'alarme fait même trembler les meubles.
เมื่อสัญญาณเตือนภัยดังขึ้น เฟอร์นิเจอร์ก็จะสั่นสะเทือนด้วย

Il savait que son sommeil n'avait pas été du tout paisible.
เขารู้ว่าการนอนหลับของเขาไม่ได้สงบสุขเลยแม้แต่น้อย

Mais c'est peut-être pour cela que son sommeil était beaucoup plus profond.
แต่บางทีนั้นอาจเป็นเหตุผลที่ทำให้เขาหลับสนิทมากขึ้น

Il devait réfléchir à ce qu'il devait faire maintenant.
เขาต้องคิดว่าจะทำอย่างไรต่อไปดี

Le train suivant ne partait qu'à sept heures.
รถไฟขบวนถัดไปจะออกเวลาเจ็ดโมงเย็น

Prendre ce train serait quasiment impossible.
การขึ้นรถไฟขบวนนั้นแทบจะเป็นไปไม่ได้เลย

Et il n'avait pas encore emporté les textiles dont il avait besoin.
และเขายังไม่ได้จัดเตรียมสิ่งทอที่จำเป็นเลย

Il ne se sentait pas particulièrement frais et agile non plus.
เขาเองก็รู้สึกไม่ค่อยสดชื่นและคล่องแคล่วเท่าไหร่เช่นกัน

Il y avait peut-être une chance de monter dans le train.
บางทีอาจมีโอกาสที่จะได้ขึ้นรถไฟก็ได้

Mais une réprimande du patron était inévitable de toute façon.
แต่ไม่ว่าอย่างไรเจ้านายก็คงต้องตำหนิอยู่ดี

Le commis aurait pris le train de cinq heures.
พนักงานคนนั้นคงขึ้นรถไฟเที่ยวห้าโมงเย็นไปแล้ว

Le commis de bureau était une créature sans envergure, à la solde du patron.
พนักงานธุรการคนนั้นเป็นคนไร้กระดูกสันหลัง
เป็นลูกน้องของเจ้านาย

L'absence de Gregor aurait donc déjà été signalée.
ดังนั้น การหายตัวไปของเกรเกอร์จึงน่าจะถูกรายงานไปแล้ว

« Et si je me faisais porter malade ? » se demandait Gregor.
"ถ้าฉันโทรไปลาป่วยล่ะ?" เกรเกอร์กำลังครุ่นคิด

Mais ce serait extrêmement embarrassant et suspect.
แต่การทำเช่นนั้นจะเป็นเรื่องน่าอับอายและน่าสงสัยอย่างยิ่ง

Gregor n'avait jamais été malade pendant la période où il avait travaillé là-bas.
ตลอดเวลาที่ทำงานอยู่ที่นั่น เกรเกอร์ไม่เคยป่วยเลยสักครั้ง

Et il leur avait déjà consacré cinq années de service.
และเขาก็ได้ให้กำเนิดพวกเขามาแล้วห้าปี

Il y avait de fortes chances que le patron vienne prendre de ses nouvelles.
มีโอกาสสูงที่เจ้านายจะเข้ามาตรวจสอบเขา

Il amènerait probablement le médecin de l'assurance maladie.
เขาอาจจะพาแพทย์ที่ดูแลเรื่องประกันสุขภาพมาด้วย

Et il blâmait les parents pour la paresse de leur fils.

และเขาจะตำหนิพ่อแม่ที่ปล่อยให้ลูกชายขี้เกียจ

Ils ne pourraient formuler aucune objection à son égard.
พวกเขาจะไม่สามารถคัดค้านเขาได้

Car pour lui, il n'y avait que deux sortes de travailleurs.
เพราะสำหรับเขาแล้ว คนงานมีอยู่เพียงสองประเภทเท่านั้น

Soit les ouvriers étaient en parfaite santé, soit ils rechignaient à travailler.
คนงานเหล่านั้นมีสุขภาพแข็งแรงสมบูรณ์
หรือไม่ก็เกียจคร้านไม่ยอมทำงาน

Et aurait-il même tort dans cette analyse de base ?
แล้วเขาจะผิดพลาดในการวิเคราะห์พื้นฐานนั้นหรือเปล่า?

Assurément, dans ce cas précis, son argument était solide.
แน่นอนว่าในกรณีนี้ เขามีเหตุผลที่แข็งแกร่ง

Malgré son apparence, Gregor se sentait en réalité plutôt bien.
ถึงแม้ภายนอกจะดูไม่เป็นเช่นนั้น แต่จริงๆ
แล้วเกรเกอร์รู้สึกสบายดีทีเดียว

Ce long sommeil inutile l'avait rendu un peu somnolent.
การนอนหลับนานเกินไปโดยไม่จำเป็นทำให้เขาง่วงเล็กน้อย

Mais à part ça, il ne pouvait pas se plaindre de maladie.
แต่โดยรวมแล้วเขาไม่มีอะไรต้องกังวลเรื่องสุขภาพเลย

Il ressentait même une faim particulièrement forte et saine.
เขารู้สึกหิวอย่างรุนแรงและมีสุขภาพดีเป็นพิเศษด้วยซ้ำ

Tandis qu'il nourrissait ces pensées, l'horloge sonna de nouveau.
ขณะที่เขากำลังคิดเรื่องเหล่านั้น นาฬิกาก็ตีบอกเวลาอีกครั้ง

Selon l'alarme, il était alors sept heures moins le quart.
จากสัญญาณเตือนระบุว่าขณะนี้เป็นเวลาเกือบเจ็ดโมงเย็นแล้ว

Et maintenant, on frappa doucement à la porte.
และตอนนี้ก็มีเสียงเคาะประตูเบาๆ ดังขึ้น

« Gregor », l'appela quelqu'un – c'était sa mère.
"เกรเกอร์" มีคนเรียกเขา – เป็นแม่ของเขานั่นเอง

« Il est sept heures moins le quart », a-t-elle confirmé en entendant l'alarme.

"ตอนนี้เจ็ดโมงสี่สิบห้าแล้ว" เธอยืนยันเสียงนาฬิกาปลุก

« Tu ne voulais pas partir ? » demanda la douce voix.
"คุณไม่อยากจะไปเหรอ?" เสียงนุ่มนวลถามขึ้น

Gregor eut peur en entendant sa voix répondre.
เกรเกอร์ตกใจเมื่อได้ยินเสียงตัวเองตอบกลับมา

Sa voix était toujours la même.
เสียงนั้นยังคงเป็นเสียงเดิมของเขาเสมอมา

Mais une nouvelle sonorité s'était désormais mêlée à sa voix.
แต่ตอนนี้มีเสียงใหม่ปะปนอยู่ในน้ำเสียงของเขา

Un couinement douloureux s'échappa également du plus
profond de lui.
จากส่วนลึกภายในตัวเขา
มีเสียงร้องแหลมเล็กที่เจ็บปวดเล็ดลอดออกมาด้วย

Au début, sa voix semblait former des mots avec clarté.
ในตอนแรก
ดูเหมือนว่าเสียงของเขาจะเปล่งออกมาเป็นคำได้อย่างชัดเจน

Mais alors, Gregor entendit l'écho mental de sa voix.
แต่แล้วเกรเกอร์ก็ได้ยินเสียงสะท้อนในความคิดของเขา

L'enregistrement de sa voix s'est interrompu de façon
étrange.
การบันทึกเสียงของเขาขาดหายไปในลักษณะที่แปลกประหลาด

Et il n'était pas sûr d'avoir bien entendu.
และเขาก็ไม่แน่ใจว่าได้ยินถูกต้องหรือไม่

Gregor éprouvait un profond désir de donner une réponse
détaillée.
เกรเกอร์รู้สึกอยากให้คำตอบอย่างละเอียดเหลือเกิน

Il voulait tout expliquer clairement à sa mère.
เขาต้องการอธิบายทุกอย่างให้แม่ฟังอย่างชัดเจน

Mais, compte tenu des circonstances, il devait se limiter.
แต่ด้วยสถานการณ์เช่นนั้น เขาจึงต้องจำกัดตัวเอง

Et sa réponse fut beaucoup plus brève qu'il ne l'aurait
souhaité.
และเขาตอบสั้นกว่าที่เขาต้องการมาก

"Oui maman, ne t'inquiète pas, merci, je suis déjà levée."

"ครับแม่ ไม่ต้องห่วง ขอบคุณครับ ผมตื่นแล้วครับ"

La porte en bois a probablement contribué à étouffer sa voix.
ประตูไม้คงช่วยทำให้เสียงของเขาเบาลง

À l'extérieur, le changement dans la voix de Gregor est resté inaperçu.
ภายนอกไม่มีใครสังเกตเห็นการเปลี่ยนแปลงในน้ำเสียงของเกรเกอร์

La mère semblait satisfaite de son explication.
ดูเหมือนว่าแม่จะพอใจกับคำอธิบายของเขาแล้ว

Et elle repartit aussi discrètement qu'elle était venue.
แล้วเธอก็จากไปอย่างเงียบๆ เหมือนตอนที่เธอมา

Mais cette petite conversation a eu un effet indésirable.
แต่การสนทนาสั้นๆ นั้นกลับส่งผลกระทบที่ไม่พึงประสงค์

Il a attiré l'attention des autres membres de la famille.
เขาดึงดูดความสนใจของสมาชิกคนอื่นๆ ในครอบครัว

Gregor était toujours chez lui et n'était pas allé travailler.
เกรเกอร์ยังคงอยู่ที่บ้านและไม่ได้ไปทำงาน

Et maintenant, le père frappa lui aussi à la porte de côté.
และตอนนี้พ่อก็เคาะประตูข้างบ้านด้วยเช่นกัน

Il frappa faiblement, mais avec détermination, du poing.
เขาเคาะเบาๆ แต่ด้วยความมุ่งมั่น โดยใช้กำปั้นเคาะ

« Gregor, Gregor », appela-t-il, « quel est le problème ? »
"เกรเกอร์ เกรเกอร์" เขาเรียก "มีปัญหาอะไรเหรอ?"

Au bout d'un moment, il avertit de nouveau d'une voix plus grave.
หลังจากนั้นไม่นาน เขาก็เตือนอีกครั้งด้วยน้ำเสียงที่หนักแน่นขึ้น

Mais la sœur frappa alors à la porte de l'autre côté.
แต่ที่ประตูอีกด้านหนึ่ง น้องสาวก็เคาะประตู

« Gregor ? Tu ne te sens pas bien ? » demanda-t-elle doucement.
"เกรเกอร์? คุณไม่สบายหรือเปล่า?" เธอถามเสียงเบา

« Avez-vous besoin de quelque chose ? » demanda-t-elle, inquiète.
"คุณต้องการอะไรไหมคะ" เธอถามด้วยความเป็นห่วง

Gregor a répondu aux deux parties : « J'ai déjà terminé. »

เกรเกอร์ตอบทั้งสองฝ่ายว่า "ผมทำเสร็จแล้วครับ"

Il avait fait de son mieux pour prononcer tous les mots avec soin.
เขาพยายามอย่างเต็มที่ที่จะออกเสียงทุกคำอย่างระมัดระวัง

Et il a gommé tout ce qui était ostentatoire dans sa voix.
และเขาก็ขจัดทุกสิ่งที่เด่นชัดในน้ำเสียงของเขาออกไป

Le père semblait également satisfait de la réponse.
ดูเหมือนว่าพ่อก็พอใจกับคำตอบเช่นกัน

Et il retourna à son petit-déjeuner inachevé.
แล้วเขาก็กลับไปกินอาหารเช้าที่ยังกินไม่เสร็จ

Mais la sœur murmura : « Gregor, ouvre la bouche, je t'en supplie. »
แต่พี่สาวกระซิบว่า "เกรเกอร์ เปิดประตูหน่อย ฉันขอร้อง"

Mais son inquiétude à son égard ne parvenait en rien à l'émouvoir.
แต่ความห่วงใยของเธอที่มีต่อเขาไม่สามารถทำให้เขาใจอ่อนได้เลย

Gregor n'avait aucune intention de lui ouvrir la porte.
เกรเกอร์ไม่มีความตั้งใจที่จะเปิดประตูให้เธอเลย

Ses voyages lui avaient permis d'acquérir certaines habitudes de prudence.
เขาได้เรียนรู้และคุ้นเคยกับความระมัดระวังมาจากการเดินทาง

Et il se félicita d'avoir verrouillé les portes.
และเขาก็ชมตัวเองที่ล็อกประตูได้เรียบร้อย

Il voulait d'abord se lever tranquillement, à son propre rythme.
อันดับแรก เขาอยากลุกขึ้นอย่างเงียบๆ ตามเวลาของตัวเอง

Et, sans être dérangé, il voulut s'habiller.
และเขาก็อยากจะแต่งตัวโดยไม่ให้ใครมารบกวน

Cela étant fait, il voulut ensuite prendre son petit-déjeuner.
เมื่อทำภารกิจนั้นเสร็จแล้ว เขาก็อยากทานอาหารเช้า

Ce n'est qu'alors qu'il a souhaité examiner la situation plus en détail.
จากนั้นเขาจึงเริ่มพิจารณาสถานการณ์นั้นอย่างละเอียดมากขึ้น

Il savait qu'il était inutile de faire des projets au lit.

เขารู้ว่าการวางแผนในขณะอยู่บนเตียงนั้นไม่มีประโยชน์อะไร

Il serait impossible de parvenir à une conclusion sensée.
การหาข้อสรุปที่สมเหตุสมผลนั้นเป็นไปไม่ได้

Il lui était déjà arrivé de se réveiller avec de légères douleurs.
ก่อนหน้านี้ก็มีหลายครั้งที่เขาตื่นขึ้นมาด้วยอาการปวดเล็กน้อย

Ces douleurs se sont toujours révélées être de pures inventions de l'imagination.
ความเจ็บปวดเหล่านั้นมักกลายเป็นเพียงจินตนาการเสมอ

En me levant du lit, la douleur disparaissait invariablement.
เมื่อลุกจากเตียง ความเจ็บปวดก็จะหายไปโดยอัตโนมัติ

Il était curieux de voir ce qu'il adviendrait de ces idées.
เขาอยากรู้ว่าแนวคิดเหล่านี้จะพัฒนาไปอย่างไร

Le changement de sa voix était probablement dû à un rhume.
การเปลี่ยนแปลงในน้ำเสียงของเขาน่าจะเป็นเพราะเป็นหวัดมากกว่า

Le rhume est un risque professionnel courant pour les voyageurs.
โรคหวัดเป็นเรื่องปกติที่พบได้ทั่วไปในนักเดินทาง

Il ne doutait pas que c'était l'explication logique.
เขาไม่ลังเลเลยว่านั่นคือคำอธิบายที่สมเหตุสมผล

Il s'est facilement dégagé de la couverture.
การดึงผ้าห่มออกจากตัวเขานั้นทำได้ง่ายดาย

Il lui suffisait d'inspirer et de se gonfler.
สิ่งที่เขาต้องทำก็แค่หายใจเข้าและพองตัวขึ้นเท่านั้นเอง

La couverture glissa de son corps et tomba sur le sol.
ผ้าห่มหลุดจากตัวเขาและตกลงบนพื้น

Son corps incroyablement large rendait d'autres choses difficiles.
รูปร่างที่กว้างใหญ่ผิดปกติของเขาทำให้เรื่องอื่นๆ ยากลำบากขึ้น

Il aurait eu besoin de bras et de mains pour se tenir debout.
เขาคงต้องใช้แขนและมือเพื่อยืนขึ้น

Mais il n'avait plus les membres qu'il avait autrefois.
แต่เขาไม่มีแขนขาเหมือนแต่ก่อนแล้ว

Au lieu de bras et de mains, il avait plein de petites jambes.
แทนที่จะมีแขนและมือ เขากลับมีขาเล็กๆ จำนวนมาก

Et ses jambes bougeaient sans cesse, sans qu'il puisse les contrôler.
และขาของเขาก็ขยับอยู่ตลอดเวลาโดยที่เขาควบคุมไม่ได้

Il a essayé de plier une jambe, mais au lieu de cela, elle s'est étirée.
เขาพยายามงอขาข้างหนึ่ง แต่กลับยืดออกแทน

Il parvint finalement à contrôler une jambe.
ในที่สุดเขาก็สามารถควบคุมขาข้างหนึ่งได้สำเร็จ

Mais ensuite, le mouvement des autres pattes a été libéré.
แต่หลังจากนั้น การเคลื่อนไหวของขาข้างอื่นๆ ก็ถูกปล่อยให้เป็นอิสระ

Et toutes ses jambes frémissaient d'excitation extrême.
และขาทุกข้างของเขากระตุกด้วยความตื่นเต้นอย่างสุดขีด

Il a d'abord voulu sortir le bas de son corps du lit.
อันดับแรก เขาอยากจะเอาส่วนล่างของร่างกายออกจากเตียงก่อน

Mais il n'avait pas encore vu le bas de son corps.
แต่จริงๆ แล้วเขายังไม่ได้เห็นส่วนล่างของร่างกายตัวเองเลย

Et de toute façon, déplacer cette pièce s'est avéré trop difficile.
และสุดท้ายก็พบว่าการเคลื่อนย้ายส่วนนี้ยากเกินไปอยู่ดี

Finalement, de toutes ses forces, il fit un geste audacieux.
สุดท้าย ด้วยพละกำลังทั้งหมดที่มี
เขาจึงตัดสินใจทำอะไรที่บ้าบิ่นที่สุดอย่างหนึ่ง

Sans plus hésiter, il s'avança.
เขาก้าวไปข้างหน้าโดยไม่ลังเลอีกต่อไป

Mais il avait choisi la mauvaise direction.
แต่เขาเลือกทิศทางที่ผิดไปแล้ว

Il s'est violemment cogné le corps contre le montant inférieur du lit.
เขาเอาตัวกระแทกกับเสาเตียงด้านล่างอย่างแรง

La douleur brûlante qu'il ressentait lui a appris une précieuse leçon.
ความเจ็บปวดแสนสาหัสที่เขารู้สึกนั้นได้สอนบทเรียนอันมีค่าแก่เขา

La partie inférieure de son corps était peut-être plus sensible.
ส่วนล่างของร่างกายเขาอาจจะไวต่อความรู้สึกมากกว่าส่วนอื่นๆ

Il a donc commencé par sortir le haut de son corps du lit.
เขาจึงพยายามยกส่วนบนของร่างกายออกจากเตียงก่อน

Il tourna prudemment la tête dans la bonne direction.
เขาค่อยๆ หันศีรษะไปในทิศทางที่ถูกต้อง

Et bientôt, sa tête se retrouva face au bord du lit.
และในไม่ช้าศีรษะของเขาก็หันไปทางขอบเตียง

Ce mouvement prudent lui était en réalité facile.
การเคลื่อนไหวอย่างระมัดระวังนี้ จริงๆ แล้วเป็นเรื่องง่ายสำหรับเขา

Et sa largeur et son poids ne l'empêchaient pas de se déplacer.
และรูปร่างที่ใหญ่โตและน้ำหนักตัวของเขาก็ไม่ได้เป็นอุปสรรคต่อการเคลื่อนไหวของเขา

La masse de son corps suivit lentement le mouvement de sa tête.
มวลร่างกายของเขาค่อยๆ เคลื่อนตามการหันของศีรษะ

Mais ensuite, il a passé la tête au-dessus du bord du lit.
แต่แล้วเขาก็ยื่นศีรษะลงไปที่ขอบเตียง

Et il dut faire face à une nouvelle peur à laquelle il n'avait pas encore pensé.
และเขาก็ต้องเผชิญกับความกลัวใหม่ที่เขาไม่เคยคิดมาก่อน

Poursuivre dans cette voie pourrait s'avérer dangereux.
การดำเนินการต่อไปในลักษณะนี้อาจเป็นอันตรายได้

Il pensait qu'il allait simplement se laisser tomber.
เขาคิดว่าเขาแค่จะปล่อยตัวเองให้ตกลงไป

Mais ce serait un miracle s'il ne s'était pas blessé à la tête.
แต่คงเป็นปาฏิหาริย์หากเขาไม่ได้รับบาดเจ็บที่ศีรษะ

Ce n'était pas le moment de risquer de perdre connaissance.
ตอนนี้ไม่ใช่เวลาที่จะเสี่ยงต่อการหมดสติ

Finalement, il vaudrait peut-être mieux rester au lit.
บางทีการนอนอยู่บนเตียงอาจจะดีกว่าก็ได้

Mais il devait ensuite faire le même effort pour revenir.

แต่หลังจากนั้นเขาก็ต้องพยายามอย่างหนักเช่นเดียวกันเพื่อเดินทาง
กลับ

Après tous ces efforts, il était allongé là, exactement comme avant.
หลังจากพยายามอย่างหนัก เขาก็ยังคงนอนอยู่ตรงนั้นเหมือนเดิม

Et maintenant, ses jambes semblaient encore plus en colère qu'elles ne l'avaient été.
และตอนนี้ขาของเขาก็ดูเหมือนจะปวดรุนแรงกว่าเดิมเสียอีก

Les mouvements de sa jambe étaient devenus encore plus incontrôlables.
การเคลื่อนไหวของขาเขาเริ่มควบคุมไม่ได้มากขึ้นไปอีก

Il ne voyait aucun moyen de sortir de la situation dans laquelle il se trouvait.
เขาไม่เห็นทางออกใดๆ จากสถานการณ์ที่เขาเผชิญอยู่

Il était impossible de faire émerger la paix et l'ordre de ce chaos.
ไม่สามารถนำความสงบเรียบร้อยกลับคืนมาสู่สถานการณ์ที่วุ่นวายนี้ได้

Mais il savait que rester au lit n'était pas une option non plus.
แต่เขาก็รู้ว่าการนอนอยู่บนเตียงก็ไม่ใช่ทางเลือกเช่นกัน

Tout sacrifier était l'option la plus sensée.
การเสียสละทุกสิ่งทุกอย่างคือทางเลือกที่สมเหตุสมผลที่สุด

Il s'accrochait au moindre espoir de pouvoir se lever.
เขายังคงมีความหวังแม้เพียงเล็กน้อยที่จะลุกจากเตียงได้

S'il y parvenait, tous les risques en auraient valu la peine.
หากเขาทำสำเร็จ ความเสี่ยงทั้งหมดก็จะคุ้มค่า

Mais il se souvenait aussi d'autre chose en même temps.
แต่ในขณะเดียวกัน เขาก็นึกถึงสิ่งอื่นขึ้นมาได้ด้วย

« Mieux vaut réfléchir sereinement que de prendre des décisions désespérées. »
"การไตร่ตรองอย่างใจเย็นนั้นดีกว่าการตัดสินใจอย่างเร่งรีบ"

Il concentra tous ses efforts sur la fenêtre.
เขาพยายามอย่างสุดกำลังที่จะจ้องมองไปที่หน้าต่าง

Mais ce qu'il vit ne lui insuffla guère de confiance ni de joie.
แต่สิ่งที่เขาเห็นกลับไม่ได้สร้างความมั่นใจหรือความรื่นเริงใดๆ เลย

La brume matinale enveloppait toute la rue étroite.
หมอกยามเช้าปกคลุมถนนแคบๆ ทั้งหมด

Le réveil sonna à nouveau ; il était maintenant sept heures.
นาฬิกาปลุกดังขึ้นอีกครั้ง คราวนี้เป็นเวลาเจ็ดโมงเย็นแล้ว

« Il est déjà sept heures et il y a encore un épais brouillard. »
"ตอนนี้เจ็ดโมงแล้ว แต่หมอกยังหนาอยู่เลย"

Il resta un moment allongé, immobile, respirant faiblement.
สักพักหนึ่งเขานอนนิ่ง หายใจแผ่วเบา

Un peu de calme permettrait peut-être de retrouver une
certaine normalité.
บางทีความสงบอาจนำมาซึ่งความปกติสุขได้บ้าง

Un silence complet pourrait engendrer les conditions réelles.
ความเงียบสนิทอาจนำไปสู่สภาวะที่แท้จริงได้

Mais avant que l'horloge ne sonne à nouveau, il rompit le
silence.
แต่ก่อนที่นาฬิกาจะตีบอกเวลาอีกครั้ง เขาก็ทำลายความเงียบลง

«Avant que l'horloge ne sonne à nouveau, je dois être levé.»
"ก่อนที่นาฬิกาจะตีบอกเวลาอีกครั้ง ฉันต้องลุกจากเตียงแล้ว"

« Je dois absolument être complètement levé à ce moment-là.
»
"ฉันต้องลุกจากเตียงให้เรียบร้อยก่อนเวลานั้นแน่นอน"

« Après 19h15, le bureau enverra quelqu'un. »
"หลังเวลา 19.15 น. ทางสำนักงานจะส่งคนมา"

"Parce que le bureau ouvrait avant sept heures."
"เพราะสำนักงานเปิดทำการก่อนเจ็ดโมงเช้า"

Et il commença alors à se balancer hors du lit.
แล้วเขาก็เริ่มโยกตัวออกจากเตียง

Il avait cessé de se concentrer sur le haut ou le bas de son
corps.
เขาเลิกให้ความสนใจกับการออกกำลังกายส่วนบนหรือส่วนล่างของร่างกายแล้ว

Il fallut sortir tout son corps du lit.

ร่างกายของเขาทั้งหมดต้องลุกออกจากเตียง

Tomber de cette façon devrait protéger sa tête, pensa-t-il.
เขาคิดว่าการล้มแบบนี้จะช่วยปกป้องศีรษะของเขาได้

Il avait prévu de relever la tête lorsqu'il toucherait le sol.
เขาตั้งใจจะเงยหน้าขึ้นเมื่อศีรษะกระแทกพื้น

Son dos semblait suffisamment robuste pour encaisser le choc.
ส่วนหลังของร่างกายเขาดูแข็งแรงพอที่จะรับแรงกระแทกได้

Et le tapis était là pour amortir l'atterrissage.
และพรมที่ปูไว้ก็เพื่อช่วยรองรับแรงกระแทก

Ce qui le préoccupait le plus, cependant, c'était le bruit assourdissant.
แต่สิ่งที่เขากังวลมากที่สุดคือเสียงดัง

Le bruit fracassant effrayerait tous les occupants de la maison.
เสียงดังโครมครามจะทำให้ทุกคนในบ้านตกใจกลัว

Peut-être que le bruit fort ne les terrifierait pas.
บางทีพวกเขาอาจจะไม่กลัวเสียงดังก็ได้

Mais ils seraient certainement inquiets s'ils l'apprenaient.
แต่พวกเขาคงจะกังวลใจอย่างแน่นอนหากได้ยินเรื่องนี้

Mais il fallait prendre le risque d'attirer l'attention.
แต่ความเสี่ยงที่จะดึงดูดความสนใจนั้นเป็นสิ่งที่หลีกเลี่ยงไม่ได้

La nouvelle méthode s'apparentait davantage à un jeu qu'à un effort.
วิธีการใหม่นี้เป็นเหมือนเกมมากกว่าการใช้ความพยายาม

Il devait balancer son corps par mouvements brusques et saccadés.
เขาต้องโยกตัวด้วยการเคลื่อนไหวที่กระทันหันและกระชาก

Gregor était déjà à moitié sorti du lit.
เกรเกอร์ลุกจากเตียงไปได้ครึ่งทางแล้ว

Une nouvelle idée venait de lui traverser l'esprit.
ตอนนี้ความคิดใหม่เพิ่งผุดขึ้นมาในใจเขา

« Tout serait si facile si quelqu'un venait à mon secours. »
"ทุกอย่างคงง่ายกว่านี้ถ้ามีใครสักคนมาช่วยเหลือฉัน"

« Deux personnes fortes suffiraient amplement. »
"คนเก่งสองคนก็เพียงพอแล้ว"

Son père et la servante seraient assez forts.
พ่อของเขาและสาวใช้คงแข็งแกร่งพอ

Il leur suffirait de glisser leurs bras sous son dos.
พวกเขาแค่ต้องสอดแขนเข้าไปใต้หลังของเขาเท่านั้นเอง

Et ensuite, ils pourraient facilement le sortir du lit.
จากนั้นพวกเขาก็สามารถดึงเขาออกจากเตียงได้อย่างง่ายดาย

Peut-être auraient-ils dû réduire son poids progressivement.
บางทีพวกเขาอาจจะต้องค่อยๆ ลดน้ำหนักของเขาลง

Alors, espérons-le, les jambes auraient trouvé leur utilité.
หวังว่าขาเหล่านั้นคงจะได้ทำหน้าที่ของมันเสียที

« Ne serait-il pas préférable, après tout, de demander de l'aide ? »
"สุดท้ายแล้ว การขอความช่วยเหลือจะไม่ดีกว่าเหรอ?"

Le problème, bien sûr, c'est qu'il avait verrouillé les portes.
ปัญหาคือเขาได้ล็อกประตูไว้แล้ว

Il y avait quelque chose dans cette idée qui le chatouillait.
มีบางอย่างในความคิดนั้นที่ทำให้เขารู้สึกขบขัน

Et malgré ses difficultés, il ne put réprimer un sourire.
และถึงแม้จะเผชิญกับความยากลำบาก เขาก็อดที่จะยิ้มไม่ได้

Il était déjà sur le point de perdre l'équilibre.
ตอนนี้เขาใกล้จะเสียการทรงตัวแล้ว

Chaque balancement le rapprochait un peu plus du moment où il basculerait du lit.
ทุกครั้งที่เขาแกว่งตัว เขาก็ยิ่งใกล้จะตกจากเตียงมากขึ้นเรื่อยๆ

Il allait bientôt devoir prendre la décision finale.
อีกไม่นานเขาก็จะต้องตัดสินใจครั้งสุดท้ายแล้ว

Dans cinq minutes, il serait sept heures et quart.
อีกห้านาทีก็จะถึงเวลาเจ็ดโมงสิบห้าแล้ว

Tandis qu'il était plongé dans ces pensées, la sonnette retentit.
ขณะที่เขากำลังคิดเรื่องเหล่านั้นอยู่ เสียงกริ่งประตูก็ดังขึ้น

« C'est quelqu'un du bureau », se dit-il.

"นั่นเป็นคนจากในออฟฟิศแน่ๆ" เขาคิดในใจ

Et il fut presque paralysé de peur à cause du visiteur.
และเขาเกือบจะแข็งที่อด้วยความกลัวเพราะผู้มาเยือนคนนั้น

Ses jambes s'agitaient encore plus sauvagement qu'auparavant.
ขาของเขาขยับอย่างบ้าคลั่งยิ่งกว่าเดิมเสียอีก

Mais ensuite, pendant un instant, tout resta silencieux.
แต่แล้ว ชั่วขณะหนึ่ง ทุกอย่างก็เงียบสงบลง

« Ils n'ouvriront pas la porte », se dit Gregor.
"พวกเขาคงไม่ยอมเปิดประตูหรอก" เกรเกอร์คิดในใจ

Il était encore prisonnier d'un espoir insensé.
เขายังคงยึดติดกับความหวังที่ไร้สาระอยู่

Mais ensuite, bien sûr, la bonne s'est dirigée vers la porte.
แต่แล้วสาวใช้ก็เดินไปที่ประตู

Et, comme toujours, elle ouvrit la porte au visiteur.
และเช่นเคย เธอเปิดประตูต้อนรับแขก

Gregor n'avait besoin d'entendre que les premiers mots de bienvenue du visiteur.
เกรเกอร์แค่ต้องการได้ยินคำทักทายแรกของผู้มาเยือนเท่านั้น

Il a tout de suite compris qui était venu le chercher.
เขาสามารถบอกได้ทันทีว่าใครมาหาเขา

Le chef de bureau en personne était venu prendre des nouvelles de Samsa.
เสมียนใหญ่มาตรวจสอบอาการของซัมสาด้วยตนเอง

Pourquoi Gregor était-il le seul à être condamné à un tel sort ?
ทำไมเกรเกอร์ถึงเป็นคนเดียวที่ถูกลงโทษด้วยชะตากรรมเช่นนี้?

Pourquoi lui seul a-t-il dû servir dans une telle organisation ?
ทำไมมีแต่เขาคนเดียวที่ต้องทำงานในองค์กรแบบนั้น?

Le moindre oubli éveillait immédiatement les soupçons.
ความผิดพลาดเพียงเล็กน้อยก็ก่อให้เกิดความสงสัยขึ้นทันที

Tous les employés qui travaillaient là-bas étaient-ils des scélérats ?

พนักงานทุกคนที่ทำงานที่นั่นเป็นคนเลวหมดเลยหรือเปล่า?

N'y avait-il donc parmi eux aucune personne fidèle et dévouée ?
ไม่มีคนซื่อสัตย์และภักดีอยู่ในหมู่พวกเขาเลยหรือ?

N'auraient-ils pas pu simplement envoyer un apprenti ?
ทำไมพวกเขาไม่ส่งเด็กฝึกงานมาแทนล่ะ?

Toutes ces interrogations étaient-elles vraiment nécessaires ?
การซักถามทั้งหมดนี้จำเป็นจริง ๆ หรือ?

Le représentant autorisé devait-il se déplacer en personne ?
ตัวแทนที่ได้รับมอบอำนาจต้องมาด้วยตนเองหรือไม่?

Fallait-il vraiment informer toute la famille innocente ?
จำเป็นต้องแจ้งให้ทั้งครอบครัวผู้บริสุทธิ์ทราบด้วยหรือไม่?

Toutes ces considérations ont poussé Gregor à agir.
ปัจจัยทั้งหมดเหล่านี้เป็นแรงผลักดันให้เกรเกอร์ลงมือทำ

Il se hissa hors du lit de toutes ses forces.
เขาเหวี่ยงตัวเองลงจากเตียงด้วยแรงทั้งหมดที่มี

Il y a eu une forte détonation, mais ce n'était pas vraiment un bruit.
มีเสียงดังปัง แต่จริงๆ แล้วมันไม่ใช่เสียงอะไรเลย

La chute avait été légèrement amortie par le tapis.
พรมช่วยรองรับแรงกระแทกจากการตกได้บ้าง

Son dos était plus élastique que Gregor ne l'avait imaginé.
หลังของเขายืดหยุ่นกว่าที่เกรเกอร์คิดไว้

Le son était donc plus sourd et moins perceptible.
ดังนั้นเสียงจึงเบาลงและไม่ค่อยเด่นชัดนัก

Mais il n'avait pas fait attention à sa tête pendant sa chute.
แต่เขาไม่ได้ระวังศีรษะของตัวเองตอนที่ล้มลง

Et lorsqu'il a touché le sol, il s'est aussi cogné la tête.
และเมื่อเขาตกลงพื้น เขาก็ศีรษะกระแทกพื้นด้วย

Il se frotta la tête sur le tapis, en colère et souffrant.
เขาถูศีรษะกับพรมด้วยความโกรธและความเจ็บปวด

Mais le gérant, qui se trouvait dans la pièce d'à côté, a entendu le bruit.
แต่ผู้จัดการในห้องข้างๆ ได้ยินเสียงนั้น

« Quelque chose est tombé là-dedans », a-t-il observé avec justesse.
"มีอะไรบางอย่างตกลงไปในนั้น" เขาสังเกตได้อย่างถูกต้อง

Gregor essaya d'imaginer le manager dans sa situation.
เกรเกอร์พยายามนึกภาพผู้จัดการคนนั้นอยู่ในสถานการณ์แบบนั้น

« La même chose pourrait-elle lui arriver ? » se demanda-t-il.
"เรื่องแบบเดียวกันนี้อาจเกิดขึ้นกับเขาได้ไหม?" เขาสงสัย

Il a admis que cet étrange événement pouvait être possible.
เขายอมรับว่าเหตุการณ์แปลกประหลาดนี้อาจเกิดขึ้นได้

Puis le chef de bureau fit quelques pas vers la pièce.
จากนั้นเสมียนใหญ่ก็เดินไปที่ห้องสองสามก้าว

C'était presque une réponse grossière à la question qu'il avait posée.
นั่นเป็นคำตอบที่ค่อนข้างหยาบสำหรับคำถามที่เขาถาม

Ses bottes en cuir grinçaient lorsqu'il s'approcha de la porte.
รองเท้าบูทหนังของเขาส่งเสียงเอี๊ยดอ๊าดขณะที่เขาเดินเข้าใกล้ประตู

Depuis la pièce située à sa droite, sa servante lui chuchota quelque chose.
สาวใช้กระซิบกับเขาจากห้องทางด้านขวามือ

"Gregor, le représentant autorisé est ici."
"เกรเกอร์ ตัวแทนผู้มีอำนาจมาถึงแล้ว"

« Je sais », dit Gregor, mais seulement à voix basse pour lui-même.
"ฉันรู้" เกรเกอร์กล่าว แต่พูดกับตัวเองเบาๆ เท่านั้น

Il n'osait pas élever la voix au-dessus d'un murmure.
เขาไม่กล้าเปล่งเสียงให้ดังเกินกว่าเสียงกระซิบ

Parce que Gregor ne voulait pas que sa sœur l'entende.
เพราะเกรเกอร์ไม่อยากให้พี่สาวได้ยินเขาพูด

« Gregor », dit le père depuis la pièce de gauche.
"เกรเกอร์" คุณพ่อพูดจากห้องทางซ้าย

«Le responsable est venu vérifier quel est le problème.»
"ผู้จัดการเข้ามาตรวจสอบว่ามีปัญหาอะไร"

« Il vous a demandé pourquoi vous n'aviez pas pris le premier train. »

"เขาถามว่าทำไมคุณไม่ขึ้นรถไฟเที่ยวแรก"

« Nous ne savons pas quoi lui dire », a déclaré le père.
"เราไม่รู้จะพูดอะไรกับเขาดี" พ่อกล่าว

« D'ailleurs, il souhaite également vous parler personnellement. »
"นอกจากนี้ เขายังต้องการพูดคุยกับคุณเป็นการส่วนตัวด้วย"

« Veuillez ouvrir la porte, afin qu'il puisse vous parler. »
"กรุณาเปิดประตูให้เขา เพื่อเขาจะได้พูดคุยกับคุณ"

« Il aura la gentillesse d'excuser le désordre dans la chambre. »
"เขาจะกรุณาให้อ้ภัยความรกในห้องนั้น"

« Bonjour, Monsieur Samsa », lui lança le directeur.
"อรุณสวัสดิ์ครับ คุณซัมซา" ผู้จัดการกล่าวทักทายเขา

Et il lui a certainement parlé de manière amicale.
และเขาก็พูดคุยกับเขาด้วยท่าทีที่เป็นมิตรอย่างแน่นอน

« Il ne se sent pas bien », dit la mère au gérant.
"เขาไม่สบายค่ะ" แม่กล่าวกับผู้จัดการ

« Il ne va pas bien du tout, croyez-moi, cher manager. »
"เขาไม่สบายเลย เชื่อฉันเถอะค่ะ ผู้จัดการที่รัก"

« Sinon, pourquoi Gregor aurait-il raté le train du matin ? »
"แล้วทำไมเกรเกอร์ถึงพลาดรถไฟตอนเช้าล่ะ?"

«Le garçon ne pense qu'à ses affaires.»
"เด็กคนนั้นไม่มีเรื่องอะไรอยู่ในใจนอกจากเรื่องธุรกิจ"

« Cela m'agace presque qu'il ne fasse rien d'autre. »
"ฉันรู้สึกหงุดหงิดเล็กน้อยที่เขาไม่ทำอะไรอย่างอื่นเลย"

« J'aimerais qu'il sorte le soir pour prendre l'air. »
"ฉันหวังว่าเขาจะออกไปสูดอากาศบริสุทธิ์ในตอนเย็นบ้าง"

« Il était en ville pendant huit jours pour affaires. »
"เขาอยู่ในเมืองนี้แปดวันเพื่อทำธุรกิจ"

« Mais il était chez lui tous les soirs. »
"แต่ในช่วงเย็นเหล่านั้น เขาอยู่บ้านทุกคืน"

«Il s'assoit à notre table et lit le journal.»
"เขานั่งที่โต๊ะของเราและอ่านหนังสือพิมพ์"

« À d'autres moments, il étudie les horaires des trains. »

"บางครั้งเขาก็ศึกษาตารางเวลาของรถไฟ"

«Il lui arrive de s'occuper en faisant de la menuiserie.»
"บางครั้งเขาก็ใช้เวลาว่างไปกับการทำงานไม้"

« Par exemple, il a sculpté un petit cadre photo en bois. »
"ตัวอย่างเช่น เขาแกะสลักกรอบรูปไม้ขนาดเล็ก"

« Pendant deux ou trois soirées, il était occupé avec la scie. »
"เขาใช้เวลาสองสามเย็นอยู่กับการใช้เลื่อย"

«Vous serez étonné(e) de voir à quel point le cadre photo est joli.»
"คุณจะต้องทึ่งกับความสวยงามของกรอบรูปนี้"

«Il a accroché le cadre photo dans sa chambre.»
"เขาได้แขวนกรอบรูปไว้ในห้องของเขาแล้ว"

« Quand il ouvrira la porte, vous verrez ses boiseries. »
"เมื่อเขาเปิดประตู คุณจะเห็นงานไม้ของเขา"

« Au fait, je suis ravi que vous soyez ici, Monsieur Prokurist. »
"ว่าแต่ ผมดีใจที่คุณมาที่นี่นะครับ คุณโปรคูริสต์"

« Nous n'aurions pas pu, à nous seuls, forcer Gregor à ouvrir la porte. »
"พวกเราเพียงลำพังคงไม่สามารถทำให้เกรเกอร์เปิดประตูได้"

« Il est tellement têtu », a avoué sa mère au vendeur.
"เขาเป็นคนดื้อมาก" แม่ของเขาสารภาพกับพนักงาน

« Il est certainement malade, même s'il l'a nié auparavant. »
"เขาไม่สบายอย่างแน่นอน แม้ว่าก่อนหน้านี้เขาจะปฏิเสธก็ตาม"

« J'arrive tout de suite », dit Gregor lentement et prudemment.
"เดี๋ยวผมไปเดี๋ยวนี้" เกรเกอร์พูดช้าๆ และระมัดระวัง

Mais il ne fit aucun mouvement vers la porte de la pièce.
แต่เขาก็ไม่ได้ขยับตัวไปทางประตูห้องเลย

Il ne voulait pas perdre un seul mot de la conversation.
เขาไม่อยากพลาดแม้แต่คำพูดเดียวในการสนทนา

Le chef de bureau a approuvé l'évaluation de la mère.
หัวหน้าเสมียนเห็นด้วยกับการประเมินของมารดา

« Je ne peux pas l'expliquer autrement non plus, madame. »

"ผมก็อธิบายเป็นอย่างอื่นไม่ได้เหมือนกันครับ คุณผู้หญิง"

« Espérons tous qu'il ne souffre d'aucune maladie grave », a-
t-il déclaré.

เขากล่าวว่า "เราทุกคนหวังว่าเขาจะไม่ป่วยหนัก"

« D'un autre côté, c'est un risque pour notre secteur. »

"ในทางกลับกัน มันก็เป็นอันตรายในอุตสาหกรรมของเรา"

« Nous, les hommes d'affaires, devons souvent surmonter un
certain malaise. »

"พวกเราที่เป็นนักธุรกิจมักต้องเผชิญกับความไม่สบายใจอยู่เสมอ"

« Les professionnels doivent simplement faire abstraction
des petites douleurs. »

"มืออาชีพแค่ต้องอดทนกับอาการเจ็บเล็กน้อยก็พอ"

Pendant ce temps, son père frappa de nouveau à l'autre
porte.

ในขณะเดียวกัน พ่อของเขาก็เคาะประตูอีกบานหนึ่งอีกครั้ง

« Le chef de bureau peut-il entrer maintenant ? » demanda-t-
il.

เขาถามว่า "เสมียนใหญ่เข้ามาได้หรือยัง?"

« Non, il ne peut pas », répondit Gregor à la question de son
père.

"ไม่ เขาทำไม่ได้หรอก" เกรเกอร์ตอบคำถามของพ่อ

Un silence gênant s'installa dans la pièce de gauche.

ความเงียบที่น่าอึดอัดปกคลุมห้องทางด้านซ้าย

Dans la pièce de droite, la sœur se mit à sangloter.

ในห้องทางด้านขวา น้องสาวเริ่มร้องไห้สะอึกสะอื้น

Pourquoi la sœur n'était-elle pas partie rejoindre les autres ?

ทำไมพี่สาวถึงไม่ไปอยู่กับคนอื่นๆ?

Elle venait probablement de se lever, pensa-t-il.

เขาคิดว่าเธอคงเพิ่งลุกจากเตียง

Elle n'a peut-être même pas encore commencé à s'habiller.

เธออาจจะยังไม่ได้เริ่มแต่งตัวเลยด้วยซ้ำ

Mais Gregor ne comprenait pas pourquoi elle pleurait.

แต่เกรเกอร์ไม่เข้าใจว่าทำไมเธอถึงร้องไห้

Était-ce parce qu'il ne s'était pas levé pour laisser entrer le directeur ?
เป็นเพราะเขาไม่ลุกขึ้นและเปิดประตูให้ผู้จัดการเข้ามาหรือเปล่า?

Était-ce parce qu'il risquait de perdre son emploi ?
เป็นเพราะเขากำลังเสี่ยงที่จะตกงานหรือเปล่า?

Le patron pourrait-il s'en prendre aux parents comme avant ?
เจ้านายอาจจะมาต่อว่าพ่อแม่เหมือนครั้งก่อนหรือเปล่า?

Allait-il leur formuler à nouveau les mêmes exigences qu'auparavant ?
เขากำลังจะเรียกร้องสิ่งเดิมๆ จากพวกเขาอีกหรือเปล่า?

Il n'y avait probablement pas lieu de s'inquiéter de ces choses-là.
เรื่องเหล่านี้อาจไม่จำเป็นต้องกังวลเลยก็ได้

Pour le moment, elle n'avait aucune raison de pleurer.
ในตอนนี้เธอยังไม่มีเหตุผลที่จะต้องร้องไห้

Gregor était toujours là, subvenant aux besoins de sa famille.
เกรเกอร์ยังอยู่ที่นี่ คอยหาเลี้ยงครอบครัว

Et il n'a jamais eu l'intention de quitter sa famille.
และเขาก็ไม่เคยมีความตั้งใจที่จะทิ้งครอบครัวไปเลย

Pour le moment, il restait simplement allongé là, sur le tapis.
ในตอนนี้เขานอนนิ่งอยู่บนพรมเท่านั้น

La famille ignorait son état.
ครอบครัวไม่ทราบว่าเขามีอาการป่วยอย่างไร

S'ils avaient su, ils n'auraient pas encouragé son patron.
ถ้าพวกเขารู้มาก่อน พวกคงไม่สนับสนุนเจ้านายของเขาหรอก

Ils n'auraient même pas laissé entrer le gérant.
พวกเขาคงไม่ยอมให้ผู้จัดการเข้าไปในบ้านด้วยซ้ำ

Le refouler n'aurait pas été particulièrement impoli.
การไล่เขาไปคงไม่ใช่เรื่องเสียมารยาทอะไรนัก

Il aurait facilement pu trouver une excuse convenable plus tard.
เขาสามารถหาข้อแก้ตัวที่เหมาะสมได้ในภายหลังอย่างง่ายดาย

Ce n'était pas un motif de licenciement.

มันไม่ใช่เหตุผลที่เขาควรถูกไล่ออก

Gregor pensait qu'il serait plus judicieux de le laisser tranquille désormais.
เกรเกอร์รู้สึกว่าการอยู่คนเดียวคงจะเหมาะสมกว่าในตอนนี้

Le déranger en pleurant et en parlant n'a pas beaucoup aidé.
การรบกวนเขาด้วยการร้องให้และการพูดคุยไม่ได้ผลมากนัก

Mais c'était l'incertitude qui inquiétait les autres.
แต่ความไม่แน่นอนต่างหากที่ทำให้คนอื่นๆ รู้สึกไม่สบายใจ

Et c'est cette incertitude qui a excusé leur comportement.
และความไม่แน่นอนนี้เองที่เป็นข้ออ้างให้พวกเขาประพฤติเช่นนั้น

« Monsieur Samsa », appela le directeur d'une voix forte.
"คุณซัมซา" ผู้จัดการตะโกนเรียกเสียงดังขึ้น

« Qu'est-ce qui se passe avec toi ? » a-t-il voulu savoir.
เขาถามว่า "คุณเป็นอะไรไป?"

« Tu t'es barricadé dans ta chambre. »
"คุณปิดกั้นตัวเองอยู่ในห้อง"

«Vous ne pouvez répondre que par «oui» ou «non».»
"คุณต้องตอบเพียงแค่ 'ใช่' หรือ 'ไม่' เท่านั้น"

«Vous causez de sérieux soucis à vos parents.»
"คุณกำลังทำให้พ่อแม่ของคุณเป็นห่วงอย่างมาก"

« Je ne vois pas de bonne raison de les inquiéter. »
"ฉันมองไม่เห็นเหตุผลที่ดีว่าทำไมคุณถึงต้องทำให้พวกเขากังวล"

« Il y a une autre chose que je mentionnerai en passant. »
"มีอีกเรื่องหนึ่งที่ผมจะกล่าวถึงโดยผ่านๆ ไป"

«Vous négligez également vos obligations professionnelles envers nous.»
"คุณยังละเลยหน้าที่ทางธุรกิจที่มีต่อเราด้วย"

« Une telle irresponsabilité ne vous ressemble pas du tout. »
"ความไม่รับผิดชอบแบบนี้ไม่ใช่ลักษณะนิสัยของคุณเลย"

« Je parle ici au nom de vos parents et de votre patron. »
"ดิฉันพูดในนามของพ่อแม่และเจ้านายของคุณค่ะ"

« Et je vous demande une explication immédiate et claire. »
"และผมขอให้คุณชี้แจงอย่างชัดเจนและทันที"

« Je dois dire que tout cela m'étonne vraiment. »

"ต้องบอกว่าเรื่องทั้งหมดนี้ทำให้ผมทึ่งมากจริงๆ"

« Je pensais vous connaître comme une personne calme et raisonnable. »
"ฉันคิดว่าฉันรู้จักคุณในฐานะคนที่ใจเย็นและมีเหตุผล"

« Mais maintenant, tu nous montres une autre facette de toi. »
"แต่ตอนนี้คุณกำลังแสดงให้เราเห็นอีกด้านหนึ่งของคุณ"

«Vous faites soudain preuve de vos caprices très particuliers.»
"จู่ๆ คุณก็แสดงนิสัยแปลกๆ ออกมา"

« Mais il pourrait y avoir une explication à votre échec. »
"แต่ความล้มเหลวของคุณอาจมีคำอธิบายอยู่ก็ได้"

« Le patron a mentionné une dette que vous aviez recouvrée pour nous. »
"เจ้านายพูดถึงหนี้ที่คุณเคยช่วยทวงถามให้เรา"

« J'ai donné ma parole d'honneur au patron en votre nom. »
"ผมให้คำมั่นสัญญากับเจ้านายในนามของคุณแล้วครับ"

« Mais maintenant je vois votre obstination incompréhensible. »
"แต่ตอนนี้ฉันเห็นความดื้อรั้นที่เข้าใจยากของคุณแล้ว"

« Je pourrais encore perdre toute envie de vous aider. »
"ฉันอาจจะหมดความปรารถนาที่จะช่วยเหลือคุณไปเลยก็ได้"

«Votre sécurité d'emploi n'est en aucun cas totalement stable.»
"ความมั่นคงในหน้าที่การงานของคุณนั้นไม่แน่นอนอย่างยิ่ง"

« À l'origine, je comptais vous dire tout cela en privé. »
"เดิมทีฉันตั้งใจจะบอกเรื่องทั้งหมดนี้ให้คุณฟังเป็นการส่วนตัว"

« Mais maintenant je vois que vous voulez que je perde mon temps ici. »
"แต่ตอนนี้ฉันเห็นแล้วว่าคุณต้องการให้ฉันเสียเวลาอยู่ที่นี่"

«Je ne vois donc aucune raison pour que vos parents ne le sachent pas.»
"ดังนั้นฉันจึงไม่เห็นเหตุผลใดๆ
ที่พ่อแม่ของคุณจะไม่ควรทราบเรื่องนี้"

«Vos récentes performances n'ont pas été satisfaisantes.»
"ผลงานของคุณในช่วงที่ผ่านมาไม่เป็นที่น่าพอใจ"

« Je reconnais que les ventes sont plus lentes à cette période de l'année. »
"ผมยอมรับว่ายอดขายช่วงเวลานี้ของปีค่อนข้างชะลอตัว"

« Mais il n'y a pas de période de l'année où il n'y a pas de ventes. »
"แต่ไม่มีช่วงเวลาไหนของปีที่ไม่มีการขายสินค้าหรอก"

Pendant un instant, Gregor oublia tout ce qui l'entourait.
ชั่วขณะหนึ่ง เกรเกอร์ลืมทุกสิ่งทุกอย่างรอบตัวไป

« Mais Monsieur Prokurist ! » s'écria Gregor, désespéré.
"แต่ท่านโปรคูริสต์!" เกรกอร์ร้องออกมาด้วยความสิ้นหวัง

« J'ouvre la porte tout de suite, maintenant, ne vous inquiétez pas. »
"เดี๋ยวฉันจะเปิดประตูให้เดี๋ยวนี้เลย ไม่ต้องห่วง"

«Le problème, c'est que je ne me sens pas très bien.»
"ปัญหาคือช่วงนี้ฉันรู้สึกไม่ค่อยสบาย"

« Mes vertiges m'ont empêché d'atteindre la porte. »
"อาการเวียนศีรษะทำให้ฉันไปถึงประตูไม่ได้"

« Je suis encore au lit, mais je me sens beaucoup mieux. »
"ตอนนี้ฉันยังนอนอยู่บนเตียง แต่รู้สึกดีขึ้นมากแล้ว"

«Un instant, s'il vous plaît, je viens de me lever.»
"รอสักครู่นะคะ ฉันเพิ่งลุกจากเตียง"

« Un instant de patience, c'est tout ce que je vous demande, Monsieur Prokurist. »
"ผมขอความอดทนเพียงสักครู่เท่านั้นครับ คุณโปรคูริสต์"

« Ça ne se passe pas aussi bien que je le pensais, mais ça ira. »
"มันไม่เป็นไปอย่างที่ฉันคิดไว้ แต่ฉันคงไม่เป็นไร"

« Comment une telle chose peut-elle arriver à une personne aussi rapidement ? »
"เรื่องแบบนี้เกิดขึ้นกับคนๆ หนึ่งได้เร็วขนาดนี้ได้อย่างไร?"

« Je me sentais bien hier soir, mes parents le savent. »
"เมื่อคืนฉันรู้สึกสบายดี พ่อแม่ฉันรู้เรื่องนั้น"

« Mais peut-être avais-je déjà un petit pressentiment à ce moment-là. »
"แต่บางทีตอนนั้นฉันอาจจะมีลางสังหรณ์มาบ้างแล้วก็ได้"
«Vous pourriez vous demander pourquoi je ne l'ai pas signalé au bureau.»
"คุณอาจถามว่าทำไมฉันไม่รายงานเรื่องนี้ที่ที่ทำงาน"
« Je pensais que je me sentirais beaucoup mieux demain matin. »
"ฉันคิดว่าพรุ่งนี้เช้าฉันน่าจะรู้สึกดีขึ้นกว่านี้"
« On pense toujours qu'ils auront vaincu la maladie d'ici là. »
"คนเรามักคิดว่าตัวเองจะหายจากโรคนี้ได้ภายในเวลานั้น"
« Mais je vous en prie ! Épargnez mes parents de ces accusations ! »
"ได้โปรด! อย่ากล่าวหาพ่อแม่ของฉันเลย!"
« On ne m'a pas dit un mot de ce que vous m'avez dit. »
"ฉันไม่ได้รับแจ้งอะไรเลยเกี่ยวกับสิ่งที่คุณบอกฉัน"
« Il se peut que vous n'ayez pas lu les dernières commandes que j'ai envoyées. »
"คุณอาจไม่ได้อ่านคำสั่งซื้อล่าสุดที่ฉันส่งออกไป"
« Au fait, vous n'avez pas à vous inquiéter pour moi aujourd'hui. »
"อ้อ แล้วก็ วันนี้คุณไม่ต้องห่วงฉันนะ"
«Je vais quand même prendre le train de huit heures.»
"ฉันยังคงจะขึ้นรถไฟเที่ยวแปดโมงเช้าอยู่ดี"
« Ces quelques heures de repos m'ont suffisamment revigoré. »
"การพักผ่อนเพียงไม่กี่ชั่วโมงก็ทำให้ฉันแข็งแรงขึ้นมากพอแล้ว"
« Vous n'avez vraiment pas besoin d'attendre, manager. »
"คุณไม่จำเป็นต้องรอเลยครับ ผู้จัดการ"
« Moi aussi, je serai bientôt au bureau. »
"ผมเองก็จะกลับไปทำงานที่ออฟฟิศในเร็วๆ นี้เช่นกัน"
« Et s'il vous plaît, ayez la gentillesse de dire un mot en ma faveur. »
"และกรุณาช่วยพูดถึงฉันในแง่ดีด้วยนะคะ"

Gregor avait donné son explication assez précipitamment.
เกรเกอร์อธิบายเรื่องนั้นอย่างรีบร้อนไปหน่อย

Il ne savait pas vraiment ce qu'il essayait de dire.
เขาแทบไม่รู้เลยว่าตัวเองต้องการจะพูดอะไรกันแน่

Il s'est approché de la boîte et a essayé de s'en servir pour se lever.
เขาเดินไปที่กล่องและพยายามใช้มันเพื่อพยุงตัวขึ้นยืน

Il avait vraiment l'intention d'ouvrir la porte.
เขามีความตั้งใจจริงที่จะเปิดประตู

Il souhaitait être reçu par le représentant autorisé.
เขาต้องการพบตัวแทนผู้มีอำนาจ

Et il voulait régler le problème avec lui personnellement.
และเขาต้องการแก้ไขปัญหานั้นด้วยตนเอง

Il était impatient de savoir comment les autres réagiraient à son égard.
เขาอยากรู้ว่าคนอื่นๆ จะมีปฏิกิริยาต่อเขาอย่างไร

Ils doivent maintenant être impatients de savoir comment il va.
ตอนนี้พวกเขาก็คงอยากรู้เหมือนกันว่าเขาเป็นอย่างไรบ้าง

Il y avait deux façons possibles dont ils pouvaient réagir face à lui.
พวกเขาสามารถตอบสนองต่อเขาได้สองวิธีที่เป็นไปได้

Une possibilité était qu'ils aient peur.
ความเป็นไปได้อย่างหนึ่งก็คือ พวกเขาอาจจะหวาดกลัว

S'ils avaient peur, alors il n'en était pas responsable.
ถ้าพวกเขากลัว เขาก็ไม่มีความรับผิดชอบใดๆ

Et alors, il n'aurait plus à s'inquiéter de la situation.
แล้วเขาก็จะไม่ต้องกังวลกับสถานการณ์นั้นอีกต่อไป

Mais il y avait aussi une autre possibilité à envisager.
แต่ก็ยังมีอีกความเป็นไปได้หนึ่งที่ควรพิจารณา

Peut-être accepteraient-ils sereinement sa personnalité.
บางทีพวกเขาอาจจะยอมรับในสิ่งที่เขาเป็นอย่างใจเย็นก็ได้

Gregor n'aurait alors aucune raison de se fâcher non plus.
ถ้าอย่างนั้นเกรเกอร์ก็คงไม่มีเหตุผลที่จะโกรธเช่นกัน

Il y aurait encore assez de temps pour prendre le train.
ยังมีเวลาเหลือพอที่จะขึ้นรถไฟได้

Cependant, se tenir debout n'était pas une tâche facile.
อย่างไรก็ตาม การยืนตัวตรงไม่ใช่เรื่องง่ายเลย

Lors de ses premières tentatives, il a glissé hors de la boîte.
ในการลองครั้งแรก ๆ เขาพลาดท่าลื่นตกจากกล่อง

La boîte était trop lisse pour qu'il puisse s'y appuyer.
กล่องนั้นเรียบเกินไปจนเขาไม่สามารถยืนพิงได้

Et finalement, il se donna un dernier effort pour se relever.
และในที่สุดเขาก็พยายามอย่างสุดกำลังเพื่อลุกขึ้นยืน

Il ne prêta plus attention à la douleur qu'il ressentait à
l'abdomen.
เขาไม่สนใจอาการปวดท้องอีกต่อไปแล้ว

Peu importe l'intensité de la douleur, il la surmonterait.
ไม่ว่าจะเจ็บปวดแค่ไหน เขาก็จะผ่านมันไปได้

Il se laissa tomber contre le dossier d'une chaise voisine.
เขาทิ้งตัวพิงพนักเก้าอี้ที่อยู่ใกล้ๆ

Et il s'accrochait aux bords avec ses petites jambes.
และเขาก็ใช้ขาเล็กๆ ของเขาเกาะขอบเอาไว้

À ce stade, il avait repris le contrôle de lui-même.
ณ จุดนี้ เขาสามารถควบคุมตัวเองได้มากขึ้น

Et sa chute fut plus silencieuse que la précédente.
และการล่มสลายของเขาก็เงียบกว่าครั้งก่อนมาก

Parce qu'il devait écouter ce que disait le manager.
เพราะเขาต้องฟังสิ่งที่ผู้จัดการพูด

« Avez-vous compris quelque chose à tout cela ? » demanda-
t-il aux parents.
"พวกคุณเข้าใจอะไรบ้างไหม?" เขาถามพ่อแม่

« Il ne se moquerait pas de nous, n'est-ce pas ? »
"เขาคงไม่มาหลอกเราหรอกใช่ไหม?"

« Pour l'amour de Dieu ! » s'écria la mère, déjà en larmes.
"เพื่อเห็นแก่พระเจ้า!" แม่ร้องออกมาทั้งน้ำตา

« Il est peut-être gravement malade et nous le tourmentons. »
"เขาอาจป่วยหนักและเรากำลังทรมานเขาอยู่"

« Grete ! Grete ! » cria-t-elle à sa fille.
"เกรเต! เกรเต!" เธอตะโกนบอกลูกสาว

« Maman ? » appela la sœur de l'autre côté.
"แม่คะ?" พี่สาวร้องเรียกจากอีกฝั่งหนึ่ง

Ils ont ensuite communiqué par l'intermédiaire de la chambre de Gregor.
จากนั้นพวกเขาจึงสื่อสารกันผ่านห้องของเกรเกอร์

« Gregor est très malade et il a besoin de médicaments. »
"เกรเกอร์ป่วยหนักและจำเป็นต้องกินยา"

«Vous devrez aller chez le médecin immédiatement.»
"คุณต้องไปพบแพทย์ทันที"

« Tu as entendu comment Gregor parlait tout à l'heure ? »
"คุณได้ยินที่เกรเกอร์พูดเมื่อกี้นี้ไหม?"

« C'était la voix d'un animal », a déclaré le gérant.
"นั่นเป็นเสียงของสัตว์" ผู้จัดการกล่าว

Ses paroles étaient douces comparées aux cris de la mère.
คำพูดของเขานั้นเบามากเมื่อเทียบกับเสียงกรีดร้องของแม่

« Anna ! Anna ! » appela le père depuis l'antichambre.
"แอนนา! แอนนา!" พ่อตะโกนเรียกผ่านห้องโถง

Et il a claqué des mains pour attirer leur attention.
แล้วเขาก็ปรบมือเพื่อดึงความสนใจของพวกเขา

« Appelez immédiatement un serrurier ! » ordonna-t-il à la bonne.
"ไปตามช่างทำกุญแจมาเดี๋ยวนี้!" เขาออกคำสั่งกับแม่บ้าน

Les filles, en jupes, traversèrent l'antichambre en courant.
เด็กสาวในชุดกระโปรงวิ่งผ่านห้องโถงด้านหน้า

Et leurs jupes bruissaient lorsqu'elles passèrent en courant devant sa chambre.
และเสียงกระโปรงของพวกเธอก็พลิ้วไหวขณะวิ่งผ่านห้องของเขา

« Comment sa sœur a-t-elle fait pour s'habiller si vite ? » se demanda-t-il.
"น้องสาวแต่งตัวเสร็จเร็วขนาดนี้ได้ยังไงกันนะ?" เขาคิดในใจ

La porte a été arrachée, mais elle n'a pas été claquée.
ประตูถูกงัดเปิดออก แต่ไม่ได้ปิดกระแทกอย่างแรง

C'est fréquent dans les maisons où survient un grand malheur.

เหตุการณ์เช่นนี้มักเกิดขึ้นในบ้านที่ประสบกับโชคร้ายครั้งใหญ่

Mais tout cela avait considérablement apaisé Gregor.

แต่ทั้งหมดนี้กลับทำให้เกรเกอร์สงบลงมาก

Quand il entendait ses propres paroles, elles lui paraissaient claires.

เมื่อเขาได้ยินคำพูดของตัวเอง เขาก็รู้สึกว่ามันชัดเจนดี

En fait, il estimait que ses paroles avaient été plus claires.

อันที่จริงเขารู้สึกว่าคำพูดของเขานั้นชัดเจนกว่าเดิมเสียอีก

Mais les autres ne comprenaient plus ce qu'il disait.

แต่คนอื่นๆ ไม่เข้าใจสิ่งที่เขาพูดอีกต่อไปแล้ว

Peut-être s'était-il habitué à ses oreilles à ce moment-là.

บางทีตอนนี้เขาอาจจะเริ่มชินกับหูของตัวเองแล้วก็ได้

Mais au moins, ils comprenaient maintenant mieux sa situation.

แต่อย่างน้อยตอนนี้พวกเขาก็เข้าใจสถานการณ์ของเขาดีขึ้นแล้ว

Ils se sont rendu compte qu'il y avait vraiment quelque chose qui n'allait pas chez lui.

พวกเขาตระหนักได้ว่ามีบางอย่างผิดปกติกับเขาจริงๆ

Et ils faisaient maintenant tout leur possible pour l'aider.

และตอนนี้พวกเขากำลังทำทุกวิถีทางเพื่อช่วยเหลือเขา

Cela redonna à Gregor un sentiment de confiance qui lui manquait.

สิ่งนี้ทำให้เกรเกอร์รู้สึกมั่นใจมากขึ้น ซึ่งเป็นสิ่งที่เขาขาดหายไป

Et il se sentait de nouveau beaucoup plus en sécurité au sein de sa famille.

และเขารู้สึกปลอดภัยในครอบครัวมากขึ้นอีกครั้ง

Il avait le sentiment d'être à nouveau intégré au cercle humain.

เขารู้สึกว่าตัวเองได้กลับเข้ามาเป็นส่วนหนึ่งของกลุ่มมนุษย์อีกครั้ง

Il ne lui restait plus qu'à espérer que le serrurier puisse ouvrir la porte.

ตอนนี้เขาต้องหวังว่าช่างทำกุญแจจะเปิดประตูได้

Et il espérait que le médecin serait capable d'accomplir de telles tâches.
และเขาหวังว่าแพทย์จะสามารถปฏิบัติงานเหล่านั้นได้

Il allait bientôt devoir reprendre la parole.
เขาจะต้องพูดมากขึ้นอีกในไม่ช้า

Il allait falloir que sa voix soit aussi claire que possible.
เขาต้องพูดด้วยเสียงที่ชัดเจนที่สุดเท่าที่จะเป็นไปได้

Pour se préparer à la réunion, il s'éclaircit la gorge.
เขาจึงกระแอมเพื่อเตรียมตัวสำหรับการประชุม

Il s'efforçait toutefois de tousser très discrètement.
อย่างไรก็ตาม เขาพยายามอย่างเต็มที่ที่จะไอเบาๆ เท่านั้น

Ce bruit pouvait être différent d'une toux humaine.
เสียงนั้นอาจฟังดูแตกต่างจากเสียงไอของมนุษย์

Il savait qu'il ne pouvait plus faire la différence entre de telles choses.
เขารู้ว่าเขาไม่สามารถแยกแยะสิ่งเหล่านั้นได้อีกต่อไปแล้ว

Dans la pièce voisine, le silence était total.
ในห้องถัดไปนั้นเงียบสนิทแล้ว

Les parents étaient probablement assis à table.
พ่อแม่คงนั่งอยู่ที่โต๊ะเดียวกัน

Ils chuchotaient peut-être avec le gérant.
พวกเขาอาจกำลังกระซิบกับผู้จัดการอยู่ก็ได้

Peut-être que tout le monde était appuyé contre la porte et écoutait.
บางทีทุกคนอาจจะยืนพิงประตูและแอบฟังอยู่ก็ได้

Gregor poussa lentement la chaise vers la porte.
เกรเกอร์ค่อยๆ ผลักเก้าอี้ไปทางประตู

Il s'appuya contre la porte et se tint droit.
เขาดันประตูและทรงตัวให้ยืนตรง

Il a découvert que la plante de ses pieds était légèrement collée.
เขาได้เรียนรู้ว่าบริเวณฝ่าเท้าของเขามีสารยึดเกาะอยู่เล็กน้อย

Et il se reposa là un instant, épuisé.
และจะเขาพักผ่อนสักครู่ตรงนั้นเพื่อคลายความเหนื่อยล้า

Après s'être suffisamment reposé, il s'attela à la tâche suivante.

หลังจากพักผ่อนจนเพียงพอแล้ว เขาก็เริ่มลงมือทำภารกิจต่อไป

Il commença à tourner la clé dans la serrure avec sa bouche.

เขาเริ่มหมุนกุญแจในล็อกด้วยปากของเขา

Malheureusement, il semblait qu'il n'avait pas de dents.

น่าเสียดายที่ดูเหมือนว่าเขาจะไม่มีฟันเลยสักซี่

Mais quel autre moyen avait-il pour s'emparer des clés ?

แต่เขามีวิธีอื่นใดที่จะคว้ากุญแจมาได้อีกบ้าง?

Heureusement pour lui, ses mâchoires étaient bien sûr très fortes.

โชคดีที่ขากรรไกรของเขานั้นแข็งแรงมาก

Grâce à la force de ses mâchoires, il a vraiment réussi à faire bouger la clé.

ด้วยความช่วยเหลือของขากรรไกร เขาจึงสามารถขยับกุญแจได้สำเร็จ

Il ne doutait pas qu'il se faisait du mal à lui-même également.

เขาไม่ลังเลเลเลยว่าตัวเองก็กำลังทำร้ายตัวเองด้วยเช่นกัน

Parce qu'un liquide brunâtre sortait de sa bouche.

เพราะมีของเหลวสีน้ำตาลไหลออกมาจากปากของเขา

Le liquide brunâtre a coulé sur la clé et le long de la porte.

ของเหลวสีน้ำตาลไหลลงบนกุญแจและไหลลงมาตามประตู

Mais Gregor ne se souciait pas de se faire du mal.

แต่เกรเกอร์ไม่สนใจว่าเขากำลังทำร้ายตัวเอง

« Vous entendez ça ? » demanda le gérant dans la pièce voisine.

"คุณได้ยินเสียงนั้นไหม?" ผู้จัดการพูดจากห้องข้างๆ

« Il tourne la clé », avait remarqué le gérant.

"เขากำลังบิดกุญแจ" ผู้จัดการสังเกตเห็น

Ces paroles furent un grand encouragement pour Gregor.

คำพูดเหล่านั้นเป็นกำลังใจอย่างมากสำหรับเกรเกอร์

Mais le père et la mère auraient également dû crier :

แต่พ่อและแม่ก็ควรจะตะโกนออกมาด้วยเช่นกัน:

« Bien joué, Gregor ! » auraient-ils dû lui crier.

"เยี่ยมมาก เกรกอร์" พวกเขาน่าจะตะโกนบอกเขาไปอย่างนั้น

«Continue, continue de tourner la clé, tu peux le faire.»
"สู้ต่อไป หมุนกุญแจต่อไป คุณทำได้"

Mais Gregor dut plutôt imaginer leur enthousiasme.
แต่แทนที่จะเป็นเช่นนั้น
เกรเกอร์กลับต้องจินตนาการถึงความตื่นเต้นของพวกเขาแทน

Il serra les mâchoires de toutes ses forces.
เขาขบฟันแน่นด้วยแรงทั้งหมดที่มี

Et il continua à tourner la clé dans la serrure.
และเขาก็ยังคงหมุนกุญแจในล็อกต่อไป

Son corps se tordit douloureusement en un cercle.
ร่างกายของเขาบิดตัวเป็นวงกลมอย่างเจ็บปวด

Il ne tenait plus debout qu'avec sa bouche.
ตอนนี้เขาพยุงตัวเองให้ยืนอยู่ได้ด้วยปากเพียงอย่างเดียว

Pour continuer à tourner la clé, il appuya contre la porte.
เขาพยายามบิดกุญแจต่อไปโดยกดกุญแจแนบกับประตู

Finalement, le claquement de la serrure réveilla de nouveau
Gregor.
ในที่สุดเสียงล็อกประตูก็ปลุกเกรเกอร์ให้ตื่นขึ้นอีกครั้ง

« Je n'avais donc pas besoin du serrurier », soupira-t-il de
soulagement.
"งั้นผมก็ไม่ต้องเรียกช่างทำกุญแจแล้วสินะ"
เขาถอนหายใจด้วยความโล่งอก

Il ne lui restait plus qu'à ouvrir la porte qu'il avait
déverrouillée.
ตอนนี้เขาแค่ต้องเปิดประตูที่เขาไม่ได้ล็อกไว้เท่านั้นเอง

Et, la tête sur la poignée, il ouvrit la porte.
แล้วเขาก็เอาหัวพิงลูกบิดประตูเพื่อเปิดประตูออก

Il se trouvait derrière la porte qui donnait sur sa chambre.
เขาอยู่หลังประตูซึ่งเปิดเข้าไปในห้องของเขา

La porte était donc déjà ouverte avant même qu'on puisse le
voir.
ดังนั้นประตูจึงเปิดอยู่แล้วก่อนที่เขาจะปรากฏตัว

Il lui fallait ensuite se faufiler autour de la porte elle-même.

จากนั้นเขาต้องหาทางอ้อมประตูนั้นไป

Ce mouvement difficile a également nécessité beaucoup d'efforts.
การเคลื่อนไหวที่ยากลำบากนี้ต้องใช้ความพยายามอย่างมากเช่นกัน

Il ne voulait pas tomber maladroitement dans la pièce voisine.
เขาไม่อยากพลัดตกไปห้องข้างๆ อย่างไม่ระมัดระวัง

Il n'avait donc pas le temps de prêter attention à quoi que ce soit d'autre.
ดังนั้นเขาจึงไม่มีเวลาไปสนใจสิ่งอื่นใดเลย

Mais il entendit alors le chef de bureau s'exclamer bruyamment : « Oh ! »
แต่แล้วเขาก็ได้ยินเสมียนใหญ่ร้องออกมาดังๆ ว่า "โอ้!"

On aurait dit que le vent soufflait en rafales dans la maison.
ฟังดูเหมือนลมกำลังพัดแรงผ่านบ้าน

Il se trouvait être celui qui était le plus proche de la porte.
เขาบังเอิญเป็นคนที่อยู่ใกล้ประตูที่สุด

Et maintenant, en le voyant, il porta sa main à sa bouche.
และเมื่อเห็นเขา เขาก็เอามือปิดปาก

Il recula lentement, s'éloignant de Gregor.
เขาค่อยๆ ถอยหลังออกห่างจากเกรกอร์

Mais c'était comme si une force invisible agissait sur lui.
แต่มันเหมือนมีพลังลึกลับบางอย่างกำลังกระทำต่อเขาอยู่

La première chose que fit la mère fut de regarder le père.
สิ่งแรกที่แม่ทำคือมองไปที่พ่อ

Malgré la présence du gérant, ses cheveux étaient en désordre.
แม้จะมีผู้จัดการอยู่ด้วย แต่ผมของเธอก็ยังยุ่งเหยิง

Elle déplia les bras et fit deux pas en avant.
เธอคลายแขนออก แล้วก้าวไปข้างหน้าสองก้าว

Mais elle s'est effondrée au milieu de sa jupe.
แต่แล้วเธอก็ทรุดตัวลงกลางกระโปรงของเธอ

Sa robe s'est étalée tout autour d'elle sur le sol.
กระโปรงของเธอกระจายไปทั่วพื้น

Et sa tête disparut sur sa poitrine.
แล้วศีรษะของเธอก็หายลงไปแนบกับหน้าอกของตัวเอง

Le père serra le poing avec une expression hostile.
พ่อกำหมัดแน่นด้วยสีหน้าไม่พอใจ

Il semblait vouloir que Gregor soit renvoyé dans sa chambre.
ดูเหมือนเขาอยากให้เกรเกอร์ถูกผลักกลับเข้าไปในห้องของเขา

Il jeta ensuite un regard incertain autour du salon.
จากนั้นเขาก็มองไปรอบๆ ห้องนั่งเล่นด้วยสีหน้าไม่แน่ใจ

Et finalement, il se couvrit les yeux entre ses mains.
และในที่สุดเขาก็เอามือปิดตาตัวเอง

Et il pleura amèrement jusqu'à ce que sa poitrine puissante tremble.
และเขาร้องไห้อย่างขมขื่นจนอกอันแข็งแรงของเขาสั่นสะเทือน

Gregor n'est en réalité pas entré dans leur chambre.
จริงๆ แล้วเกรเกอร์ไม่ได้เข้าไปในห้องของพวกเขาเลย

Au lieu de cela, il s'appuya contre le cadre de la porte.
แต่เขากลับเอนตัวพิงกรอบประตูแทน

Seule la moitié de son corps était visible de l'extérieur.
จากภายนอกมองเห็นร่างกายของเขาเพียงครึ่งเดียวเท่านั้น

Et sur son corps reposait sa tête, inclinée sur le côté.
และบนสุดของร่างกายเขาคือศีรษะที่เอียงไปด้านข้าง

La lumière était désormais devenue beaucoup plus vive qu'auparavant.
ตอนนี้แสงสว่างขึ้นกว่าเดิมมากแล้ว

On pouvait désormais voir clairement l'autre côté de la rue.
ตอนนี้สามารถมองเห็นอีกฝั่งของถนนได้อย่างชัดเจนแล้ว

Une partie de l'hôpital gris et interminable se dévoila.
ส่วนหนึ่งของโรงพยาบาลสีเทาอันกว้างใหญ่ปรากฏขึ้น

La pluie matinale n'avait pas encore complètement cessé de tomber.
ฝนที่ตกในตอนเช้ายังคงตกอยู่บ้าง

Mais maintenant, les gouttes de pluie étaient plus grosses et plus espacées.

แต่คราวนี้เม็ดฝนมีขนาดใหญ่ขึ้นและตกห่างกันมากขึ้น

Les plats du petit-déjeuner étaient disposés en abondance sur la table.
อาหารเช้าถูกจัดวางอยู่บนโต๊ะอย่างมากมาย

Le père considérait le petit-déjeuner comme le repas le plus important.
พ่อคิดว่าอาหารเช้าเป็นมื้อที่สำคัญที่สุด

Le petit-déjeuner était un repas qu'il s'éternisait pendant des heures.
อาหารเช้าเป็นมื้อที่เขาใช้เวลานานหลายชั่วโมงในการรับประทาน

Et pendant ces heures, il lisait les différents journaux.
และในช่วงเวลานั้น เขาได้อ่านหนังสือพิมพ์ต่างๆ

Juste en face, sur le mur, était accrochée une photo de Gregor.
บนผนังฝั่งตรงข้ามมีรูปถ่ายของเกรเกอร์แขวนอยู่

La photographie accrochée au mur le montrait en lieutenant.
รูปถ่ายบนผนังแสดงให้เห็นเขาในฐานะร้อยโท

C'était une photo de l'époque où il était dans l'armée.
เป็นภาพถ่ายจากช่วงเวลาที่เขาประจำการอยู่ในกองทัพ

Sa main était posée sur son épée, et il arborait un sourire insouciant.
มือของเขาวางอยู่บนดาบ และเขามีรอยยิ้มอย่างไม่ใส่ใจ

Sa posture et son uniforme imposaient un certain respect.
ท่าทางและเครื่องแบบของเขาทำให้ผู้คนต้องให้ความเคารพในระดับหนึ่ง

L'autre porte qui menait à l'antichambre était également ouverte.
ประตูอีกบานที่นำไปสู่ห้องโถงก็เปิดอยู่เช่นกัน

Et la porte de l'appartement était encore ouverte elle aussi.
และประตูทางเข้าอพาร์ตเมนต์ก็ยังเปิดอยู่ด้วย

On pouvait voir jusqu'à la cour de l'immeuble.
สามารถมองเห็นลานหน้าอพาร์ตเมนต์ได้อย่างชัดเจน

Puis les escaliers descendaient sur la rue en contrebas.
จากนั้นบันไดก็ทอดลงไปยังถนนด้านล่าง

Gregor était le seul à avoir gardé son sang-froid.
เกรเกอร์เป็นคนเดียวที่ยังคงควบคุมอารมณ์ได้ดี

Il a constaté cela, la conversation était donc de sa
responsabilité.
เขาเห็นเช่นนั้น ดังนั้นการสนทนาจึงเป็นความรับผิดชอบของเขา

« Bon, je vais m'habiller pour le travail maintenant », dit-il.
"เอาล่ะ ผมจะไปแต่งตัวไปทำงานแล้ว" เขากล่าว

« Une fois que j'aurai emballé les échantillons de tissu, je
partirai. »
"หลังจากที่ฉันแพ็คตัวอย่างผ้าเสร็จแล้ว ฉันจะออกไป"

«Vous comptez toujours me tirer dessus, Monsieur Prokurist
?»
"คุณยังตั้งใจจะไล่ผมออกอยู่อีกหรือครับ คุณโปรคูริสต์?"

« Comme vous pouvez le constater, je ne suis pas aussi têtue
que vous le pensiez. »
"อย่างที่คุณเห็น ฉันไม่ได้ดื้อรั้นอย่างที่คุณคิดหรอก"

« Et vous pouvez constater que j'aime bien travailler, après
tout. »
"และคุณก็คงเห็นแล้วว่าสุดท้ายแล้วฉันก็ชอบทำงานจริงๆ"

« Je peux admettre que voyager pour le travail n'est pas
facile. »
"ฉันยอมรับว่าการเดินทางเพื่อทำงานไม่ใช่เรื่องง่าย"

« Mais je peux aussi accepter que cela fasse partie de mon
travail. »
"แต่ฉันก็ยอมรับได้เช่นกันว่ามันเป็นส่วนหนึ่งของงานของฉัน"

« Chef de projet, où allez-vous ? Retournez-vous au
bureau ? »
"ผู้จัดการ คุณจะไปไหนคะ กลับไปที่ออฟฟิศเหรอคะ?"

« Allez-vous rapporter fidèlement tout ce que vous avez vu ?
»
"คุณจะรายงานทุกสิ่งที่คุณเห็นตามความจริงหรือไม่?"

«Il arrive parfois qu'on soit dans l'incapacité d'aller
travailler.»
"บางครั้งก็อาจเกิดขึ้นได้ว่าเราไม่สามารถไปทำงานได้"

« C'est le moment idéal pour se souvenir des succès passés. »

"นี่คือช่วงเวลาที่เหมาะสมที่จะหวนรำลึกถึงความสำเร็จในอดีต"

« Une fois la difficulté surmontée, on travaille encore mieux. »

"เมื่อขจัดอุปสรรคออกไปแล้ว การทำงานก็จะดียิ่งขึ้น"

« Ma diligence et ma concentration vont augmenter. »
"ความขยันหมั่นเพียรและสมาธิของฉันจะเพิ่มสูงขึ้น"

«Vous savez très bien que je suis redevable envers le patron.»
"คุณก็รู้ดีอยู่แล้วว่าผมเป็นหนี้บุญคุณเจ้านาย"

« Mais je suis aussi inquiète pour mes parents et ma sœur. »
"แต่ฉันก็เป็นห่วงพ่อแม่และน้องสาวของฉันด้วย"

« Je suis dans une situation délicate, mais je vais m'en sortir. »
"ตอนนี้ผมอยู่ในสถานการณ์ที่ลำบาก
แต่ผมจะหาทางผ่านมันไปให้ได้"

« Ne compliquez pas davantage les choses. »
"อย่าทำให้เรื่องนี้ยากกว่าที่เป็นอยู่เลย"

« En tant que collègues, nous devons aussi nous entraider. »
"ในฐานะเพื่อนร่วมงาน เราก็ต้องช่วยเหลือซึ่งกันและกันด้วย"

« Je sais que les employés de bureau n'aiment pas les voyageurs. »
"ฉันรู้ว่าพนักงานออฟฟิศไม่ชอบนักเดินทาง"

«Vous croyez qu'on gagne des fortunes et qu'on mène une vie confortable.»
"คุณคิดว่าเราหาเงินได้มากมายและใช้ชีวิตอย่างสุขสบายงั้นหรือ"

« Ils n'ont aucune raison valable de tenir compte de leurs préjugés. »
"พวกเขาไม่มีเหตุผลที่แท้จริงที่จะต้องพิจารณาอคติของตนเอง"

« Mais vous, agent habilité, votre rôle est différent. »
"แต่คุณซึ่งเป็นเจ้าหน้าที่ผู้มีอำนาจ มีบทบาทที่แตกต่างออกไป"

«Vous avez une meilleure vue d'ensemble que les autres membres du personnel.»
"คุณมีความเข้าใจภาพรวมได้ดีกว่าพนักงานคนอื่นๆ"

« En fait, je pense que vous avez peut-être la meilleure vue
d'ensemble. »
"ที่จริงแล้ว ผมคิดว่าคุณอาจจะมีภาพรวมที่ดีที่สุด"

«Vous avez une meilleure vision d'ensemble que le patron
lui-même.»
"คุณมีภาพรวมที่ดีกว่าเจ้านายเสียอีก"

« J'admets que c'est le patron qui fait le travail
d'entrepreneur. »
"ผมยอมรับว่าเจ้านายลงมือทำงานด้านการเป็นผู้ประกอบการเอง"

« Mais il est facile de se tromper dans ses jugements. »
"แต่การตัดสินของเขาอาจถูกบิดเบือนได้ง่าย"

« Et ces petites erreurs de jugement peuvent nous être
préjudiciables. »
"และการตัดสินใจผิดพลาดเล็กๆ น้อยๆ
เหล่านี้อาจส่งผลเสียต่อเราได้"

«Vous savez combien il est facile de parler du voyageur.»
"คุณก็รู้ว่าการพูดถึงนักเดินทางนั้นง่ายแค่ไหน"

« Il n'est pas là pour défendre sa réputation contre les
rumeurs. »
"เขาไม่ได้อยู่ที่นั่นเพื่อปกป้องชื่อเสียงของตัวเองจากข่าวลือ"

« Ces accusations peuvent très bien n'être que des
coïncidences. »
"ข้อกล่าวหาเหล่านี้อาจเป็นเพียงเรื่องบังเอิญก็ได้"

« Nombre de ces plaintes ne reposent même sur aucune
vérité. »
"ข้อร้องเรียนหลายอย่างไม่ได้มีพื้นฐานมาจากความจริงเลยด้วยซ้ำ"

«Il est absent du bureau pendant presque toute l'année.»
"เขาไม่อยู่ที่สำนักงานเกือบตลอดทั้งปี"

«Quelles chances a-t-il de défendre sa propre réputation ?»
"เขามีโอกาสแค่ไหนที่จะปกป้องชื่อเสียงของตัวเองได้?"

«Il n'a même pas connaissance des accusations.»
"เขาไม่ได้แม้แต่จะได้รู้เกี่ยวกับข้อกล่าวหาเหล่านั้นเลย"

«Il découvre ce qui a été dit lorsqu'il est trop tard.»
"เขามารู้ว่ามีการพูดอะไรไปบ้างก็ต่อเมื่อสายเกินไปแล้ว"

« À ce stade, il est épuisé par le voyage de la journée. »
"ถึงตอนนั้นเขาก็เหนื่อยล้าจากการเดินทางตลอดทั้งวันแล้ว"

« Il devra de toute façon en subir les terribles conséquences. »
"อย่างไรเขาก็ต้องเผชิญกับผลที่ตามมาอันเลวร้ายอยู่ดี"

« Même s'il n'a aucun moyen de comprendre le problème. »
"ถึงแม้ว่าเขาจะไม่มีทางเข้าใจปัญหาได้เลยก็ตาม"

« Oh, manager, ne partez pas sans me dire un mot. »
"โอ้ ผู้จัดการ อย่าเพิ่งไปโดยไม่บอกอะไรฉันก่อนนะ"

«Dites-moi au moins que vous êtes d'accord avec moi en partie.»
"อย่างน้อยก็บอกฉันหน่อยว่าคุณเห็นด้วยกับฉันบางส่วน"

Mais le directeur s'était détourné de Gregor bien plus tôt.
แต่ผู้จัดการได้หันหลังให้กับเกรเกอร์ไปนานแล้ว

Son épaule tressaillit lorsqu'il se retourna vers Gregor.
ไหล่ของเขาขยับเล็กน้อยเมื่อเขามองกลับไปที่เกรเกอร์

Et il n'est pas resté immobile une seule fois pendant tout son discours.
และเขาก็ไม่ได้ยืนนิ่งเลยแม้แต่ครั้งเดียวระหว่างการกล่าวสุนทรพจน์

Il se retournait vers Gregor, les lèvres pincées.
เขามองกลับไปที่เกรเกอร์ด้วยริมฝีปากที่เม้มแน่น

Il reculait progressivement vers la porte.
เขากำลังค่อยๆ ถอยห่างออกไปทางประตู

Mais il ne pouvait pas non plus détacher son regard de Gregor.
แต่เขาก็ไม่อาจละสายตาจากเกรเกอร์ได้เช่นกัน

Il avait l'impression qu'il lui était secrètement interdit de quitter la pièce.
เขารู้สึกเหมือนมีข้อห้ามลับๆ เกี่ยวกับการออกจากห้องนั้น

Mais à ce stade, il se trouvait déjà dans le hall d'entrée.
แต่ถึงตอนนี้เขาก็อยู่ที่โถงทางเข้าแล้ว

Et soudain, il fit un mouvement vers la sortie.
และตอนนี้เขาก็ขยับตัวออกไปทางประตูทางออกอย่างกะทันหัน

Il tendit la main droite vers les escaliers.

เขายื่นมือขวาออกไปทางบันได

Peut-être qu'une force surnaturelle attendait pour le sauver.
บางทีอาจมีพลังเหนือธรรมชาติรอช่วยเขาอยู่ก็ได้

Gregor savait qu'il ne pouvait pas le laisser partir comme ça.
เกรเกอร์รู้ว่าเขาไม่อาจปล่อยให้เขาจากไปแบบนี้ได้

Le manager ne doit pas revenir dans le même état d'esprit qu'avant.
ผู้จัดการไม่ควรกลับมาในอารมณ์แบบที่เขาเป็นอยู่

La sécurité de l'emploi de Gregor était fortement menacée.
ความมั่นคงในหน้าที่การงานของเกรเกอร์ตกอยู่ในความเสี่ยงอย่างมาก

Les parents ne comprenaient pas tout cela.
พ่อแม่ไม่สามารถเข้าใจเรื่องทั้งหมดนี้ได้อย่างถ่องแท้

Au fil des ans, ils s'étaient habitués à sa sécurité d'emploi.
ตลอดหลายปีที่ผ่านมา
พวกเขาเริ่มคุ้นเคยกับความมั่นคงในหน้าที่การงานของเขาแล้ว

Et ils étaient convaincus qu'il avait ce poste à vie.
และพวกเขาก็เริ่มมั่นใจว่าเขาจะได้งานนี้ไปตลอดชีวิต

Au lieu de cela, ils s'étaient préoccupés d'autres soucis.
แต่พวกเขากลับไปยุ่งอยู่กับเรื่องอื่นๆ ที่น่ากังวลมากกว่า

Mais ces préoccupations leur ont fait perdre toute prévoyance.
แต่ความกังวลเหล่านี้ทำให้พวกเขาขาดวิสัยทัศน์ที่กว้างไกล

Gregor, cependant, n'avait pas perdu la clairvoyance de ses parents.
อย่างไรก็ตาม เกรเกอร์ยังคงมีวิสัยทัศน์เช่นเดียวกับพ่อแม่ของเขา

Il a fallu que quelqu'un arrête le représentant autorisé.
ต้องมีคนมาห้ามตัวแทนที่ได้รับอนุญาตคนนั้นไว้

Il allait devoir le calmer et le convaincre.
เขาต้องปลอบโยนและโน้มน้าวเขา

L'avenir de Gregor et de sa famille en dépendait !
อนาคตของเกรเกอร์และครอบครัวขึ้นอยู่กับเรื่องนี้!

Si seulement sa sœur intelligente avait été là pour l'aider.
ถ้าพี่สาวผู้ฉลาดหลักแหลมคนนั้นอยู่ช่วยด้วยก็คงจะดี

Elle avait déjà pleuré alors que Gregor était encore dans sa chambre.

เธอร้องให้ไปแล้วตั้งแต่ตอนที่เกรเกอร์ยังอยู่ในห้องของเขา

À ce moment-là, il était simplement allongé tranquillement sur le dos.

ณ เวลานั้น เขาเพียงแค่นอนนิ่งๆ อยู่บนหลัง

Elle connaissait déjà l'importance de la situation à ce moment-là.

ตอนนั้นเธอรู้ถึงความสำคัญของสถานการณ์นั้นอยู่แล้ว

Le directeur était connu pour avoir un faible pour les femmes.

ผู้จัดการคนนั้นขึ้นชื่อเรื่องมีใจอ่อนให้กับผู้หญิง

Elle aurait facilement pu le persuader de rester plus longtemps.

เธอสามารถโน้มน้าวให้เขาอยู่ต่อได้ง่ายๆ

Elle aurait fermé la porte et l'aurait fait rentrer.

เธอคงจะปิดประตูและพาเขากลับเข้าไปข้างใน

Mais malheureusement, sa sœur était partie chercher un médecin.

แต่โชคร้ายที่พี่สาวไปตามหมอมาเสียก่อน

Gregor n'avait donc pas d'autre choix que de le faire lui-même.

ดังนั้นเกรเกอร์จึงไม่มีทางเลือกอื่นนอกจากต้องทำด้วยตัวเอง

Il n'avait pas réfléchi à quelles étaient réellement ses capacités.

เขาไม่ได้พิจารณาเลยว่าความสามารถที่แท้จริงของเขาคืออะไร

Et il avait oublié de se méfier de sa capacité à parler.

และเขาลืมไปว่าไม่ควรไม่มั่นใจในความสามารถในการพูดของตนเอง

Mais il a néanmoins quitté la sécurité de sa chambre.

แต่ถึงกระนั้น เขาก็ออกจากห้องที่ปลอดภัยของเขาไป

Et il se faufila par l'ouverture de la pièce.

แล้วเขาก็ผลักตัวเองลอดผ่านช่องเปิดของห้องเข้าไป

Le directeur était déjà en train de descendre les escaliers.

ผู้จัดการกำลังเดินลงบันไดมาแล้ว

Mais il s'accrochait à la rambarde à deux mains.

แต่เขากำลังจับราวบันไดไว้แน่นด้วยมือทั้งสองข้าง

Gregor tomba en se poussant à travers la porte.
เกรเกอร์ล้มลงขณะที่เขากำลังผลักตัวเองผ่านประตูเข้าไป

Il laissa échapper un petit cri en cherchant un appui.
เขาเปล่งเสียงร้องเบาๆ ขณะที่คว้าหาที่ยึดเพื่อพยุงตัว

Mais au lieu de paniquer, il a ressenti un bien-être physique.
แต่แทนที่จะตื่นตระหนก เขากลับรู้สึกสบายดีทางร่างกาย

Pour la première fois ce matin-là, quelque chose semblait juste.
เป็นครั้งแรกในเช้าวันนั้นที่ฉันรู้สึกว่าทุกอย่างถูกต้องแล้ว

Il avait désormais toutes les jambes bien ancrées au sol.
ตอนนี้ขาของเขาทุกข้างได้เหยียบลงบนพื้นอย่างมั่นคงแล้ว

Il était surpris de constater à quel point il contrôlait bien ses jambes.
เขาประหลาดใจที่ตัวเองสามารถควบคุมขาได้ดีขนาดนั้น

Il était heureux de constater que ses jambes lui obéissaient parfaitement.
เขารู้สึกดีใจที่สังเกตเห็นว่าขาของเขาเชื่อฟังเขาอย่างสมบูรณ์

En réalité, ses jambes le portaient partout où il le voulait.
อันที่จริงแล้ว ขาของเขาสามารถพาเขาไปได้ทุกที่ที่เขาต้องการ

Bientôt, tous ses chagrins allaient prendre fin.
ในไม่ช้าความทุกข์ระทมทั้งหมดของเขาก็จะต้องสิ้นสุดลง

Mais au même moment, sa propre mère se leva d'un bond.
แต่ในขณะเดียวกันนั้นเอง แม่ของเขาก็ลุกขึ้นยืน

Ses bras étaient tendus et ses doigts écartés.
แขนของเธอเหยียดออก และนิ้วมือของเธอก็แยกออกจากกัน

Et elle s'est écriée : « Au secours ! Au nom de Dieu, que quelqu'un m'aide ! »
และเธอก็ร้องออกมาว่า "ช่วยด้วย! ใครก็ได้ช่วยฉันที!"

Elle inclina la tête ; elle voulait mieux voir Gregor.
เธอเอียงศีรษะ เธออยากมองเกรเกอร์ให้ชัดขึ้น

Mais contrairement à sa première action, elle est revenue en courant.
แต่ตรงกันข้ามกับการกระทำครั้งแรก เธอวิ่งกลับไป

Elle avait oublié que la table était mise derrière elle.
เธอลืมไปว่าโต๊ะถูกจัดเตรียมไว้ด้านหลังเธอแล้ว

Tout ce qui était prévu pour le petit-déjeuner était encore sur la table.
อาหารเช้าทุกอย่างยังวางอยู่บนโต๊ะ

Elle s'assit précipitamment sur la table, comme distraite.
เธอรีบนั่งลงบนโต๊ะราวกับกำลังใจลอย

Et elle n'a pas semblé remarquer le café renversé.
และดูเหมือนเธอจะไม่ทันสังเกตเห็นกาแฟที่หก

Le café était maintenant en train d'imbiber la moquette.
กาแฟที่ตอนนี้ซึมลงไปในพรมแล้ว

« Maman, maman », dit doucement Gregor en levant les yeux vers elle.
"แม่ครับ แม่ครับ" เกรเกอร์พูดเบาๆ พลางเงยหน้ามองเธอ

Pour le moment, le manager ne lui importait pas.
ในขณะนี้ ผู้จัดการยังไม่สำคัญสำหรับเขา

Mais il y avait aussi le café qui coulait sur la moquette.
แต่ยังมีคราบกาแฟหยดลงบนพรมด้วย

Gregor n'a pas pu s'empêcher de claquer des dents devant le café.
เกรเกอร์อดใจไม่ไหวที่จะกัดฟันแน่นเมื่อเห็นกาแฟ

La mère se remit à pleurer à cause de son comportement.
แม่เริ่มร้องไห้อีกครั้งเพราะพฤติกรรมของเขา

Elle a sauté de la table pour prendre ses distances avec lui.
เธอจึงกระโดดลงจากโต๊ะเพื่อถอยห่างจากเขา

Et elle s'est réfugiée dans les bras de son père.
และเธอก็วิ่งเข้าไปกอดพ่อเพื่อขอความปลอดภัย

Mais Gregor n'avait plus de temps à consacrer à ses parents.
แต่ตอนนี้เกรเกอร์ไม่มีเวลาเหลือให้พ่อแม่แล้ว

L'agent habilité se trouvait déjà dans l'escalier.
เจ้าหน้าที่ผู้มีอำนาจอยู่บนบันไดแล้ว

Il avait le menton appuyé sur la rambarde, pour regarder à l'intérieur de la maison.
เขายื่นคางไปแตะราวระเบียงเพื่อมองเข้าไปในบ้าน

Apparemment, il voulait jeter un dernier coup d'œil au spectacle.
ดูเหมือนว่าเขาอยากจะชมปรากฏการณ์นี้เป็นครั้งสุดท้าย

Et Gregor fit un dernier effort pour joindre le directeur.
และเกรเกอร์ได้พยายามครั้งสุดท้ายเพื่อติดต่อผู้จัดการ

Il courut vers la porte aussi prudemment qu'il le put.
เขารีบวิ่งไปที่ประตูอย่างปลอดภัยที่สุดเท่าที่จะทำได้

Mais le chef de bureau devait se douter de quelque chose.
แต่เสมียนใหญ่คงสงสัยอะไรบางอย่างอยู่บ้างแล้ว

Parce qu'il a descendu quelques marches et a disparu.
เพราะเขาโดดลงบันไดหลายขั้นแล้วหายตัวไป

« Hein ! » s'écria Gregor, sa voix résonnant dans la cage d'escalier.
"ฮิ!" เกรเกอร์ตะโกนเสียงดังก้องไปทั่วบันได

La fuite du manager sembla également déconcerter son père.
การหลบหนีของผู้จัดการดูเหมือนจะทำให้พ่อของเขาสับสนเช่นกัน

Jusque-là, il était parvenu à garder son calme.
ก่อนหน้านั้นเขาสามารถควบคุมอารมณ์ได้อย่างค่อนข้างดี

Mais malheureusement, lui aussi a perdu le sang-froid qu'il avait eu.
แต่น่าเสียดายที่เขาก็สูญเสียความสงบเยือกเย็นที่เคยมีไปเช่นกัน

Il aurait dû aider Gregor dans sa quête.
สิ่งที่เขาควรทำคือช่วยเกรเกอร์ในการตามหาเขา

Mais, d'une main, il saisit la canne du directeur.
แต่เขาคว้าไม้เท้าของผู้จัดการไว้ในมือข้างหนึ่ง

Et dans l'autre main, il tenait maintenant un journal.
ส่วนมืออีกข้างหนึ่ง เขากำลังถือหนังสือพิมพ์อยู่

Et il entravait désormais directement Gregor dans sa poursuite.
และตอนนี้เขาก็ได้ขัดขวางเกรเกอร์ในการไล่ล่าโดยตรงแล้ว

Il s'était placé entre Gregor et la rue.
เขาได้ยืนอยู่ระหว่างเกรเกอร์กับถนน

Il tapa du pied et agita le bâton et le journal.
เขากระทืบเท้าและโบกไม้กับหนังสือพิมพ์ไปมา

Et il forçait activement Gregor à retourner dans sa chambre.
และเขาก็กำลังบังคับให้เกรเกอร์กลับเข้าไปในห้องของเขาอย่างแข็งขัน

Aucune des demandes formulées par Gregor n'a été utile.
คำขอร้องต่างๆ ที่เกรเกอร์พยายามทำนั้น ไม่ได้ผลเลยสักอย่าง

Parce qu'aucune de ses demandes n'a été comprise.
เพราะไม่มีใครเข้าใจคำขอใดๆ ของเขาเลย

Il tourna la tête vers un angle plus profond et plus humble.
เขาก้มศีรษะลงด้วยท่าทางที่อ่อนน้อมถ่อมตนยิ่งขึ้น

Mais son père répondit en tapant du pied encore plus fort.
แต่พ่อของเขากลับตอบโต้ด้วยการกระทืบเท้าแรงยิ่งกว่าเดิม

La mère ouvrit une fenêtre, malgré la fraîcheur ambiante.
แม้ว่าอากาศจะเย็น แต่คุณแม่ก็เปิดหน้าต่างออก

Et elle enfouit son visage dans ses mains froides.
และเธอก็ซบหน้าลงกับมือเพราะความหนาวเย็น

Le vent pouvait désormais traverser tout l'appartement.
ตอนนี้ลมสามารถพัดผ่านอพาร์ตเมนต์ได้ทั้งหลังแล้ว

Un fort courant d'air soufflait de l'escalier vers la ruelle.
ลมแรงพัดมาจากบันไดลงสู่ตรอก

Les rideaux claquaient sous l'effet du vent violent.
ผ้าม่านปลิวไสวไปตามแรงลม

Et le journal posé sur la table bruissait dans le vent.
และหนังสือพิมพ์บนโต๊ะก็ส่งเสียงกรอบแกรบตามลม

Même des feuilles ont été soufflées à l'intérieur de la maison depuis l'extérieur.
แม้แต่ใบไม้บางส่วนก็ยังปลิวเข้ามาในบ้านจากข้างนอก

Le père tapa du pied et poussa sans relâche.
พ่อกระทืบเท้าและผลักอย่างไม่ลดละ

Et il sifflait et émettait des bruits comme un homme sauvage.
และเขาก็ส่งเสียงขู่ฟ่อและส่งเสียงเหมือนคนบ้า

Mais Gregor ne s'était pas encore entraîné à marcher à reculons.
แต่เกรเกอร์ยังไม่เคยฝึกเดินถอยหลังมาก่อน

Même Gregor admettrait que ce mouvement était beaucoup plus lent.
แม้แต่เกรเกอร์เองก็คงยอมรับว่าการเคลื่อนไหวนี้ช้ากว่ามาก

Tout ce qu'il souhaitait, c'était avoir la possibilité de faire demi-tour.
สิ่งที่เขาต้องการก็คือโอกาสที่จะหันหลังกลับ

Il serait alors allé directement dans sa chambre.
จากนั้นเขาคงจะตรงไปที่ห้องของเขาทันที

Mais il avait trop peur d'impatienter son père.
แต่เขากลัวเกินไปว่าจะทำให้พ่อหมดความอดทน

Et il y avait la menace d'un coup de bâton.
และยังมีการขู่ว่าจะใช้ไม้ตีอีกด้วย

Un tel coup à l'arrière de la tête pourrait être fatal.
การถูกกระแทกที่ด้านหลังศีรษะแบบนั้นอาจถึงแก่ชีวิตได้

Mais finalement, Gregor n'avait pas d'autre choix.
แต่สุดท้ายแล้ว เกรเกอร์ก็ไม่มีทางเลือกอื่น

Il s'est rendu compte qu'il ne pouvait même plus marcher droit à reculons.
เขารู้ตัวว่าแม้แต่จะเดินถอยหลังให้ตรงก็ยังทำไม่ได้

Il commença à se retourner aussi vite qu'il le put.
เขาเริ่มหันหลังกลับอย่างรวดเร็วที่สุดเท่าที่จะทำได้

Mais en réalité, ce mouvement de rotation était tout aussi lent.
แต่ในความเป็นจริง การหมุนนี้ก็ช้าพอๆ กัน

Et il fut suivi des regards anxieux du père.
และเขาก็ถูกมองตามไปด้วยความกังวลใจจากพ่อของเขา

Peut-être le père avait-il remarqué les bonnes intentions de Gregor.
บางทีพ่ออาจสังเกตเห็นเจตนาดีของเกรเกอร์ก็ได้

Parce qu'il ne l'a pas empêché de se retourner.
เพราะเขาไม่ได้รบกวนการหันหลังของเขา

Il a même utilisé le bout de son bâton pour guider la rotation.
เขายังใช้ปลายไม้เท้าช่วยควบคุมทิศทางการหมุนอีกด้วย

Mais Gregor aurait préféré que son père ne lui ait pas sifflé dessus !
แต่เกรเกอร์ก็ยังรู้สึกเสียใจที่พ่อพูดจาขู่ฟ่อใส่เขา!

Le sifflement ne fit qu'ajouter à la confusion du moment.
เสียงฟู่ฟ่านั้นยิ่งเพิ่มความสับสนให้กับสถานการณ์ในขณะนั้น

Puis il a commis une erreur et a tourné dans la mauvaise direction.
แล้วเขาก็พลาดพลั้งและหันไปผิดทาง

Finalement, il a réussi à se tourner dans la bonne direction.
ในที่สุดเขาก็หันหน้าไปทางที่ถูกต้องได้สำเร็จ

Et il était satisfait des progrès qu'il avait accomplis.
และเขาก็พอใจกับความก้าวหน้าที่เขาทำได้

Mais un autre problème est alors devenu encore plus évident.
แต่แล้วปัญหาต่อไปก็ยิ่งชัดเจนขึ้น

Son corps était trop large pour passer facilement la porte.
ร่างกายของเขากว้างเกินไป จึงไม่สามารถลอดผ่านประตูได้โดยง่าย

Dans son état actuel, le père ne s'en est pas aperçu.
ในสภาพเช่นนั้น พ่อจึงไม่ทันสังเกตเห็นเรื่องนี้

Il ne lui vint donc pas à l'esprit d'ouvrir davantage la porte.
ดังนั้นเขาจึงไม่ได้คิดที่จะเปิดประตูให้กว้างขึ้นอีก

Il y aurait alors eu suffisamment de place pour Gregor.
ถ้าอย่างนั้นก็จะมีพื้นที่เพียงพอสำหรับเกรเกอร์

Sa seule priorité était de faire entrer Gregor dans sa chambre.
สิ่งเดียวที่เขาสนใจคือการพาเกรเกอร์เข้าไปในห้องของเขา

Il aurait dû se lever pour passer la porte.
เขาต้องลุกขึ้นยืนถึงจะลอดผ่านประตูได้

Mais le père n'aurait pas permis une telle manœuvre.
แต่พ่อคงไม่ยอมให้ทำเช่นนั้นแน่

En fait, il le sifflait encore plus sauvagement qu'avant.
ที่จริงแล้ว เขาขู่ฟ่อใส่เขาอย่างดุดันยิ่งกว่าเดิมเสียอีก

On aurait dit qu'il y avait plus d'un homme qui lui sifflait dessus.

ฟังดูเหมือนมีมากกว่าหนึ่งคนที่กำลังกระซิบใส่เขา

Ses revendications semblaient revêtir une nouvelle urgence.
ข้อเรียกร้องของเขาดูเหมือนจะมีความเร่งด่วนมากขึ้นกว่าเดิม

Il n'y avait vraiment plus de temps à perdre.
ตอนนี้ไม่มีเวลาให้เสียเปล่าอีกแล้วจริงๆ

Quoi qu'il arrive, Gregor devait franchir la porte.
ไม่ว่าจะเกิดอะไรขึ้น เกรเกอร์ก็ต้องผ่านประตูนั้นไปให้ได้

Il s'est imposé sans aucun égard pour lui-même.
เขาฝ่าฟันอุปสรรคโดยไม่คำนึงถึงตัวเองเลยแม้แต่น้อย

Un côté de son corps fut projeté vers le haut par le mouvement.
ร่างกายด้านหนึ่งของเขาถูกแรงสั่นสะเทือนดันขึ้นด้านบน

Et il était allongé de travers, maladroitement, dans l'embrasure de la porte.
และเขานอนอยู่ในท่าที่อึดอัดและบิดเบี้ยวระหว่างประตู

Un de ses flancs était à vif à cause du frottement contre le bois.
สีข้างของเขาข้างหนึ่งถลอกเพราะเสียดสีกับไม้

Et il avait laissé des taches disgracieuses sur la porte peinte en blanc.
และเขาทิ้งคราบสกปรกไว้บนประตูที่ทาสีขาว

Les jambes d'un de ses côtés pendaient en tremblant dans le vide.
ขาข้างหนึ่งของเขาห้อยลงมาในอากาศอย่างสั่นเทา

Ses autres jambes étaient douloureusement enfoncées dans le sol.
ขาอีกข้างของเขากดลงกับพื้นอย่างเจ็บปวด

Bientôt, il allait se retrouver complètement coincé entre la porte et le mur.
อีกไม่นานเขาก็จะติดอยู่ระหว่างประตูอย่างสมบูรณ์

Et alors, il n'aurait plus pu bouger du tout.
แล้วเขาก็จะไม่สามารถขยับตัวได้เลย

Mais le père lui a donné une forte impulsion véritablement libératrice.

แต่พ่อของเขากลับให้แรงผลักดันที่แข็งแกร่งและเป็นอิสระแก่เขาอย่า
งแท้จริง

Et il tomba, ensanglanté, loin dans sa chambre.
แล้วเขาก็ล้มลง เลือดไหลอาบไปทั่วห้อง

Le père claqua la porte derrière lui avec sa canne.
พ่อใช้ไม้เท้ากระแทกประตูอย่างแรง

Et puis, enfin, le calme et la tranquillité revinrent.
แล้วในที่สุดความสงบก็กลับคืนมาอีกครั้ง

Deuxième partie
ตอนที่สอง

Gregor ne s'est réveillé que bien plus tard dans la journée.
เกรเกอร์ไม่ได้ตื่นจนกระทั่งช่วงบ่ายแก่ๆ

Le crépuscule était tombé ; il avait dormi profondément, inconsciemment.
พลบค่ำมาเยือนแล้ว เขาหลับสนิทและไม่รู้ตัว

Il se serait réveillé même sans avoir été dérangé.
เขาคงตื่นขึ้นมาเองแม้ว่าจะไม่มีใครรบกวนก็ตาม

Parce qu'il se sentait suffisamment reposé et avait bien dormi.
เพราะเขารู้สึกว่าได้พักผ่อนอย่างเพียงพอและนอนหลับอย่างเต็มที่แล้ว

Mais il crut entendre quelques pas furtifs à l'extérieur.
แต่เขาคิดว่าได้ยินเสียงฝีเท้าแวบหนึ่งอยู่ข้างนอก

Et quelqu'un aurait pu refermer soigneusement la porte d'entrée.
และอาจมีใครบางคนปิดประตูหน้าบ้านอย่างระมัดระวัง

La lumière du tramway électrique se projetait faiblement au plafond.
แสงไฟจากรถรางไฟฟ้าส่องกระทบเพดานอย่างจางๆ

Le dessus du meuble a également reçu un peu de lumière.
ด้านบนของเฟอร์นิเจอร์ก็ได้รับแสงเล็กน้อยเช่นกัน

Mais en bas, au niveau de Gregor, il faisait sombre.
แต่ที่พื้นดินในระดับเดียวกับเกรเกอร์นั้นมืดสนิท

Ses jambes le poussèrent lentement de nouveau vers la porte.
ขาของเขาค่อยๆ ผลักดันเขาไปทางประตูอีกครั้ง

Il était très curieux de voir ce qui s'était passé là-bas.
เขาอยากรู้มากว่าเกิดอะไรขึ้นที่นั่น

Mais le contrôle de ses antennes n'était pas encore développé.
แต่การควบคุมหนวดของเขายังไม่พัฒนาเต็มที่

Bien qu'il ait commencé à apprécier ces nouveaux capteurs.
ถึงแม้ว่าเขาจะเริ่มชื่นชอบเซ็นเซอร์ใหม่เหล่านี้แล้วก็ตาม

Une longue et disgracieuse cicatrice semblait lui barrer le flanc gauche.
ดูเหมือนจะมีแผลเป็นยาวและไม่น่าดูพาดลงมาทางด้านซ้ายของเขา

La cicatrice lui donnait l'impression de contracter ce côté de son corps.
รอยแผลเป็นนั้นทำให้รู้สึกเหมือนมันรัดแน่นบริเวณด้านนั้นของร่างกายเขา

Il devait donc littéralement boiter en s'appuyant sur ses deux rangées de pattes.
ดังนั้นเขาจึงต้องเดินกะเผลกด้วยขาสองแถวที่เหลืออยู่

L'une de ses jambes avait été grièvement blessée ce matin-là.
ขาข้างหนึ่งของเขาได้รับบาดเจ็บสาหัสในเช้าวันนั้น

C'était vraiment un miracle qu'il ne se soit pas cassé plus de jambes.
จริงๆ แล้วเป็นเรื่องน่าอัศจรรย์ที่เขาไม่ทำให้ขาคนอื่นหักไปมากกว่านี้

Et il traîna donc sa jambe blessée, inerte, derrière lui.
แล้วเขาก็ลากขาที่บาดเจ็บไปข้างหลังอย่างหมดแรง

Lorsqu'il atteignit la porte, il réalisa quelque chose de profond.
เมื่อเขามาถึงประตู เขาก็ตระหนักถึงบางสิ่งบางอย่างที่ลึกซึ้ง

C'était l'odeur de quelque chose qui l'avait attiré là.
กลิ่นบางอย่างดึงดูดเขามาที่นี่

Quelque chose de comestible avait été laissé pour Gregor dans sa chambre.
มีของกินบางอย่างถูกวางไว้ให้เกรเกอร์ในห้องของเขา

Des morceaux de pain blanc flottant dans un bol de lait sucré.
เศษขนมปังขาวลอยอยู่ในชามนมหวาน

Il pouvait à peine contenir la joie qui l'habitait.
เขาแทบจะเก็บซ่อนความปิติยินดีที่อยู่ภายในใจไว้ไม่อยู่

Il avait encore plus faim maintenant que le matin.
ตอนนี้เขาหิวมากกว่าตอนเช้าเสียอีก

Il plongea aussitôt la tête dans le bol de lait.
เขาจึงรีบก้มศีรษะลงไปในชามนมทันที

Le lait lui recouvrait presque toute la tête, jusqu'aux yeux.
น้ำนมไหลออกมาเกือบเต็มหัว จนถึงระดับตาของเขา

Mais il a rapidement retiré sa tête, amèrement déçu.
แต่ไม่นานเขาก็เงยหน้ากลับมาด้วยความผิดหวังอย่างขมขื่น

L'alimentation était difficile en raison de la fragilité de son côté gauche.
การรับประทานอาหารเป็นเรื่องยากสำหรับเขา
เนื่องจากด้านซ้ายของเขามีความบอบบาง

Et il ne pouvait manger qu'en haletant de tout son corps.
และเขาสามารถกินอาหารได้ก็ต่อเมื่อหอบหายใจอย่างสุดกำลังเท่านั้น

Mais ce n'était pas la véritable raison de sa déception.
แต่นั่นไม่ใช่เหตุผลที่แท้จริงที่ทำให้เขาผิดหวัง

Le lait avait toujours été l'un de ses plats préférés.
นมเป็นหนึ่งในอาหารโปรดของเขามาโดยตลอด

Il ne doutait pas que sa sœur s'en souvenait.
เขาแน่ใจว่าน้องสาวของเขาจำเรื่องนี้ได้

Et c'est pour cela qu'elle lui avait donné du lait.
และนั่นคือเหตุผลที่เธอให้เขาดื่มนม

Il n'a pas su expliquer pourquoi il n'aimait plus le lait.
เขาไม่สามารถอธิบายได้ว่าทำไมตอนนี้เขาถึงไม่ชอบนม

Et il se détourna du bol presque à contrecœur.
แล้วเขาก็หันหน้าหนีจากชามนั้นด้วยท่าทีลังเลใจ

Déçu, il retourna en rampant au milieu de la pièce.
ด้วยความผิดหวัง เขาจึงคลานกลับไปกลางห้อง

De là, il pouvait voir à travers la fente de la porte.
ตรงนี้เขาสามารถมองลอดผ่านรอยแตกของประตูได้

Il pouvait voir que le feu était allumé dans le salon.
เขามองเห็นว่าไฟในห้องนั่งเล่นยังลุกอยู่

Habituellement, à cette heure-ci, le père lisait le journal.
โดยปกติแล้วในช่วงเวลานี้คุณพ่อจะอ่านหนังสือพิมพ์

Il avait toujours l'habitude de lire à sa mère à voix haute.
เขามักจะอ่านหนังสือให้แม่ฟังด้วยเสียงดังเสมอ

Parfois, la sœur écoutait aussi les conversations du père.
บางครั้งน้องสาวก็แอบฟังพ่อพูดคุยด้วยเช่นกัน

Elle avait toujours parlé à Gregor de ces lectures à voix haute.
เธอเล่าเรื่องการอ่านออกเสียงนี้ให้เกรเกอร์ฟังเสมอ

Mais aujourd'hui, aucun son ne provenait de la pièce.
แต่วันนี้ไม่มีเสียงใดเล็ดลอดออกมาจากห้องนั้นเลย

Peut-être cette habitude s'était-elle déjà perdue.
บางทีนิสัยนี้อาจเลิกทำไปแล้วก็ได้

Un silence profond s'était installé dans tout l'appartement.
ความเงียบสงบปกคลุมไปทั่วทั้งอพาร์ตเมนต์

Bien qu'il sût que l'appartement n'était certainement pas vide.
ถึงแม้เขาจะรู้ว่าอพาร์ตเมนต์นั้นไม่ได้ว่างเปล่าอย่างแน่นอน

« Quelle vie tranquille mène cette famille », pensa Gregor.
"ครอบครัวนี้ใช้ชีวิตอย่างสงบสุขเหลือเกิน" เกรเกอร์คิดในใจ

Et il fixa l'obscurité avec une grande fierté.
และเขามองเข้าไปในความมืดด้วยความภาคภูมิใจอย่างยิ่ง

Il était fier de la vie qu'il avait pu leur offrir.
เขารู้สึกภาคภูมิใจในชีวิตที่เขาได้มอบให้แก่พวกเขา

Il était fier du bel appartement qu'ils occupaient.
เขารู้สึกภูมิใจในอพาร์ตเมนต์ที่สวยงามที่พวกเขาอาศัยอยู่

Mais cette paix était-elle sur le point de connaître une fin tragique ?
แต่ความสงบสุขทั้งหมดนี้กำลังจะจบลงอย่างน่าสยดสยองหรือไม่?

Allait-on leur ravir leur prospérité ?
ความเจริญรุ่งเรืองของพวกเขาจะถูกพรากไปจากพวกเขาหรือเปล่า?

Leur bonheur était-il désormais incertain pour l'avenir ?
ความสุขของพวกเขาในอนาคตอาจไม่แน่นอนอีกต่อไปแล้วใช่หรือไม่?

Mais il ne voulait pas se perdre dans de telles pensées.
แต่เขาไม่อยากปล่อยให้ตัวเองจมอยู่กับความคิดเหล่านั้น

Pour s'occuper, il grimpait et descendait les murs.
เพื่อไม่ให้ว่างงาน เขาจึงคลานขึ้นลงกำแพง

Durant cette longue soirée, une porte était entrouverte.

ในช่วงเย็นอันยาวนานนั้น มีประตูบานหนึ่งเปิดแง้มอยู่เล็กน้อย

Et à un autre moment, l'autre porte s'ouvrit légèrement.
และในอีกช่วงเวลาหนึ่ง ประตูอีกบานก็เปิดออกเล็กน้อย

Mais à chaque fois, les portes se sont refermées aussitôt.
แต่ทั้งสองครั้ง ประตูก็ถูกปิดลงอย่างรวดเร็วอีกครั้ง

De toute évidence, quelqu'un à l'extérieur souhaitait entrer.
เห็นได้ชัดว่ามีคนจากภายนอกต้องการเข้ามา

Mais ils avaient aussi trop d'inquiétudes à l'idée de venir.
แต่พวกเขาก็มีความกังวลมากเกินไปเกี่ยวกับการเดินทางเข้ามาเช่นกัน

Gregor s'arrêta alors net devant la porte du salon.
ตอนนี้เกรเกอร์หยุดอยู่ตรงหน้าประตูห้องนั่งเล่นพอดี

Il était déterminé à trouver un moyen de tenter le visiteur hésitant.
เขาตั้งใจแน่วแน่ว่าจะต้องหาทางโน้มน้าวใจผู้มาเยือนที่ลังเลใจนั้นให้ได้

Il voulait aussi savoir qui était le visiteur.
และเขายังต้องการทราบด้วยว่าผู้มาเยือนเป็นใคร

Mais ce soir-là, la porte ne fut pas ouverte une troisième fois.
แต่ในเย็นวันนั้น ประตูก็ไม่ได้ถูกเปิดออกเป็นครั้งที่สาม

Et Gregor passa son temps à attendre en vain près de la porte.
และเกรเกอร์ก็เสียเวลาไปกับการรออยู่หน้าประตูอย่างเปล่าประโยชน์

Plus tôt dans la journée, ils avaient tous voulu entrer dans la pièce.
ก่อนหน้านั้นในวันเดียวกัน พวกเขาทุกคนต่างอยากเข้ามาในห้องนี้

Maintenant que les portes étaient déverrouillées, ce serait plus facile pour eux.
ตอนนี้ประตูไม่ได้ล็อกแล้ว พวกเขาจึงทำอะไรได้ง่ายขึ้น

Mais ils ont choisi de rester de l'autre côté de la pièce.
แต่พวกเขาเลือกที่จะอยู่ฝั่งตรงข้ามของห้อง

Gregor remarqua que les clés n'étaient plus dans leurs serrures.
เกรเกอร์สังเกตเห็นว่ากุญแจไม่อยู่ในล็อกแล้ว

Quelqu'un a dû déplacer les clés vers la serrure extérieure.
ต้องมีคนย้ายกุญแจไปไว้ที่ล็อกด้านนอกแน่ๆ

Ce n'est que tard dans la nuit que la lumière du salon était éteinte.
ไฟในห้องนั่งเล่นจะปิดลงก็ต่อเมื่อดึกมากแล้วเท่านั้น

La famille a dû rester éveillée tout ce temps.
ครอบครัวนั้นคงนอนไม่หลับตลอดเวลาแน่ๆ

Et Gregor pouvait clairement les entendre s'éloigner sur la pointe des pieds.
และเกรเกอร์ก็ได้ยินเสียงพวกเขาย่องหนีไปอย่างชัดเจน

Désormais, personne n'allait venir voir Gregor avant le lendemain matin.
ตอนนี้จะไม่มีใครมาหาเกรเกอร์จนกว่าจะถึงเช้า

Il eut donc tout le temps d'être seul, de réfléchir en toute tranquillité.
ดังนั้นเขาจึงมีเวลาอยู่กับตัวเองนานพอที่จะคิดไตร่ตรองโดยไม่มีใครรบกวน

Quelle serait la meilleure façon de réorganiser sa vie maintenant ?
วิธีที่ดีที่สุดในการจัดระเบียบชีวิตของเขาใหม่ในตอนนี้คืออะไร?

Mais les hauts murs de la pièce vide l'effrayaient.
แต่กำแพงสูงของห้องว่างเปล่านั้นทำให้เขากลัว

Il n'avait pas d'autre choix que de s'allonger à plat ventre sur le sol.
เขาไม่มีทางเลือกอื่นนอกจากต้องนอนราบลงกับพื้น

Et il n'a jamais trouvé la cause de sa peur dans cet espace.
และเขาก็ไม่เคยค้นพบสาเหตุของความกลัวของเขาในสถานที่แห่งนั้นเลย

C'était la même pièce où il avait vécu pendant cinq ans.
มันเป็นห้องเดียวกับที่เขาอาศัยอยู่มาห้าปีแล้ว

Semi-consciemment, il fit un mouvement vers le canapé.
เขาขยับตัวไปทางโซฟาอย่างไม่รู้ตัว

Et sans aucune honte, il se cacha sous le canapé.
และเขาก็ซ่อนตัวอยู่ใต้โซฟาโดยไม่รู้สึกละอายใจเลยแม้แต่น้อย

Là-bas, il se sentit immédiatement de nouveau très à l'aise.
เมื่อลงไปถึงที่นั่น เขาก็รู้สึกสบายตัวขึ้นมาทันที

Bien que son dos soit un peu comprimé.
แม้ว่าหลังของเขาจะถูกกดทับเล็กน้อยก็ตาม

Il ne pouvait plus non plus lever la tête sous le canapé.
เขาไม่สามารถเงยหน้าขึ้นมาจากใต้โซฟาได้อีกต่อไปแล้ว

Mais même cela, il préférait éviter de se trouver dans un espace ouvert.
แต่ถึงกระนั้นเขาก็ยังชอบแบบนี้มากกว่าการอยู่ในที่โล่งใดๆ

Il regrettait toutefois que son corps soit si large.
อย่างไรก็ตาม เขารู้สึกเสียใจที่รูปร่างของตัวเองค่อนข้างใหญ่โต

Le canapé ne pouvait pas recouvrir entièrement son corps.
โซฟานั้นไม่สามารถคลุมร่างกายของเขาได้ทั้งหมด

Il est resté sous le canapé toute la nuit.
เขาซ่อนตัวอยู่ใต้โซฟาตลอดทั้งคืน

Il passa la nuit à moitié endormi, troublé par sa faim.
คืนนั้นเขาใช้เวลาครึ่งหลับครึ่งตื่น เพราะความหิวรบกวนอยู่ตลอด

Et le temps qu'il passait éveillé, il le consacrait soit à s'inquiéter, soit à espérer.
และในช่วงเวลาที่เขาตื่นอยู่ เขามักจะกังวลใจ หรือไม่ก็มีความหวัง

Mais tous ses vagues espoirs menaient à la même conclusion.
แต่ความหวังริบหรี่ทั้งหมดของเขากลับนำไปสู่ข้อสรุปเดียวกัน

Il n'avait d'autre choix que de rester silencieux pour le moment.
เขาไม่มีทางเลือกอื่นนอกจากต้องเงียบไปก่อนในขณะนี้

Il devait faire preuve de patience et de considération envers la famille.
เขาต้องแสดงความอดทนและความเอาใจใส่ต่อครอบครัวนั้น

C'était le seul moyen de rendre ce désagrément supportable.
นั่นเป็นวิธีเดียวที่จะทำให้ความไม่สะดวกนั้นพอทนได้

Le désagrément qu'il imposait désormais à la famille.
ความไม่สะดวกที่เขากำลังสร้างให้กับครอบครัวในขณะนี้

Il n'a pas eu à attendre longtemps pour prouver sa compassion.
เขาไม่ต้องรอนานเพื่อพิสูจน์ความเมตตาของเขา

Tôt le matin, sa sœur jeta un coup d'œil dans sa chambre.
เช้าตรู่ น้องสาวมองเข้าไปในห้องของเขา

En réalité, c'était autant la nuit que le matin.
ถึงแม้ว่าในความเป็นจริงแล้วมันจะเป็นทั้งกลางคืนและกลางวันในเวลาเดียวกันก็ตาม

Elle était entièrement habillée et semblait éprouver de l'excitation.
เธอแต่งกายครบชุด และดูเหมือนจะตื่นเต้น

La solidité de sa décision nouvellement prise pourrait être mise à l'épreuve.
ความแข็งแกร่งของการตัดสินใจครั้งใหม่ของเขาอาจถูกทดสอบ

Elle ne l'a pas immédiatement repéré au premier coup d'œil.
เธอไม่ได้พบเขาในทันทีจากการมองแวบแรก

Il devait forcément être quelque part ; il n'aurait pas pu s'envoler.
เขาต้องอยู่ที่ไหนสักแห่ง เขาคงบินหนีไปไม่ได้หรอก

Puis son regard parcourut une seconde fois la pièce.
แต่แล้วสายตาของเธอก็เหลือบมองไปทั่วห้องอีกครั้ง

Et cette fois, elle a aperçu son torse sous le canapé.
และคราวนี้เธอเห็นลำตัวของเขาอยู่ใต้โซฟา

Elle était si effrayée qu'elle a perdu tout contrôle d'elle-même.
เธอตกใจมากจนควบคุมตัวเองไม่ได้เลย

Et sa première réaction fut de claquer la porte à nouveau.
และปฏิกิริยาแรกของเธอก็คือการปิดประตูเสียงดังอีกครั้ง

Mais elle a aussi semblé immédiatement regretter son comportement.
แต่ดูเหมือนเธอจะรู้สึกเสียใจกับการกระทำของตัวเองในทันที

Aussitôt qu'elle eut claqué la porte, elle la rouvrit.
ทันทีที่เธอปิดประตูเสียงดัง เธอก็เปิดมันอีกครั้ง

Et cette fois, elle entra dans la pièce sur la pointe des pieds.

และคราวนี้เธอย่องเข้าไปในห้องอย่างแผ่วเบา

Elle se déplaçait comme si elle rendait visite à une personne gravement malade.
เธอทำท่าทางราวกับกำลังไปเยี่ยมผู้ป่วยหนัก

Ou bien elle rendait visite à un parfait inconnu.
หรือเธออาจไปเยี่ยมคนแปลกหน้าก็ได้

Gregor poussa sa tête presque jusqu'au bord du canapé.
เกรเกอร์เอนศีรษะไปเกือบถึงขอบโซฟา

Et, caché sous le coffre-fort, il l'observait dans la pièce.
และจากใต้ตู้เซฟ เขามองดูเธออยู่ในห้อง

Allait-elle remarquer qu'il avait oublié le lait ?
เธอจะสังเกตเห็นไหมว่าเขาเอานมออกไป?

Il n'avait pas laissé le lait par manque de faim.
เขาไม่ได้ทิ้งนมเพราะไม่หิว

Allait-elle lui apporter un autre plat ?
เธอจะนำอาหารอย่างอื่นมาให้เขาแทนหรือเปล่า?

Peut-être un plat qui corresponde mieux à ses goûts.
บางทีอาจเป็นอาหารที่ตรงกับความชอบของเขามากกว่า

Mais elle aurait dû remarquer elle-même son appétit.
แต่เธอคงต้องสังเกตความอยากอาหารของเขาด้วยตัวเองเสียก่อน

Il aurait préféré mourir de faim plutôt que de lui en parler.
เขายอมอดตายดีกว่าที่จะให้เธอรู้เรื่องนี้

En réalité, il aurait beaucoup aimé le lui dire.
ที่จริงแล้วเขาอยากจะบอกเธอมากทีเดียว

Il était vraiment tenté de tirer sur lui depuis sous le canapé.
เขารู้สึกอยากจะโผล่ตัวออกมาจากใต้โซฟาจริงๆ

Il avait envie de se jeter aux pieds de sa sœur.
เขาอยากจะทรุดตัวลงแทบเท้าพี่สาวของเขา

Et il voulait lui demander quelque chose de bon à manger.
และเขาอยากจะขอให้เธอหาอะไรอร่อยๆ มาทาน

Mais la sœur regarda alors le bol de lait.
แต่แล้วน้องสาวก็หันไปมองชามนม

Elle remarqua aussitôt que le bol était encore plein.
เธอสังเกตเห็นทันทีว่าชามยังคงเต็มอยู่

Elle était plutôt surprise que Gregor n'ait rien mangé.
เธอค่อนข้างแปลกใจที่เกรเกอร์ไม่ได้กินอะไรเลย

Seul un peu de lait avait été renversé sur le sol.
มีนมหกบนพื้นเพียงเล็กน้อยเท่านั้น

Elle a aussitôt ramassé le bol et l'a emporté.
เธอรีบหยิบชามขึ้นมาแล้วถือออกไปทันที

Il vit qu'elle ne ramassait pas le bol à mains nues.
เขาเห็นว่าเธอไม่ได้หยิบชามด้วยมือเปล่า

Au lieu de cela, elle ramassa le bol à l'aide d'un des chiffons.
แต่เธอกลับใช้ผ้าขี้ริ้วผืนหนึ่งหยิบชามขึ้นมา

Mais Gregor oublia très vite ce petit détail.
แต่เกรเกอร์ก็ลืมรายละเอียดเล็กน้อยนี้ไปอย่างรวดเร็ว

Il était désormais beaucoup plus enthousiaste à propos d'autre chose.
ตอนนี้เขารู้สึกตื่นเต้นกับเรื่องอื่นมากกว่าแล้ว

Qu'est-ce qu'elle pourrait apporter à la place du lait ?
เธอจะนำอะไรมาแทนนมได้บ้าง?

Il avait diverses idées sur ce qu'elle pourrait apporter.
เขามีความคิดหลายอย่างเกี่ยวกับสิ่งที่เธออาจจะนำมาด้วย

Mais la gentillesse de sa sœur a dépassé ses espérances.
แต่ความใจดีของน้องสาวนั้นเกินความคาดหมายของเขาไปมาก

Elle comprit qu'elle devait tester ses nouveaux goûts.
เธอรู้ตัวว่าต้องลองดูว่ารสนิยมใหม่ของเขาเป็นอย่างไร

Elle a donc apporté toute une sélection de plats différents.
เธอจึงนำอาหารหลากหลายชนิดมาด้วย

Légumes à moitié pourris, os du repas du soir.
ผักที่เน่าเสียครึ่งหนึ่ง และกระดูกจากอาหารเย็น

De la sauce solidifiée provenant de leur autre repas.
ซอสที่แข็งตัวแล้วจากอาหารมื้ออื่นที่พวกเขากินไป

Quelques raisins secs, des amandes, du pain sec, du pain beurré.
ลูกเกดเล็กน้อย อัลมอนด์ ขนมปังแห้ง ขนมปังทาเนย

Du pain beurré et salé.
ขนมปังที่ทาเนยและโรยเกลือไว้แล้ว

Du fromage que Gregor avait déclaré immangeable il y a deux jours.
ชีสที่เกรเกอร์ประกาศว่ากินไม่ได้เมื่อสองวันก่อน

Toute cette sélection de nourriture était disposée sur un journal.
อาหารทั้งหมดนี้ถูกจัดวางบนหนังสือพิมพ์

Elle a également placé un bol d'eau à côté de ses repas.
และเธอยังวางชามน้ำไว้ข้างๆ อาหารของเขาด้วย

Elle savait que Gregor n'aurait pas mangé devant elle.
เธอรู้ว่าเกรเกอร์คงไม่ยอมกินข้าวต่อหน้าเธอแน่

Par respect pour lui, elle quitta de nouveau la pièce.
ด้วยความเคารพต่อเขา เธอจึงออกจากห้องไปอีกครั้ง

Et elle a même tourné la clé dans la serrure en partant.
และเธอยังไขกุญแจล็อคประตูตอนเดินออกไปอีกด้วย

Mais elle tourna la clé très doucement et avec précaution.
แต่เธอบิดกุญแจอย่างเงียบๆ และระมัดระวัง

De cette façon, seul Gregor saurait que la porte était verrouillée.
ด้วยวิธีนี้ มีเพียงเกรเกอร์เท่านั้นที่จะรู้ว่าประตูถูกล็อกอยู่

Il pouvait désormais s'installer aussi confortablement qu'il le souhaitait.
ตอนนี้เขาสามารถทำตัวให้สบายได้ตามใจชอบแล้ว

Les jambes de Gregor s'agitaient frénétiquement à l'heure du repas.
ขาของเกรเกอร์ขยับถี่ๆ เมื่อถึงเวลาทานอาหาร

Il est à noter qu'il ne ressentait plus aucune gêne.
สิ่งที่ควรทราบคือ เขาไม่รู้สึกไม่สบายตัวอีกต่อไปแล้ว

Ses blessures doivent déjà être complètement guéries.
บาดแผลของเขาคงหายสนิทแล้ว

Parce qu'il ne ressentait plus ses anciens handicaps.
เพราะเขาไม่รู้สึกถึงความพิการที่เคยมีอีกต่อไปแล้ว

Sa nouvelle capacité de guérison le surprit et l'émerveilla.
ความสามารถใหม่ในการรักษาของเขาทำให้เขาประหลาดใจและทึ่งมาก

Il y a plus d'un mois, il s'est coupé le doigt avec un couteau.
เมื่อกว่าหนึ่งเดือนที่แล้ว เขาโดนมีดบาดนิ้ว

Il y a encore deux jours, cette blessure le faisait souffrir.
จนกระทั่งเมื่อสองวันก่อน แผลนั้นก็ยังคงทำให้เขารู้สึกเจ็บปวดอยู่

« Suis-je beaucoup moins sensible maintenant ? » pensa-t-il.
"ตอนนี้ฉันรู้สึกไวต่อความรู้สึกน้อยลงมากแล้วใช่ไหม?" เขาคิดในใจ

À ce moment-là, il suçait déjà goulûment le fromage.
ตอนนี้เขากำลังดูดชีสอย่างตะกละตะกลามแล้ว

Il était plus attiré par le fromage que par les autres aliments.
เขาสนใจชีสมากกว่าอาหารชนิดอื่น

Il mangeait rapidement un morceau de fromage après
l'autre.
เขารีบกินชีสชิ้นแล้วชิ้นเล่าอย่างรวดเร็ว

Ses yeux s'embuèrent de satisfaction à la vue de ce goût.
น้ำตาของเขาเอ่อล้นด้วยความพึงพอใจเมื่อได้ลิ้มรสชาติมัน

Après le fromage, il mangea les légumes et la sauce.
หลังจากทานชีสเสร็จ เขาก็ทานผักและซอสต่อ

Cependant, les aliments frais ne lui plaisaient pas.
แต่เขาไม่ชอบรสชาติอาหารสดเหล่านั้น

En fait, il ne supportait même pas l'odeur des aliments frais.
อันที่จริงแล้ว เขาทนกลิ่นอาหารสดไม่ได้ด้วยซ้ำ

Il a même éloigné les autres aliments des aliments frais.
เขายังลากอาหารอื่นๆ ออกไปจากอาหารสดอีกด้วย

Et il a très vite terminé la nourriture la plus comestible.
และเขาก็กินอาหารที่กินได้ทั้งหมดอย่างรวดเร็ว

Tous ces mets délicieux avaient un effet soporifique sur lui.
อาหารอร่อยทุกอย่างทำให้เขาง่วงนอน

Et il s'allongea paresseusement à l'endroit où il avait mangé.
แล้วเขาก็นอนลงอย่างเกียจคร้าน ณ ที่ที่เขากินอาหาร

Finalement, sa sœur est revenue prendre de ses nouvelles.
ในที่สุดน้องสาวของเขาก็กลับมาเยี่ยมเขาอีกครั้ง

Elle a eu la prévoyance de tourner la clé très lentement.
เธอมีไหวพริบจึงค่อยๆ หมุนกุญแจอย่างช้าๆ

Cela a averti Gregor qu'il devait se retirer.

เหตุการณ์นี้เป็นสัญญาณเตือนให้เกรเกอร์รู้ว่าเขาควรจะถอนตัวออกไป

Étourdi et surpris, il se précipita sous le canapé.
เขาตกใจและงุนงง จึงรีบมุดกลับเข้าไปใต้โซฟา

Mais rester sous le canapé n'était pas si facile cette fois-ci.
แต่การซ่อนตัวอยู่ใต้โซฟาครั้งนี้ไม่ง่ายอย่างที่คิด

Son corps s'était un peu arrondi à cause de toute cette nourriture.
ร่างกายของเขาเริ่มกลมขึ้นเล็กน้อยเพราะกินอาหารเยอะมาก

Et il devait se retenir pour ne pas s'épuiser à nouveau.
และเขาต้องควบคุมตัวเองไม่ให้วิ่งออกไปอีก

Même si la sœur n'est pas restée longtemps dans la chambre.
แม้ว่าน้องสาวจะไม่ได้อยู่ในห้องนานนักก็ตาม

Il avait du mal à respirer dans cet espace étroit.
เขาหายใจลำบากมากในพื้นที่แคบๆ นั้น

Mais il a surmonté ces petites crises d'étouffement.
แต่เขาก็ฝ่าฟันอาการหายใจไม่ออกเล็กน้อยเหล่านั้นไปได้

Les yeux exorbités, il observait les agissements de sa sœur.
เขามองดูการกระทำของน้องสาวด้วยดวงตาที่เบิกกว้าง

La sœur, sans se douter de rien, a tout versé dans un seau.
น้องสาวผู้ไม่รู้เรื่องอะไรเลยเททุกอย่างลงในถัง

Elle s'est non seulement débarrassée de la nourriture que Gregor n'avait pas mangée, mais elle l'a fait.
เธอไม่เพียงแต่กำจัดอาหารที่เกรเกอร์กินไม่หมดเท่านั้น

Mais elle jetait aussi la nourriture qu'il n'avait pas touchée.
แต่เธอก็ทิ้งอาหารที่เขาไม่ได้แตะต้องด้วยเช่นกัน

Apparemment, cet aliment n'était plus comestible pour personne.
ปรากฏว่าอาหารนั้นไม่สามารถรับประทานได้อีกต่อไปแล้วสำหรับทุกคน

Elle referma ensuite le seau à nourriture avec un couvercle en bois.
จากนั้นเธอก็ปิดถังอาหารด้วยฝาไม้

Et avec la nourriture, le seau et la serpillière, elle est partie.

แล้วเธอก็จากไปพร้อมกับอาหาร ถัง และไม้ถูพื้น

Gregor n'aurait pas pu attendre beaucoup plus longtemps.
เกรเกอร์คงทนรอไม่ไหวอีกต่อไปแล้ว

Dès qu'elle fut partie, il s'échappa de sous le canapé.
ทันทีที่เธอจากไป เขาก็หนีออกมาจากใต้โซฟา

Il s'étira et souffla de soulagement.
แล้วเขาก็เหยียดตัวออกและถอนหายใจด้วยความโล่งอก

C'est ainsi que Gregor recevait de la nourriture de temps à autre.
นี่คือวิธีที่เกรเกอร์ได้รับอาหารนับแต่นั้นมา

Sa sœur lui a donné à manger une fois, tôt le matin.
น้องสาวของเขาเคยให้เขาทานอาหารครั้งหนึ่งในตอนเช้าตรู่

À cette heure-ci, les parents et la bonne dormaient encore.
เวลานั้น พ่อแม่และแม่บ้านยังคงนอนหลับอยู่

Et il a reçu un deuxième repas après le déjeuner de tout le monde.
และเขาได้รับอาหารมื้อที่สองหลังจากทุกคนรับประทานอาหารกลางวันเสร็จแล้ว

Car à ce moment-là, les parents dormaient aussi un peu.
เพราะตอนนั้นพ่อแม่ก็งีบหลับไปสักพักเหมือนกัน

Et la servante fut envoyée par la sœur faire une course.
และพี่สาวก็ส่งสาวใช้ไปทำธุระบางอย่าง

Ils n'avaient certainement aucune intention de laisser Gregor mourir de faim.
พวกเขาไม่มีเจตนาที่จะปล่อยให้เกรเกอร์อดอาหารอย่างแน่นอน

Mais ils n'auraient pas voulu le regarder manger non plus.
แต่พวกเขาก็คงไม่อยากดูเขากินข้าวเหมือนกัน

Les informations fournies par la sœur étaient suffisantes.
ข้อมูลที่พี่สาวให้มานั้นเพียงพอแล้ว

C'était peut-être sa façon d'épargner aux parents leur chagrin.
บางทีนี่อาจเป็นวิธีที่เธอใช้เพื่อไม่ให้พ่อแม่ต้องเสียใจ

Ils avaient déjà suffisamment souffert de ses actes.
พวกเขาได้รับความเดือดร้อนจากการกระทำของเขามากพอแล้ว

Le premier jour s'estompait peu à peu dans les mémoires.
วันแรกค่อยๆ กลายเป็นความทรงจำที่ห่างไกลออกไป

Gregor n'avait aucun moyen de savoir ce qui s'était passé ce jour-là.
เกรเกอร์ไม่มีทางรู้ได้เลยว่าเกิดอะไรขึ้นในวันนั้น

Comment le serrurier a-t-il été conduit hors de l'appartement ?
ช่างทำกุญแจถูกพาออกจากอพาร์ตเมนต์ได้อย่างไร?

Quelles excuses ont finalement satisfait le médecin ?
สุดท้ายแล้ว แพทย์จึงพอใจกับข้ออ้างใด?

Il n'avait trouvé aucun moyen de se faire comprendre.
เขาหาทางที่จะทำให้คนอื่นเข้าใจเขาไม่ได้เลย

Il n'a même pas réussi à communiquer avec sa sœur.
เขาไม่สามารถติดต่อสื่อสารกับน้องสาวของเขาได้เลย

Ils en conclurent donc qu'il ne pouvait pas les comprendre.
ดังนั้นพวกเขาจึงคิดว่าเขาคงไม่เข้าใจพวกเขา

C'est pourquoi aucun effort ne fut fait pour lui parler.
ดังนั้นจึงไม่มีความพยายามที่จะพูดคุยกับเขา

Sa sœur venait dans sa chambre tous les matins et à midi.
น้องสาวของเขาเข้ามาในห้องของเขาในทุกเช้าและตอนเที่ยง

Mais il devait se contenter d'entendre ses soupirs.
แต่เขาต้องพอใจกับการได้ยินเพียงเสียงถอนหายใจของเธอเท่านั้น

Plus tard, elle s'est un peu plus habituée à la forme de Gregor.
ต่อมาเธอก็เริ่มคุ้นเคยกับรูปร่างของเกรเกอร์มากขึ้นเล็กน้อย

Et elle se sentait un peu plus libre de faire davantage de remarques.
และเธอก็รู้สึกมีอิสระมากขึ้นที่จะแสดงความคิดเห็นเพิ่มเติม

(Même si elle ne s'y habituerait jamais complètement.)
(ถึงแม้ว่าเธอจะไม่มีวันชินกับเขาได้อย่างสมบูรณ์ก็ตาม)

Et puis Gregor eut de nouveau l'impression qu'on lui parlait un peu plus.
แล้วเกรเกอร์ก็รู้สึกว่ามีคนมาพูดคุยด้วยอีกเล็กน้อย

Et il a perçu ce qu'il considérait comme des commentaires amicaux.
และเขาได้ยินสิ่งที่เขาคิดว่าเป็นคำพูดที่เป็นมิตร

"Il a apprécié son repas aujourd'hui", ou "il a tout mangé".
"วันนี้เขาทานอาหารอย่างเอร็ดอร่อย" หรือ "เขาทานหมดเกลี้ยง"

Mais cela n'arrivait que lorsqu'il avait fini de manger.
แต่หลังจากนั้นเขาก็กินอาหารทั้งหมดหมดแล้ว

Mais récemment, cela devenait de plus en plus rare.
แต่ช่วงหลังมานี้ เหตุการณ์เช่นนี้เกิดขึ้นน้อยลงเรื่อยๆ

« Il touchait à peine à sa nourriture », disait-elle plus souvent maintenant.
"เขาแทบไม่แตะอาหารเลย" เธอพูดบ่อยขึ้นในตอนนี้

Et il y avait une pointe de tristesse dans sa voix à chaque fois.
และทุกครั้งก็มีร่องรอยของความเศร้าในน้ำเสียงของเธอ

Gregor ne pouvait entendre aucune autre nouvelle plus directement.
เกรเกอร์ไม่สามารถรับรู้ข่าวสารอื่นใดได้โดยตรงจากที่นี่

Mais il a entendu beaucoup de choses se dire dans les pièces voisines.
แต่เขาได้ยินข่าวสารมากมายจากห้องข้างเคียง

Lorsqu'il a entendu des voix, il a couru vers la porte correspondante.
เมื่อได้ยินเสียงพูดคุย เขาก็วิ่งไปที่ประตูห้องนั้น

Et il a plaqué tout son corps contre la porte pour entendre.
แล้วเขาก็เอาตัวแนบกับประตูเพื่อฟัง

Toutes les conversations le concernaient d'une manière ou d'une autre.
ทุกบทสนทนาล้วนเกี่ยวข้องกับเขาไม่ทางใดก็ทางหนึ่ง

Même lorsque le sujet semblait porter sur autre chose.
แม้ว่าหัวข้อสนทนาดูเหมือนจะเกี่ยวกับเรื่องอื่นก็ตาม

Cette observation était particulièrement vraie au début.
ข้อสังเกตนี้เป็นจริงอย่างยิ่งในช่วงแรกๆ

À chaque repas, ils répétaient la même discussion.

พวกเขามักจะพูดคุยเรื่องเดิมซ้ำๆ ในทุกมื้ออาหาร

Ils ne savaient toujours pas comment se comporter en sa présence.

พวกเขายังไม่แน่ใจว่าจะปฏิบัติตัวอย่างไรเมื่ออยู่ใกล้เขา

Mais le même sujet a également été abordé entre les repas.

แต่หัวข้อเดียวกันนี้ก็ถูกนำมาพูดคุยกันระหว่างมื้ออาหารด้วยเช่นกัน

Parce qu'il y avait toujours deux membres de la famille à la maison.

เพราะที่บ้านมักจะมีสมาชิกในครอบครัวอยู่กันสองคนเสมอ

Personne ne voulait rester seul à la maison.

ไม่มีใครอยากอยู่บ้านคนเดียว

Mais laisser l'appartement vide était également hors de question.

แต่การปล่อยให้ห้องว่างเปล่าก็เป็นไปไม่ได้เช่นกัน

La femme de ménage était la seule à ne pas être attachée à l'appartement.

แม่บ้านเป็นคนเดียวที่ไม่ต้องอยู่ประจำที่อพาร์ตเมนต์

Elle avait déjà demandé à partir dès le premier jour.

เธอขอลาออกตั้งแต่วันแรกแล้ว

Elle s'est agenouillée et a supplié qu'on la renvoie.

เธอก้มลงคุกเข่าและอ้อนวอนขอให้ปล่อยตัวเธอไป

La famille ignorait l'étendue des connaissances de la bonne.

ครอบครัวไม่ทราบว่าแม่บ้านรู้เรื่องมากแค่ไหนกันแน่

À ce stade, elle n'en avait pas vu plus que quiconque.

ณ ขณะนั้น เธอเพิ่งได้เห็นอะไรมาบ้างจากคนอื่นๆ

Ce qui s'était passé restait un mystère pour la famille.

สิ่งที่เกิดขึ้นยังคงเป็นปริศนาสำหรับครอบครัว

Mais un quart d'heure plus tard, elle fit ses adieux.

แต่หลังจากนั้นสิบห้านาที เธอก็กล่าวคำอำลา

Et elle a remercié la famille, les larmes aux yeux.

และเธอกล่าวขอบคุณครอบครัวด้วยน้ำตาคลอเบ้า

Mais en réalité, elle les remerciait de l'avoir libérée.

แต่จริงๆ แล้วเธอขอบคุณพวกเขาที่ปล่อยตัวเธอออกมา

Ils semblaient lui avoir témoigné la plus grande bienveillance.

ดูเหมือนว่าพวกเขาจะแสดงความเมตตาต่อเธออย่างที่สุด

Elle a même prêté serment, sans qu'on le lui demande.

เธอถึงกับสาบานตนโดยที่ไม่มีใครขอให้ทำเช่นนั้นด้วยซ้ำ

Elle a dit qu'elle ne dirait à personne ce qui s'était passé.

เธอบอกว่าจะไม่บอกใครเกี่ยวกับสิ่งที่เกิดขึ้น

Désormais, la sœur devait cuisiner avec sa mère.

ตอนนี้พี่สาวต้องทำอาหารร่วมกับแม่แล้ว

Mais ce n'était pas vraiment un inconvénient majeur.

แต่จริงๆ แล้วมันก็ไม่ได้สร้างความไม่สะดวกอะไรมากมายนัก

Parce que de toute façon, ils n'avaient presque rien mangé tous les deux.

เพราะจริงๆ แล้วทั้งสองคนแทบไม่ได้กินอะไรเลย

Gregor surprenait sans cesse la même conversation.

เกรเกอร์ได้ยินบทสนทนาเดิมซ้ำแล้วซ้ำเล่า

L'un disait à l'autre qu'il devait manger davantage.

คนหนึ่งกำลังบอกอีกคนว่าพวกเขาต้องกินให้มากขึ้น

Mais cette personne n'a reçu aucune réponse de son interlocuteur.

แต่บุคคลนั้นไม่ได้รับคำตอบใดๆ จากอีกฝ่าย

« Merci, j'en ai assez », ou quelque chose de similaire.

"ขอบคุณค่ะ ฉันมีพอแล้ว" หรือข้อความทำนองเดียวกัน

Peut-être qu'eux non plus ne buvaient plus rien.

บางทีพวกเขาอาจเลิกดื่มอะไรเลยก็ได้

Sa sœur demandait souvent à son père s'il voulait de la bière.

น้องสาวมักถามพ่อว่าอยากดื่มเบียร์ไหม

Et elle a proposé chaleureusement d'aller chercher la bière elle-même.

และเธอก็เสนอตัวอย่างเต็มใจที่จะไปเอาเบียร์มาให้เอง

Le père gardait toujours le silence à sa demande.

พ่อมักจะนิ่งเงียบเสมอเมื่อลูกสาวขอร้อง

La sœur devait donc trouver un moyen de dissiper tout doute.
ดังนั้นพี่สาวจึงต้องหาทางขจัดข้อสงสัยทั้งหมด

Et elle a dit qu'elle enverrait la bonne chercher de la bière.
แล้วเธอก็บอกว่าจะให้คนรับใช้ไปเอาเบียร์มาให้

Mais finalement, le père a dit un grand « non » retentissant.
แต่ในที่สุดพ่อก็เอ่ยออกมาอย่างหนักแน่นว่า "ไม่"

Puis, on n'a plus évoqué le fait qu'il boive une bière.
จากนั้นหัวข้อที่เขาดื่มเบียร์ก็ไม่ได้ถูกพูดถึงอีกต่อไป

Il avait déjà expliqué la situation financière auparavant.
เขาได้อธิบายสถานการณ์ทางการเงินไปแล้วก่อนหน้านี้

En fait, il a évoqué les finances dès le premier jour.
ที่จริงแล้ว เขาพูดถึงเรื่องการเงินตั้งแต่วันแรกเลย

Il leur a bien fait comprendre quelles étaient les perspectives.
เขาแจ้งให้พวกเขาทราบอย่างชัดเจนถึงโอกาสที่เป็นไปได้

Sa propre entreprise avait fait faillite il y a environ cinq ans.
ธุรกิจของเขาเองล้มเหลวเมื่อประมาณห้าปีก่อน

De temps en temps, il se levait pour quitter la table.
เขาจะลุกขึ้นจากโต๊ะเป็นระยะๆ

Et il se dirigea vers la caisse de son ancien commerce.
แล้วเขาก็เดินไปที่เครื่องคิดเงินของธุรกิจเก่าของเขา

Il avait conservé la caisse enregistreuse par sentimentalisme.
เขาเก็บเครื่องคิดเงินไว้เพราะความผูกพันทางใจ

Gregor l'entendit déverrouiller une serrure lourde et complexe.
เกรเกอร์ได้ยินเสียงเขาปลดล็อกกุญแจที่หนักและซับซ้อนอันหนึ่ง

Et il sortit des reçus et des livres de comptes de la caisse.
แล้วเขาก็หยิบใบเสร็จและสมุดบัญชีออกมาจากกล่องเก็บเงิน

Après avoir pris les objets, il a refermé la caisse à clé.
หลังจากหยิบสิ่งของเหล่านั้นแล้ว เขาก็ล็อกตู้เซฟอีกครั้ง

Gregor n'avait entendu aucune bonne nouvelle depuis son emprisonnement.
นับตั้งแต่ถูกจำคุก เกรเกอร์ก็ไม่ได้รับข่าวดีใดๆ เลย

Il pensait que l'entreprise avait ruiné son père.
เขาคิดว่าธุรกิจนั้นทำให้พ่อของเขาหมดตัว

Le père avait certainement donné cette impression à Gregor.
พ่อของเขาคงทำให้เกรเกอร์รู้สึกแบบนั้นอย่างแน่นอน

Et Gregor ne lui a plus jamais posé de questions sur les
finances.
และเกรเกอร์ก็ไม่เคยถามเขาเกี่ยวกับเรื่องการเงินอีกเลย

Gregor voulait faire tout son possible pour aider la famille.
เกรเกอร์ต้องการทำทุกอย่างเท่าที่จะทำได้เพื่อช่วยเหลือครอบครัวนั้น

Il voulait les aider à oublier leurs difficultés financières.
เขาต้องการช่วยให้พวกเขาลืมเรื่องโชคร้ายทางธุรกิจไป

La faillite qui a engendré un désespoir total.
การล้มละลายที่นำมาซึ่งความสิ้นหวังอย่างสิ้นเชิง

Il s'est donc mis à travailler avec une passion toute
particulière.
เขาจึงเริ่มทำงานด้วยความมุ่งมั่นและแรงบันดาลใจที่พิเศษสุด

Il était devenu représentant de commerce itinérant presque
du jour au lendemain.
เขากลายเป็นพนักงานขายเดินทางแทบจะในชั่วข้ามคืน

Avant cela, il n'avait travaillé que comme commis mal payé.
ก่อนหน้านั้นเขาทำงานเป็นเพียงเสมียนที่ได้รับค่าจ้างต่ำ

Il avait désormais des opportunités de gains complètement
différentes.
ตอนนี้เขามีโอกาสในการหารายได้ที่แตกต่างไปจากเดิมอย่างสิ้นเชิงแ
ล้ว

Les ventes réussies pouvaient être immédiatement
converties en liquidités.
ยอดขายที่สำเร็จสามารถแปลงเป็นเงินสดได้ทันที

L'argent étant bien sûr versé sur ses commissions.
แน่นอนว่าเงินสดดังกล่าวถูกหักออกจากค่าคอมมิชชั่นของเขา

Désormais, Gregor pouvait mettre de l'argent sur la table
familiale.
ตอนนี้เกรเกอร์สามารถหาเงินมาเลี้ยงครอบครัวได้แล้ว

Et ils étaient étonnés et ravis de ses gains.

และพวกเขาก็ต่างประหลาดใจและดีใจกับรายได้ของเขา

Mais ces beaux moments ne se reproduiront plus.
แต่ช่วงเวลาที่สวยงามเหล่านั้นจะไม่เกิดขึ้นซ้ำอีกแล้ว

Ils commençaient tout juste à s'habituer à cette période faste.
พวกเขาเพิ่งจะเริ่มคุ้นเคยกับช่วงเวลาที่ดีเหล่านี้ได้ไม่นาน

À chaque paie, la famille acceptait l'argent avec gratitude.
ทุกครั้งที่เงินเดือนออก ครอบครัวนี้ก็รับเงินด้วยความขอบคุณ

Et Gregor était tout aussi heureux de remettre l'argent.
และเกรเกอร์ก็ยินดีที่จะมอบเงินให้เช่นกัน

Mais la chaleureuse affection qu'elle suscitait en retour s'est peu à peu éteinte.
แต่ความรักความห่วงใยที่ได้รับตอบแทนนั้นค่อยๆ จางหายไป

Seule sa sœur restait aussi proche de Gregor qu'auparavant.
มีเพียงน้องสาวของเขาเท่านั้นที่ยังคงสนิทสนมกับเกรเกอร์เหมือนเดิม

Elle, contrairement à Gregor, avait une profonde appréciation pour la musique.
เธอแตกต่างจากเกรเกอร์ตรงที่เธอชื่นชอบดนตรีอย่างลึกซึ้ง

Et elle savait jouer du violon d'une manière très touchante.
และเธอก็เล่นไวโอลินได้อย่างไพเราะจับใจ

Gregor avait secrètement prévu de l'envoyer dans une école de musique.
เกรเกอร์วางแผนลับๆ ที่จะส่งเธอไปเรียนโรงเรียนดนตรี

Il n'avait pas encore décidé comment il réglerait les dépenses.
เขายังไม่ได้ตัดสินใจว่าจะจ่ายค่าใช้จ่ายเหล่านั้นอย่างไร

Mais d'une manière ou d'une autre, il couvrirait les frais.
แต่ไม่ว่าด้วยวิธีใดวิธีหนึ่ง เขาก็จะหาทางชดเชยค่าใช้จ่ายนั้นให้ได้

De temps en temps, Gregor et sa famille partaient en courts séjours.
บางครั้งเกรเกอร์และครอบครัวก็ออกเดินทางท่องเที่ยวระยะสั้นๆ

Gregor et sa sœur abordaient souvent ce sujet.
เกรเกอร์และน้องสาวมักหยิบยกเรื่องนี้ขึ้นมาพูดคุยกันบ่อยๆ

Mais cela n'a jamais été évoqué que comme une idée
merveilleuse.
แต่มีคนกล่าวถึงมันเพียงแค่ในฐานะที่เป็นความคิดที่ยอดเยี่ยมเท่านั้
น

Ils ne croyaient pas vraiment que ce rêve puisse se réaliser.
พวกเขาไม่เชื่อจริงๆ ว่าความฝันนั้นจะเป็นจริงได้

Et les parents n'appréciaient pas de telles ambitions
fantaisistes.
และพ่อแม่ก็ไม่ชอบความทะเยอทะยานที่เกินจริงเช่นนั้น

Même lorsque le sujet a été abordé de manière tout à fait
innocente.
แม้ว่าหัวข้อดังกล่าวจะถูกหยิบยกขึ้นมาโดยไม่มีเจตนาไม่ดีก็ตาม

Mais Gregor continuait de penser à l'école de musique.
แต่เกรเกอร์ก็ยังคงคิดถึงโรงเรียนดนตรีต่อไป

Et il prévoyait d'annoncer le cadeau la veille de Noël.
และเขาวางแผนที่จะประกาศของขวัญชิ้นนี้ในคืนก่อนวันคริสต์มาส

Bien sûr, dans son état actuel, ce serait impossible.
แน่นอนว่าในสภาพปัจจุบันของเขา มันเป็นไปไม่ได้

Mais ce genre de pensées lui traversait l'esprit.
แต่ความคิดแบบนั้นก็วนเวียนอยู่ในหัวเขา

Et telles étaient les pensées qui lui traversaient l'esprit en
écoutant sa famille.
เขาครุ่นคิดเช่นนั้นขณะที่ฟังเรื่องราวของครอบครัวนั้น

Parfois, il était trop fatigué pour continuer à les écouter.
บางครั้งเขาก็เหนื่อยเกินกว่าจะฟังพวกเขาต่อไปได้

Sa tête s'est affaissée contre la porte, rongée par la fatigue.
เขาเอนศีรษะพิงประตูเพราะความเหนื่อยล้า

Mais il appuya aussitôt de nouveau sa tête contre la porte.
แต่เขาก็รีบเอาหัวพิงประตูอีกครั้งทันที

Car même le moindre bruit s'entendait à l'extérieur.
เพราะแม้แต่เสียงเล็กน้อยก็สามารถได้ยินจากภายนอกได้

Et le moindre bruit qu'il faisait plongeait la famille dans le
silence.

และเสียงใดๆ
ที่เขาเปล่งออกมาก็จะทำให้คนในครอบครัวเงียบลงทันที

« Que fait-il maintenant ? » demanda le père à sa famille.
"ตอนนี้เขากำลังทำอะไรอยู่?" พ่อถามคนในครอบครัว

Il alla à la porte pour vérifier d'où venait le bruit.
แล้วเขาก็เดินไปที่ประตูเพื่อดูว่าเสียงนั้นมาจากอะไร

Puis la conversation interrompue a repris progressivement.
จากนั้นบทสนทนาที่ถูกขัดจังหวะก็ค่อยๆ ดำเนินต่อไป

Mais les paroles du père ont agréablement surpris tout le monde.
แต่สิ่งที่พ่อพูดนั้นกลับสร้างความประหลาดใจในทางที่ดีให้กับทุกคน

Gregor apprit alors la véritable situation financière.
ตอนนี้เกรเกอร์ได้รู้สถานะทางการเงินที่แท้จริงแล้ว

Malgré tous ces malheurs, il y a eu aussi un peu de chance.
ถึงแม้จะมีเรื่องโชคร้ายเกิดขึ้นมากมาย แต่ก็ยังมีเรื่องโชคดีอยู่บ้าง

Une petite fortune d'antan était encore là.
เงินทองจำนวนเล็กน้อยจากสมัยก่อนยังคงอยู่ที่นั่น

Le père a expliqué les choses, mais a dû se répéter.
พ่ออธิบายเรื่องต่างๆ แต่ต้องพูดซ้ำอีกครั้ง

Parce qu'il ne s'était pas occupé de ces choses depuis un certain temps.
เพราะเขาไม่ได้เกี่ยวข้องกับเรื่องเหล่านี้มาสักพักแล้ว

Et parce que la mère ne comprenait pas de telles choses.
และเนื่องจากแม่ไม่เข้าใจเรื่องเหล่านั้น

Les taux d'intérêt de la banque avaient légèrement augmenté.
อัตราดอกเบี้ยของธนาคารปรับขึ้นเล็กน้อย

L'argent non utilisé avait augmenté plus que prévu.
เงินที่ยังไม่ได้แตะต้องนั้นเพิ่มขึ้นมากกว่าที่คาดไว้

De plus, Gregor leur avait toujours donné ses économies.
นอกจากนี้ เกรเกอร์ยังมอบเงินออมของเขาให้พวกเขาเสมอ

Il n'avait jamais gardé que quelques florins pour lui-même.
เขาเก็บเงินไว้ใช้เองเพียงไม่กี่กิลเดอร์เท่านั้น

Et son argent n'avait pas été entièrement dépensé.

และเงินของเขาก็ยังไม่ได้ใช้หมดเสียทีเดียว

Ensemble, ces sommes avaient constitué un petit capital.
เงินจำนวนนี้รวมกันแล้วกลายเป็นเงินทุนจำนวนเล็กน้อย

Gregor, derrière sa porte, hocha la tête avec enthousiasme à la nouvelle.
เกรเกอร์ที่อยู่หลังประตูพยักหน้าอย่างกระตือรือร้นเมื่อได้ยินข่าวนี้

Il était ravi de cette prudence et de cette frugalité inattendues.
เขาพอใจกับความระมัดระวังและความประหยัดที่คาดไม่ถึงนี้

Les fonds excédentaires auraient pu servir à rembourser la dette.
เงินส่วนเกินนั้นสามารถนำไปใช้ชำระหนี้ได้

Ils n'auraient alors plus rien dû au patron.
ถ้าอย่างนั้นพวกเขาก็จะไม่ต้องเป็นหนี้เจ้านายอีกต่อไปแล้ว

Et Gregor aurait pu changer d'emploi bien plus tôt.
และเกรเกอร์ก็สามารถย้ายไปทำงานใหม่ได้เร็วกว่านี้มาก

Mais la façon dont le père s'y était pris était bien meilleure maintenant.
แต่ตอนนี้วิธีที่พ่อจัดการนั้นดีกว่ามากแล้ว

L'argent ne suffisait pas tout à fait pour vivre des intérêts.
เงินที่ได้มานั้นไม่เพียงพอต่อการดำรงชีวิตจากดอกเบี้ย

Et il a fallu mettre de l'argent de côté pour les urgences.
และต้องกันเงินส่วนหนึ่งไว้สำหรับกรณีฉุกเฉินด้วย

Cela n'aurait suffi que pour un an ou deux.
เงินจำนวนนั้นคงพอใช้ได้แค่ปีหรือสองปีเท่านั้น

Cela signifiait que quelqu'un devait gagner de l'argent pour qu'ils puissent vivre.
นั่นหมายความว่าต้องมีคนหาเงินมาเลี้ยงชีพพวกเขา

Le père n'était pas malade et il était assez fort.
พ่อไม่ได้มีสุขภาพไม่ดี และเขาก็แข็งแรงพอที่จะทำอะไรได้

Mais il était sans emploi depuis plus de cinq ans.
แต่เขาว่างงานมานานกว่าห้าปีแล้ว

Et, du fait de son âge, il lui restait peu de confiance en lui.

และเนื่องจากอายุของเขา
เขาจึงแทบไม่มีความมั่นใจในตัวเองเหลืออยู่เลย

Il avait également pris beaucoup de poids ces derniers temps.
นอกจากนี้เขายังมีน้ำหนักตัวเพิ่มขึ้นมากในช่วงหลังมานี้

Sa vie avait toujours été ardue et infructueuse.
ชีวิตของเขาเต็มไปด้วยความยากลำบากและไม่ประสบความสำเร็จมาโดยตลอด

Et c'étaient les premières vacances qu'il ait jamais prises.
และนี่เป็นวันหยุดครั้งแรกในชีวิตของเขา

Et, faute d'être occupé, il était devenu assez maladroit.
และเมื่อไม่มีอะไรให้ทำ เขาก็กลายเป็นคนซุ่มซ่ามไปเสียแล้ว

Ne serait-il pas préférable que la vieille mère gagne l'argent ?
จะเป็นการดีกว่าไหมถ้าแม่แก่คนนั้นหาเงินเอง?

La vieille mère qui souffrait d'asthme.
คุณยายคนนั้นป่วยเป็นโรคหอบหืดมานานแล้ว

La vieille mère qui peinait à monter les escaliers.
คุณยายผู้สูงอายุที่เดินขึ้นบันไดอย่างทุลักทุเล

La vieille mère qui passait son temps allongée sur le canapé.
คุณยายที่ใช้เวลาส่วนใหญ่ไปกับการนอนอยู่บนโซฟา

La vieille mère qui préférait rester près de la fenêtre.
คุณยายผู้ชราที่ชอบนั่งริมหน้าต่าง

Pour qu'elle puisse reprendre son souffle quand elle en aurait besoin.
เพื่อให้เธอได้พักหายใจเมื่อต้องการ

Ne serait-il pas préférable que ce soit la jeune sœur qui gagne l'argent ?
จะดีกว่าไหมถ้าพี่สาวเป็นคนหาเงินเอง?

La sœur, qui à dix-sept ans n'était encore qu'une enfant.
น้องสาวคนนั้นซึ่งอายุสิบเจ็ดปี ยังถือว่าเป็นเพียงเด็กอยู่เลย

La sœur qui ne connaissait que quelques modestes plaisirs.
น้องสาวผู้ซึ่งมีความสุขเพียงเล็กน้อยเท่านั้น

La sœur qui aimait surtout jouer du violon.

น้องสาวผู้ซึ่งชื่นชอบการเล่นไวโอลินเป็นหลัก

Elle savait que son mode de vie antérieur était très enviable ;
เธอรู้ว่าวิถีชีวิตก่อนหน้านี้ของเธอนั้นน่าอิจฉามาก

Bien s'habiller, faire la grasse matinée, aider à la maison.
แต่งตัวดี ตื่นสาย ช่วยงานบ้าน

La conversation tournait souvent autour de la nécessité de gagner de l'argent.
บทสนทนามักจะวกไปถึงเรื่องความจำเป็นในการหารายได้

Gregor était toujours le premier à lâcher la porte.
เกรเกอร์มักจะเป็นคนแรกที่ปล่อยมือจากประตูเสมอ

Cette conversation l'avait rempli de honte et de chagrin.
การสนทนานั้นทำให้เขารู้สึกอับอายและเสียใจอย่างมาก

Il se laissa donc tomber sur le canapé en cuir qui refroidissait.
เขาจึงทิ้งตัวลงบนโซฟาหนังที่กำลังเย็นลง

Et il passait souvent le reste de la nuit sur le canapé.
และเขามักจะใช้เวลาช่วงที่เหลือของคืนอยู่บนโซฟา

Il ne dormait jamais vraiment sur le canapé, ni la nuit.
เขาไม่เคยนอนหลับบนโซฟาเลย
ไม่ว่าจะตอนกลางคืนหรือตอนไหนก็ตาม

Souvent, il se contentait de gratter le cuir pendant des heures.
บ่อยครั้งที่เขาเอาแต่เกาหนังอยู่นานหลายชั่วโมง

D'autres fois, il poussait le fauteuil jusqu'à la fenêtre.
บางครั้งเขาก็เลื่อนเก้าอี้เท้าแขนไปที่หน้าต่าง

Cela a nécessité à lui seul beaucoup d'efforts de sa part.
เพียงแค่นี้ก็ต้องอาศัยความพยายามอย่างมากจากเขาแล้ว

Le fauteuil l'a aidé à ramper jusqu'au rebord de la fenêtre.
เก้าอี้เท้าแขนช่วยให้เขาสามารถคลานขึ้นไปบนขอบหน้าต่างได้

Et de là, il put s'appuyer contre la fenêtre.
และจากตรงนั้นเขาก็สามารถเอนตัวพิงหน้าต่างได้

Il éprouvait un grand sentiment de liberté en faisant cela.
เขาเคยรู้สึกอิสระอย่างมากเมื่อได้ทำเช่นนี้

Peut-être recherchait-il une sensation de liberté d'antan.

บางทีเขาอาจกำลังมองหาความรู้สึกปลดปล่อยแบบเก่าๆ อยู่ก็ได้

Mais sa vue n'était plus aussi perçante qu'avant.
แต่สายตาของเขาไม่คมชัดเหมือนแต่ก่อนแล้ว

Les objets situés à une certaine distance étaient flous et indistincts.
สิ่งต่างๆ ที่อยู่ไกลออกไปเล็กน้อยนั้นดูพร่ามัวและไม่ชัดเจน

Il ne pouvait plus voir l'hôpital de l'autre côté de la rue.
เขาไม่สามารถมองเห็นโรงพยาบาลฝั่งตรงข้ามถนนได้อีกต่อไปแล้ว

Avant, il maudissait le paysage, maintenant il voulait le voir.
ก่อนหน้านี้เขาเคยสาปแช่งทิวทัศน์นั้น
แต่ตอนนี้เขากลับอยากเห็นมันเสียเอง

Il savait qu'il habitait dans la paisible Charlottenstrasse, en pleine ville.
เขารู้ดีว่าตัวเองอาศัยอยู่ในย่านชาร์ลอตเทนสตรัสเซอันเงียบสงบในเมือง

Mais il a peut-être cru qu'il regardait vers le désert.
แต่เขาอาจคิดว่ากำลังมองออกไปในทะเลทรายก็ได้

Un désert où le ciel gris et la terre grise se confondaient.
ดินแดนรกร้างที่ท้องฟ้าสีเทาและผืนดินสีเทาผสานกัน

La sœur attentive remarqua à deux reprises que la chaise avait bougé.
พี่สาวผู้ช่างสังเกตสังเกตเห็นว่าเก้าอี้ขยับถึงสองครั้ง

Après avoir rangé, elle a repoussé la chaise vers la fenêtre.
หลังจากจัดเก็บเรียบร้อยแล้ว เธอก็เลื่อนเก้าอี้กลับไปที่หน้าต่าง

Et désormais, elle laissait même la fenêtre ouverte.
และนับจากนี้ไป เธอยังเปิดบานหน้าต่างทิ้งไว้ด้วย

Gregor aurait vraiment souhaité pouvoir parler à sa sœur.
เกรเกอร์ปรารถนาอย่างแท้จริงว่าเขาน่าจะได้พูดคุยกับน้องสาวของเขา

Il voulait la remercier pour tout ce qu'elle avait fait pour lui.
เขาต้องการขอบคุณเธอสำหรับทุกสิ่งที่เธอทำให้เขา

Il aurait alors plus facilement toléré leurs services.
ถ้าเป็นเช่นนั้น เขาคงจะยอมรับการบริการของพวกเขาได้ง่ายขึ้น

Mais en l'état actuel des choses, il souffrait de son aide.

แต่ในความเป็นจริงแล้ว

เขากลับต้องทนทุกข์ทรมานเพราะเธอช่วยเหลือเขา

La sœur, bien sûr, a tenté de dissimuler la gêne.
แน่นอนว่าน้องสาวพยายามปกปิดความอับอายนั้น

Et elle faisait de son mieux pour feindre de ne pas se sentir accablée.
และเธอก็พยายามอย่างเต็มที่ที่จะแสร้งทำเป็นว่าไม่รู้สึกว่าเป็นภาระ

Bien sûr, c'est quelque chose qu'elle devait d'abord pratiquer.
แน่นอนว่าเธอต้องฝึกฝนเรื่องนี้มาก่อน

Et plus le temps passait, plus elle devenait douée.
และยิ่งเวลาผ่านไป เธอก็ยิ่งทำได้ดีขึ้นเรื่อยๆ

Mais Gregor eut également plus de temps pour constater sa supercherie.
แต่เกรเกอร์ก็ได้รับเวลามากขึ้นในการมองออกว่าเธอเสแสร้ง

Même son entrée dans sa chambre était une épreuve pour lui.
แม้แต่การที่เธอเข้ามาในห้องของเขาก็เป็นเรื่องยากลำบากสำหรับเขาแล้ว

Dès qu'elle est entrée, elle a couru directement vers la fenêtre.
ทันทีที่เธอเข้ามา เธอก็วิ่งตรงไปที่หน้าต่าง

Elle n'a même pas pris le temps de fermer la porte.
เธอไม่ได้แม้แต่จะปิดประตูด้วยซ้ำ

Normalement, elle épargnait à tout le monde la vue de la chambre de Gregor.
โดยปกติแล้วเธอจะไม่เปิดเผยห้องของเกรเกอร์ให้ใครเห็น

Et elle ouvrit brusquement la fenêtre d'un geste rapide.
แล้วเธอก็กระชากหน้าต่างเปิดออกด้วยมือที่รีบร้อน

Puis elle reprit sa respiration comme si elle avait suffoqué.
จากนั้นเธอก็หายใจได้อีกครั้งราวกับว่ากำลังหายใจไม่ออก

L'air qui entrait était froid, et elle respira profondément.
อากาศที่พัดเข้ามานั้นเย็น เธอจึงหายใจเข้าลึกๆ

Mais elle resta néanmoins un moment près de la fenêtre.

แต่ถึงกระนั้นเธอก็ยังคงยืนอยู่ริมหน้าต่างสักพักหนึ่ง

Elle effrayait Gregor deux fois par jour avec ce rituel.
เธอทำให้เกรเกอร์ตกใจกลัววันละสองครั้งด้วยกิจวัตรนี้

Pendant qu'elle était dans la pièce, il tremblait sous le canapé.
ขณะที่เธออยู่ในห้องนั้น เขาตัวสั่นอยู่ใต้โซฟา

Il savait qu'elle aurait aimé lui épargner cette épreuve.
เขารู้ว่าเธอคงอยากให้เขาพ้นจากความยากลำบากนั้น

Mais elle ne pouvait pas rester dans la pièce avec la fenêtre fermée.
แต่เธอไม่สามารถอยู่ในห้องที่มีหน้าต่างปิดอยู่ได้

Il y a eu une fois où elle est arrivée un peu plus tôt.
มีอยู่ครั้งหนึ่งที่เธอมาถึงเร็วกว่าปกติเล็กน้อย

Probablement environ un mois après la transformation de Gregor.
น่าจะประมาณหนึ่งเดือนหลังจากที่เกรเกอร์แปลงร่าง

Elle s'était plus ou moins habituée à sa nouvelle apparence.
เธอเริ่มคุ้นชินกับรูปลักษณ์ใหม่ของเขาบ้างแล้ว

Elle n'avait donc plus aucune raison d'être particulièrement choquée.
ดังนั้นเธอจึงไม่มีเหตุผลที่จะต้องตกใจอะไรอีกต่อไปแล้ว

Elle le trouva toujours immobile, le regard fixé par la fenêtre.
เธอพบว่าเขายังคงจ้องมองออกไปนอกหน้าต่างอย่างนิ่งเฉย

Il se trouvait dans le pire endroit où il aurait pu être.
เขาอยู่ในสถานที่ที่เลวร้ายที่สุดเท่าที่จะเป็นไปได้

Il n'aurait pas été surpris si elle n'était pas entrée.
เขาคงไม่แปลกใจหากเธอไม่เข้ามา

Il l'empêcha d'ouvrir la fenêtre.
เขาขัดขวางไม่ให้เธอเปิดหน้าต่าง

Elle quitta rapidement la pièce et ferma la porte.
เธอรีบออกจากห้องไปอีกครั้งแล้วปิดประตู

Un étranger aurait pu tirer toutes sortes de conclusions.
คนแปลกหน้าอาจสรุปไปได้สารพัดอย่าง

Peut-être attendait-il simplement l'occasion de la mordre.
บางทีเขาอาจแค่รอโอกาสที่จะกัดเธออยู่ก็ได้

Gregor, bien sûr, s'est immédiatement caché sous le canapé.
แน่นอนว่าเกรเกอร์รีบไปซ่อนตัวอยู่ใต้โซฟาในทันที

Mais il dut attendre midi pour que sa sœur revienne.
แต่เขาต้องรอจนถึงเที่ยงกว่าน้องสาวจะกลับมา

Et elle semblait beaucoup plus agitée que d'habitude.
และเธอดูจะกระสับกระส่ายมากกว่าปกติมาก

Il réalisa que sa vue lui était encore insupportable.
เขารู้ตัวว่าภาพที่เห็นยังคงเป็นสิ่งที่ทนไม่ได้อยู่ดี

Sa vue allait lui rester insupportable.
ภาพของเขาจะยังคงเป็นสิ่งที่เธอทนเห็นไม่ได้ต่อไป

Elle ne pouvait probablement pas supporter de le voir, même partiellement.
เธอคงทนเห็นส่วนใดส่วนหนึ่งของเขาไม่ได้เลย

Une petite partie dépassait toujours de sous le canapé.
ส่วนเล็กๆ นั้นมักจะยื่นออกมาจากใต้โซฟาเสมอ

Un jour, il transporta un drap sur son dos jusqu'au canapé.
วันหนึ่งเขาแบกผ้าปูที่นอนไปที่โซฟา

Il voulait lui épargner de voir quoi que ce soit de lui.
เขาต้องการปกป้องเธอจากการได้เห็นส่วนใดส่วนหนึ่งของเขาเลย

Il arrangea le drap de façon à ce qu'il soit entièrement caché.
เขาจัดผ้าปูที่นอนให้มิดชิดจนมิดทั้งตัว

Même si elle se baissait, elle ne pourrait pas le voir.
ต่อให้เธอก้มลง เธอก็จะไม่สามารถมองเห็นเขาได้

L'opération a pris à Gregor plus de trois heures.
เกรเกอร์ใช้เวลามากกว่าสามชั่วโมงในการดำเนินการทั้งหมดนี้

Elle a peut-être pensé que le drap était inutile.
เธออาจคิดว่าผ้าปูที่นอนนั้นไม่จำเป็น

Elle aurait su qu'il ne voulait pas du drap.
เธอคงรู้ว่าเขาไม่ต้องการผ้าปูที่นอน

Il le faisait pour son confort, et non pour lui-même.
เขาทำไปเพื่อความสบายใจของเธอ ไม่ใช่เพื่อตัวเอง

Et elle aurait pu enlever le drap si elle l'avait voulu.

และเธอก็สามารถดึงผ้าปูที่นอนออกได้หากเธอต้องการ

Mais elle laissa le drap là où Gregor l'avait mis.
แต่เธอไม่ได้เอาผ้าปูที่นอนไปวางไว้ที่เดิมที่เกรเกอร์วางไว้

Et Gregor crut même avoir aperçu un regard reconnaissant.
และเกรเกอร์เองก็คิดว่าเขาเห็นแววตาที่แสดงความขอบคุณด้วยซ้ำ

Il avait doucement soulevé le drap avec sa tête.
เขายกผ้าปูที่นอนขึ้นเบาๆ ด้วยศีรษะ

Il voulait savoir si sa sœur appréciait cet arrangement.
เขาอยากรู้ว่าน้องสาวของเขาชอบข้อตกลงนี้หรือไม่

Les deux premières semaines ont été les plus difficiles pour les parents.
สองสัปดาห์แรกเป็นช่วงเวลาที่ยากลำบากที่สุดสำหรับผู้ปกครอง

Ils n'ont pas eu le courage d'entrer et de le voir.
พวกเขาไม่กล้าเข้าไปพบเขา

Il a surpris plusieurs de leurs conversations à cette époque.
เขาได้ยินบทสนทนาของพวกเขาหลายครั้งในช่วงเวลานั้น

Ils ont pleinement reconnu tout ce que faisait la sœur.
พวกเขาเข้าใจและยอมรับทุกสิ่งที่พี่สาวทำอย่างเต็มที่

Même s'ils étaient souvent agacés par elle.
ถึงแม้ว่าก่อนหน้านี้พวกเขาจะเคยรำคาญเธออยู่บ่อยๆ ก็ตาม

Parce qu'elle semblait être une fille un peu inutile.
เพราะดูเหมือนว่าเธอจะเป็นเด็กผู้หญิงที่ค่อนข้างไร้ประโยชน์

C'étaient maintenant eux qui attendaient de l'autre côté de la pièce.
คราวนี้เป็นพวกเขาที่รออยู่ฝั่งตรงข้ามของห้อง

Et c'est elle qui est entrée dans la pièce pour tout faire.
และเป็นเธอเองที่เข้าไปในห้องเพื่อทำทุกอย่าง

Dès qu'elle est sortie, ils ont voulu tout savoir.
ทันทีที่เธอออกมา พวกเขาก็อยากรู้ทุกอย่าง

Elle a dû leur décrire précisément l'aspect de la pièce.
เธอต้องอธิบายให้พวกเขาฟังอย่างละเอียดว่าห้องนั้นมีลักษณะอย่างไ
ร

« Qu'est-ce que Gregor a mangé ? Comment s'est-il comporté cette fois-ci ? »
"เกรเกอร์กินอะไรไป? คราวนี้เขาทำตัวยังไง?"

«Y avait-il peut-être une légère amélioration à constater ?»
"มีการปรับปรุงเล็กน้อยที่สังเกตเห็นได้หรือไม่?"

La mère, d'ailleurs, était en réalité plus courageuse.
ที่จริงแล้ว คุณแม่มีความกล้าหาญมากกว่าเสียอีก

Et bien sûr, c'était son propre fils qui se trouvait dans la pièce.
และแน่นอนว่าคนที่อยู่ในห้องนั้นก็คือลูกชายของเธอเอง

Elle souhaitait en fait rendre visite à Gregor assez rapidement.
จริงๆ แล้วเธออยากไปเยี่ยมเกรเกอร์ในเร็วๆ นี้

Mais au départ, son père et sa sœur l'ont retenue.
แต่ในตอนแรกพ่อและพี่สาวได้ห้ามปรามเธอไว้

Ils ont avancé des arguments très rationnels pour qu'elle n'y aille pas.
พวกเขาให้เหตุผลที่ฟังขึ้นอย่างมากเพื่อไม่ให้เธอไป

Gregor écouta très attentivement leur raisonnement.
เกรเกอร์ตั้งใจฟังเหตุผลของพวกเขาอย่างมาก

Et il acceptait ce raisonnement autant que sa mère.
และเขายอมรับเหตุผลนั้นเช่นเดียวกับแม่ของเขา

Plus tard, cependant, il a fallu la retenir par la force.
แต่ต่อมาเธอต้องใช้กำลังดึงตัวไว้

«Laissez-moi entrer voir Gregor, c'est mon malheureux fils !»
"ให้ฉันเข้าไปหาเกรกอร์ เขาเป็นลูกชายที่น่าสงสารของฉัน!"

« Tu ne comprends pas que je dois aller le voir ? »
"คุณไม่เข้าใจเหรอว่าฉันต้องไปพบเขา?"

Gregor fut également convaincu par les arguments de sa mère.
เกรเกอร์ก็คล้อยตามเหตุผลของแม่เขาด้วยเช่นกัน

Peut-être avait-elle raison ; ce serait bien qu'elle vienne.
บางทีเธออาจจะพูดถูก การที่เธอเข้ามาคงจะดีไม่น้อย

Le voir tous les jours serait beaucoup trop lourd.

การมาพบเขาทุกวันคงจะมากเกินไป

Mais le voir une fois par semaine suffirait peut-être.
แต่การได้เจอเขาประมาณสัปดาห์ละครั้งอาจจะเพียงพอแล้ว

Elle pourrait comprendre les choses bien mieux que sa sœur.
เธออาจเข้าใจเรื่องต่างๆ ได้ดีกว่าน้องสาวของเธอเสียอีก

Malgré tout son courage, elle n'était encore qu'une enfant.
ถึงแม้เธอจะมีความกล้าหาญมากเพียงใด
เธอก็ยังเป็นเพียงเด็กคนหนึ่งเท่านั้น

Peut-être une insouciance enfantine l'a-t-elle poussée à entreprendre cette tâche.
บางทีความบุ่มบ่ามแบบเด็กๆ อาจทำให้เธอรับงานนี้มาทำก็ได้

Mais le souhait de Gregor de revoir sa mère se réalisa bientôt.
แต่ความปรารถนาของเกรเกอร์ที่จะได้พบแม่ของเขาก็เป็นจริงในไม่ช้าๆ

Durant la journée, Gregor se tenait à l'écart de la fenêtre.
ในเวลากลางวัน เกรเกอร์จะอยู่ห่างจากหน้าต่าง

Il a agi ainsi par égard pour ses parents.
เขาทำเช่นนั้นเพราะห่วงใยพ่อแม่ของเขา

Il n'avait pas beaucoup de place pour ramper sur le sol.
เขาไม่มีพื้นที่ให้คลานบนพื้นมากนัก

Il avait du mal à rester immobile pendant la nuit.
เขาพบว่าการนอนนิ่งๆ ในเวลากลางคืนเป็นเรื่องยาก

Manger ne lui procurait plus le moindre plaisir.
การกินอาหารไม่ได้ทำให้เขามีความสุขอีกต่อไปแล้ว

Bien sûr, il devait trouver un moyen de se distraire.
แน่นอนว่าเขาต้องหาวิธีเบี่ยงเบนความสนใจตัวเอง

Pour se divertir, il grimpait et descendait les murs.
เพื่อความบันเทิง เขาจึงคลานขึ้นลงไปตามกำแพง

Et il rampait aussi le long du plafond, la tête en bas.
และเขายังคลานไปตามเพดานในท่ากลับหัวอีกด้วย

Il était particulièrement heureux lorsqu'il était suspendu au plafond.
เขามีความสุขเป็นพิเศษเมื่อได้ห้อยตัวอยู่บนเพดาน

C'était complètement différent de s'allonger par terre.
มันแตกต่างอย่างสิ้นเชิงกับการนอนบนพื้น

Il trouvait qu'il respirait beaucoup plus facilement dans cette position.
เขาพบว่าหายใจได้สะดวกขึ้นมากในท่านี้

Une légère mais agréable vibration parcourut son corps.
ร่างกายของเขารู้สึกถึงแรงสั่นสะเทือนเล็กน้อยแต่ก็รู้สึกดี

Parfois, il se laissait même trop aller à son bonheur.
บางครั้งเขาก็ปล่อยตัวปล่อยใจไปกับความสุขมากเกินไปเสียด้วยซ้ำ

Il lui arrivait d'être distrait et de lâcher prise du plafond.
บางครั้งเขาก็เสียสมาธิและปล่อยมือจากเพดาน

Et à sa propre surprise, il atterrit de nouveau sur le sol.
และที่น่าประหลาดใจยิ่งกว่านั้นคือ เขาลงจอดบนพื้นได้สำเร็จ

Mais il maîtrisait bien mieux son corps qu'auparavant.
แต่เขาสามารถควบคุมร่างกายได้ดีกว่าเดิมมาก

Ainsi, il ne se blessait plus lors de chutes aussi importantes.
ดังนั้นเขาจึงไม่ได้รับบาดเจ็บจากการตกจากที่สูงแบบนั้นอีกแล้ว

Sa sœur remarqua immédiatement le nouveau plaisir de Gregor.
น้องสาวสังเกตเห็นความสุขใหม่ของเกรเกอร์ได้ทันที

Et on retrouvait des traces de colle là où il avait rampé.
และมีร่องรอยของกาวอยู่ตรงบริเวณที่เขาคลานไป

Là encore, la sœur pensa au bien-être de Gregor.
ณ ที่นี้ พี่สาวนึกถึงความเป็นอยู่ของเกรเกอร์อีกครั้ง

Il apprécierait peut-être d'avoir plus d'espace pour ramper.
บางทีเขาอาจจะชอบที่มีพื้นที่ให้คลานไปมามากกว่านี้ก็ได้

Et l'idée s'est fermement ancrée dans son esprit.
และความคิดนั้นก็ฝังแน่นอยู่ในหัวของเธอ

Certains meubles volumineux entravaient sa liberté de mouvement.
เฟอร์นิเจอร์ขนาดใหญ่บางชิ้นขัดขวางการเคลื่อนไหวของเขา

Il ne travaillait plus, il n'avait donc plus besoin du bureau.
เขาไม่ได้ทำงานแล้ว ดังนั้นเขาจึงไม่จำเป็นต้องใช้โต๊ะทำงานอีกต่อไป

Et la boîte prenait plus de place que nécessaire. ***

และกล่องนั้นก็กินพื้นที่มากกว่าที่จำเป็นด้วย ***

La sœur n'était pas en mesure de déplacer ces choses seule.
น้องสาวไม่สามารถเคลื่อนย้ายสิ่งของเหล่านี้ได้ด้วยตัวเอง

Bien sûr, elle n'osait pas demander de l'aide à son père.
แน่นอนว่าเธอไม่กล้าขอความช่วยเหลือจากพ่อ

La bonne ne l'aurait certainement pas aidée non plus.
แม้แต่คนรับใช้ก็คงไม่ช่วยเธอเช่นกัน

La nouvelle femme de ménage était en réalité un an plus jeune qu'elle.
ความจริงแล้วแม่บ้านคนใหม่มีอายุน้อยกว่าเธอหนึ่งปี

Elle avait courageusement endossé le rôle de l'ancienne bonne.
เธอรับบทบาทของอดีตคนรับใช้ด้วยความกล้าหาญ

Mais il y avait un privilège auquel elle tenait absolument.
แต่มีสิทธิพิเศษอย่างหนึ่งที่เธอยืนกรานว่าจะต้องได้รับ

Elle voulait que la cuisine reste verrouillée en permanence.
เธอต้องการล็อกห้องครัวไว้ตลอดเวลา

La sœur n'avait donc pas d'autre choix que de demander à sa mère.
ดังนั้นพี่สาวจึงไม่มีทางเลือกอื่นนอกจากต้องไปขออนุญาตแม่

La mère est venue à son secours en poussant des cris de joie.
แม่รีบวิ่งเข้ามาช่วยพร้อมกับส่งเสียงร้องด้วยความดีใจอย่างตื่นเต้น

Mais elle se tut devant la porte de la chambre de Gregor.
แต่เธอกลับเงียบไปเมื่อถึงประตูห้องของเกรเกอร์

La sœur a vérifié que tout était en ordre dans la chambre.
พี่สาวตรวจสอบดูว่าทุกอย่างในห้องเรียบร้อยดีหรือไม่

Gregor avait tiré précipitamment encore plus fort sur le drap.
เกรเกอร์รีบดึงผ้าปูที่นอนให้แน่นขึ้นไปอีก

Bien que le drap-housse paraisse encore disposé au hasard.
ถึงแม้ว่าผ้าปูที่นอนจะยังดูจัดวางอย่างไม่เป็นระเบียบก็ตาม

Et ce n'est qu'alors qu'elle laissa sa mère entrer dans la pièce.
จากนั้นเธอก็ยอมให้แม่เข้ามาในห้อง

Gregor s'abstint également d'espionner sous le drap.

เกรเกอร์เองก็ไม่ได้แอบมองจากใต้ผ้าห่มด้วยเช่นกัน

Il a décidé de ne pas voir sa mère cette fois-ci.
เขาตัดสินใจที่จะไม่ไปเยี่ยมแม่ในครั้งนี้

Gregor était déjà content qu'elle soit venue.
เกรเกอร์ดีใจมากที่เธอมาหาเขา

«Entrez, vous ne pouvez pas le voir», dit la sœur.
"เข้ามาสิ คุณมองไม่เห็นเขาหรอก" น้องสาวกล่าว

Gregor supposa qu'elle tenait sa mère par la main.
เกรเกอร์สันนิษฐานว่าเธอจูงมือแม่ของเธอมา

Puis il entendit les deux femmes, faibles, déplacer les meubles.
จากนั้นเขาได้ยินเสียงหญิงอ่อนแรงสองคนกำลังเคลื่อนย้ายเฟอร์นิเจอร์

La sœur semblait s'attribuer la majeure partie du travail.
ดูเหมือนว่าน้องสาวจะอ้างว่าตัวเองเป็นคนรับผิดชอบงานส่วนใหญ่

Sa mère craignait qu'elle ne s'épuise.
แม่ของเธอเกรงว่าเธอจะออกแรงมากเกินไป

Mais la sœur n'a prêté aucune attention à ces avertissements.
แต่พี่สาวไม่สนใจคำเตือนเหล่านั้นเลย

Mais même après quinze minutes, les progrès étaient très lents.
แต่แม้จะผ่านไปสิบห้านาทีแล้ว ความคืบหน้าก็ยังช้ามาก

Ils n'avaient pas réussi à déplacer les meubles très loin.
พวกเขาเคลื่อนย้ายเฟอร์นิเจอร์ไปได้ไม่ไกลนัก

Ils commençaient lentement à ressentir un sentiment de défaite.
พวกเขาเริ่มรู้สึกถึงความพ่ายแพ้ทีละน้อย

La mère fut la première à reconnaître l'inutilité de la démarche.
แม่เป็นคนแรกที่ยอมรับว่ามันไร้ประโยชน์

« Il vaudrait peut-être mieux laisser la boîte ici. »
"บางทีการวางกล่องไว้ตรงนี้อาจจะดีกว่า"

« Le carton est trop lourd pour que nous puissions le déplacer plus loin. »

"กล่องนี้หนักเกินไป เราจึงเคลื่อนย้ายมันต่อไปไม่ไหว"

« Et nous n'aurons pas terminé avant l'arrivée de votre père. »

"และเราจะยังไม่เสร็จจนกว่าพ่อของคุณจะมาถึง"

« Laisser la boîte ici lui barrerait encore plus le passage. »
"การวางกล่องไว้ตรงนี้จะยิ่งกีดขวางทางเขามากขึ้นไปอีก"

« Et pouvons-nous être sûrs de lui rendre service ? »
"แล้วเรามั่นใจได้หรือเปล่าว่าเรากำลังทำสิ่งที่ดีให้เขา?"

Ils commencèrent à penser que le contraire pourrait bien être vrai.
พวกเขาเริ่มคิดว่าสิ่งที่ตรงกันข้ามอาจเป็นความจริงก็ได้

La vue du mur vide lui pesait lourdement sur le cœur.
ภาพกำแพงที่ว่างเปล่านั้นทำให้เธอรู้สึกหนักใจ

Qui nous dit que Gregor ne ressentirait pas la même chose ?
ใครจะไปรู้ว่าเกรเกอร์อาจจะไม่รู้สึกแบบนี้บ้างล่ะ?

«Il est déjà habitué aux meubles de sa chambre.»
"เขาคุ้นเคยกับเฟอร์นิเจอร์ในห้องของเขาแล้ว"

«Il pourrait se sentir encore plus abandonné dans une pièce vide.»
"เขาอาจรู้สึกโดดเดี่ยวมากขึ้นไปอีกหากอยู่ในห้องที่ว่างเปล่า"

À ce moment-là, sa voix s'était presque réduite à un murmure.
ตอนนี้เสียงของเธอเบาลงจนแทบจะเป็นเสียงกระซิบแล้ว

Elle ignorait en réalité où se trouvait exactement Gregor.
เธอไม่ทราบแน่ชัดว่าเกรเกอร์อยู่ที่ไหน

Elle ne voulait même pas qu'il entende sa voix.
เธอไม่อยากให้เขาได้ยินแม้แต่เสียงของเธอด้วยซ้ำ

Bien qu'elle fût certaine qu'il ne la comprenait pas.
ถึงแม้เธอจะมั่นใจว่าเขาไม่เข้าใจเธอ

« N'aurait-on pas l'impression de l'avoir complètement abandonné ? »
"แบบนี้จะดูเหมือนว่าเราหมดหวังกับเขาไปแล้วหรือเปล่า?"

«N'aura-t-il pas l'impression qu'on le laisse se débrouiller seul ?»

"เขาจะไม่รู้สึกว่าเรากำลังทิ้งให้เขาเผชิญกับเรื่องนี้เพียงลำพังเหรอ?"

«Nous devrions laisser la pièce exactement comme elle était.»
"เราควรจัดห้องให้เรียบร้อยเหมือนเดิมทุกประการ"

« Gregor finira par nous revenir comme avant. »
"ในที่สุดเกรเกอร์ก็จะกลับมาหาเราเหมือนเดิม"

«Alors il constatera que tout est encore à sa place.»
"แล้วเขาจะพบว่าทุกอย่างยังคงอยู่ในที่เดิม"

« Et il oubliera beaucoup plus facilement la période intermédiaire. »
"และเขาจะลืมช่วงเวลาระหว่างนั้นได้ง่ายขึ้นมาก"

En entendant ces mots, Gregor réalisa quelque chose.
เมื่อเกรเกอร์ได้ยินคำพูดเหล่านั้น เขาก็เข้าใจอะไรบางอย่าง

Son esprit était devenu confus au cours des deux derniers mois.
จิตใจของเขาเริ่มสับสนในช่วงสองเดือนที่ผ่านมา

Le manque d'interactions humaines ne lui avait pas fait de bien.
การขาดปฏิสัมพันธ์กับผู้คนส่งผลเสียต่อเขา

Il avait vraiment besoin de la vie monotone au sein de sa famille.
เขาต้องการชีวิตที่เรียบง่ายท่ามกลางครอบครัวอย่างแท้จริง

Pourquoi aurait-il formulé une demande aussi absurde autrement ?
มิเช่นนั้นแล้วเขาจะเรียกร้องอะไรที่ไร้สาระเช่นนั้นไปทำไม?

Quel sens pouvait-il y avoir à vider sa chambre ?
การเอาของออกจากห้องของเขาไปมันสมเหตุสมผลตรงไหนกัน?

La chambre confortable est meublée de meubles hérités.
ห้องพักแสนสบาย ตกแต่งด้วยเฟอร์นิเจอร์ที่ตกทอดมาจากรุ่นก่อน

Pourquoi voudrait-il transformer cette chaleur familière en une grotte ?
ทำไมเขาถึงอยากเปลี่ยนสถานที่อบอุ่นที่คุ้นเคยนี้ให้กลายเป็นถ้ำ?

Une grotte où il pouvait ramper en toute tranquillité dans toutes les directions.

ถ้ำที่เขาสามารถคลานไปทุกทิศทุกทางได้อย่างสงบสุข

Mais une grotte où il oublia rapidement son passé humain.
แต่เป็นถ้ำที่ทำให้เขาลืมอดีตในฐานะมนุษย์ไปอย่างรวดเร็ว

Il se demandait s'il était déjà sur le point d'oublier.
เขาอดสงสัยไม่ได้ว่าตัวเองใกล้จะลืมเรื่องนี้ไปแล้วหรือยัง

La voix de sa mère l'avait secoué et lui avait fait se souvenir.
เสียงของแม่ทำให้เขานึกขึ้นได้

La voix qu'il n'avait pas entendue depuis si longtemps.
เสียงที่เขาไม่ได้ยินมานานแสนนานแล้ว

Il ne fallait rien enlever ; tout devait rester.
ห้ามนำสิ่งใดออกไป ทุกอย่างต้องคงอยู่เหมือนเดิม

Le mobilier a eu un effet positif sur son état.
เฟอร์นิเจอร์ชิ้นนั้นส่งผลดีต่ออาการของเขาอย่างเห็นได้ชัด

Et il ne pouvait pas s'en sortir sans ce lien avec le passé.
และเขาไม่อาจรับมือได้หากปราศจากหลักยึดเหนี่ยวกับอดีตนี้

Les meubles l'empêchaient de ramper sans but.
เฟอร์นิเจอร์เหล่านั้นช่วยป้องกันไม่ให้เขาคลานไปมาอย่างไร้จุดหมาย

Mais ce n'était pas une perte ; c'était au contraire un grand avantage.
แต่นั่นไม่ใช่ความสูญเสีย ตรงกันข้าม มันเป็นข้อได้เปรียบอย่างมาก

Malheureusement, sa sœur avait un avis très différent.
แต่น่าเสียดายที่น้องสาวมีความคิดเห็นที่แตกต่างออกไปอย่างสิ้นเชิง

Elle était en quelque sorte devenue la porte-parole de Gregor.
เธอกลายเป็นเหมือนโฆษกของเกรเกอร์ไปโดยปริยาย

Bien sûr, son opinion n'était pas totalement injustifiée.
แน่นอนว่าความคิดเห็นของเธอนั้นไม่ได้ไร้เหตุผลเสียทีเดียว

Mais l'opinion de sa mère devait être contredite ici.
แต่ความคิดเห็นของแม่เธอนั้นต้องถูกโต้แย้งในจุดนี้

Il ne s'agissait plus seulement d'enlever la boîte.
ไม่ใช่แค่กล่องเท่านั้นที่ต้องถูกนำออกไปในตอนนี้

Son bureau et son armoire ne pouvaient pas rester en place non plus.
โต๊ะทำงานและตู้เสื้อผ้าของเขาไม่อาจคงอยู่เช่นนั้นได้อีกต่อไป

La seule chose indispensable était le canapé.
สิ่งเดียวที่ขาดไม่ได้เลยก็คือโซฟา

Elle n'a pas pris cette décision par simple rébellion enfantine.
เธอไม่ได้ตัดสินใจแบบนี้เพียงเพราะความดื้อรั้นแบบเด็กๆ

Ce n'était pas non plus sa confiance en soi récemment acquise.
มันไม่ใช่เพราะความมั่นใจในตัวเองที่เธอเพิ่งมีขึ้นมาด้วยเช่นกัน

La nouvelle confiance qu'elle avait acquise lui a permis de travailler si dur pour gagner.
ความมั่นใจใหม่ที่เธอมีทำให้เธอทุ่มเทอย่างหนักเพื่อคว้าชัยชนะ

Même si personne ne s'attendait à ce qu'elle y parvienne.
ถึงแม้ว่าไม่มีใครคาดคิดว่าเธอจะทำได้ก็ตาม

Gregor avait vraiment besoin de beaucoup d'espace pour ramper.
เกรเกอร์ต้องการพื้นที่กว้างขวางมากในการคลานจริงๆ

Le mobilier ne faisait que réduire l'espace dont il disposait.
เฟอร์นิเจอร์เป็นเพียงสิ่งจำกัดพื้นที่ที่เขามีอยู่เท่านั้น

Elle était capable de mieux voir ces choses que sa mère.
เธอสามารถมองเห็นสิ่งเหล่านี้ได้ดีกว่าแม่ของเธอ

Mais peut-être que son esprit romantique a aussi joué un rôle.
แต่บางทีจิตใจที่โรแมนติกของเธอก็อาจมีส่วนเกี่ยวข้องด้วยเช่นกัน

Les filles de cet âge acquièrent souvent un certain enthousiasme.
เด็กผู้หญิงในวัยนั้นมักจะมีความกระตือรือร้นเป็นพิเศษ

Et ils éprouvent le besoin d'obtenir ce qu'ils veulent chaque fois qu'ils le peuvent.
และพวกเขารู้สึกว่าจำเป็นต้องได้สิ่งที่ต้องการทุกครั้งที่มีโอกาส

C'est peut-être pour cela qu'elle voulait le saboter en secret.
บางทีนี่อาจเป็นเหตุผลที่เธอต้องการวางแผนทำลายเขาอย่างลับๆ

Il est encore plus terrifiant lorsqu'il rampe sur les murs.
เขาน่ากลัวยิ่งกว่าเดิมเมื่อเขาคลานไปตามผนัง

Les parents n'osaient plus entrer dans la pièce.

พ่อแม่ไม่กล้าเข้าไปในห้องนั้นอีกแล้ว

Elle serait véritablement la seule à prendre soin de son frère.
เธอจะเป็นผู้ดูแลน้องชายเพียงลำพังอย่างแท้จริง

Elle ne laissa pas sa mère la persuader du contraire.
เธอไม่ยอมให้แม่โน้มน้าวให้เปลี่ยนใจ

La mère de Gregor se sentait déjà mal à l'aise dans la pièce.
แม่ของเกรเกอร์เริ่มรู้สึกไม่สบายใจตั้งแต่อยู่ในห้องแล้ว

Elle cessa bientôt de parler et aida de nouveau sa fille.
ไม่นานเธอก็หยุดพูดและช่วยลูกสาวของเธออีกครั้ง

Avec leurs forces restantes, ils ont enlevé l'armoire.
พวกเขาใช้แรงที่เหลืออยู่ยกตู้เสื้อผ้าออกไปได้

La commode, il pouvait s'en passer.
เขาไม่จำเป็นต้องมีตู้ลิ้นชักเลย

Mais le bureau allait devoir rester en place pour le moment.
แต่ตอนนี้โต๊ะทำงานคงต้องอยู่ที่เดิมไปก่อน

Pendant l'absence des femmes, il tenta d'évaluer la pièce.
ขณะที่ผู้หญิงทั้งสองไม่อยู่ เขาพยายามสำรวจห้องนั้น

Et Gregor passa la tête sous le canapé.
แล้วเกรเกอร์ก็โผล่หัวออกมาจากใต้โซฟา

Il devait voir ce qu'il pouvait faire face à la situation.
เขาต้องหาทางแก้ไขสถานการณ์นี้ให้ได้

Mais il a été aussi prudent et attentionné que possible.
แต่เขาก็ระมัดระวังและคำนึงถึงผู้อื่นอย่างที่สุด

Malheureusement, c'est la mère qui est revenue la première.
น่าเสียดายที่แม่กลับมาก่อน

Grete était encore en train de déplacer l'armoire dans la pièce voisine.
เกรเตยังคงเคลื่อนย้ายตู้เสื้อผ้าอยู่ในห้องข้างๆ

Mais la mère n'était pas habituée à la vue de Gregor.
แต่แม่ไม่คุ้นชินกับหน้าตาของเกรกอร์

Un simple aperçu de lui aurait pu la rendre malade.
แม้เพียงแวบเดียวก็อาจทำให้เธอป่วยได้

Gregor recula précipitamment jusqu'à l'autre bout du canapé.

เกรเกอร์รีบถอยหลังไปยังอีกฝั่งหนึ่งของโซฟา

Mais il ne pouvait pas reculer et maintenir le drap en équilibre.
แต่เขาไม่สามารถขยับตัวถอยหลังและทรงตัวผ้าปูที่นอนได้

Ce mouvement suffit à attirer l'attention de la mère.
การเคลื่อนไหวเพียงเล็กน้อยก็เพียงพอที่จะดึงดูดความสนใจของแม่ได้

Elle marqua une pause et resta immobile un bref instant.
เธอหยุดชะงัก และยืนนิ่งอยู่ครู่หนึ่ง

Puis elle se retourna et sortit de la pièce.
จากนั้นเธอก็หันหลังกลับและเดินออกจากห้องไป

Gregor se répétait sans cesse que rien d'inhabituel ne s'était produit.
เกรเกอร์พยายามบอกตัวเองว่าไม่มีอะไรผิดปกติเกิดขึ้น

« Ce ne sont que quelques meubles qui ont été emportés. »
"มันก็แค่เฟอร์นิเจอร์บางส่วนที่ถูกขนย้ายออกไปเท่านั้นเอง"

Mais il dut bientôt admettre que ces événements l'avaient affecté.
แต่ในไม่ช้าเขาก็ต้องยอมรับว่าเหตุการณ์เหล่านั้นส่งผลกระทบต่อเขา

Les femmes disaient tout ce qu'elles faisaient.
ผู้หญิงเหล่านั้นเล่าทุกอย่างที่พวกเธอกำลังทำอยู่

Ils faisaient des allers-retours dans la pièce.
พวกเขาทั้งสองเดินไปเดินมาอยู่ในห้องนั้น

Le bruit des meubles qui grattent le sol.
เสียงขูดขีดของเฟอร์นิเจอร์ทุกชิ้นบนพื้น

Il avait l'impression d'être assailli de toutes parts.
เขารู้สึกเหมือนถูกโจมตีจากทุกทิศทุกทาง

Il replia sa tête et ses jambes aussi fort qu'il le put.
เขาดึงศีรษะและขาเข้าหากันให้แน่นที่สุดเท่าที่จะทำได้

De toutes ses forces, il plaqua son corps au sol.
เขาใช้แรงทั้งหมดที่มีกดร่างกายลงกับพื้น

Il savait qu'il ne pourrait pas supporter tout cela encore longtemps.
เขารู้ตัวว่าทนกับเรื่องทั้งหมดนี้ต่อไปไม่ไหวแล้ว

Ils ont vidé sa chambre et ont pris tout ce qu'il aimait.
พวกเขาขนของออกจากห้องของเขาและจะเอาทุกสิ่งที่เขารักไป

Ils avaient déjà pris la boîte contenant tous ses outils.
พวกเขาได้นำกล่องที่บรรจุเครื่องมือทั้งหมดของเขาไปแล้ว

Ils étaient en train de déloger son lourd bureau du sol.
ตอนนี้พวกเขากำลังช่วยกันยกโต๊ะหนักๆ ของเขาออกจากพื้น

Le bureau sur lequel il avait travaillé en rentrant du travail.
โต๊ะทำงานที่เขาใช้ทำงานหลังจากกลับจากที่ทำงาน

Le bureau sur lequel il avait noté ses missions professionnelles.
โต๊ะที่เขาใช้เขียนรายงานธุรกิจ

Le bureau sur lequel il avait fait ses devoirs au collège.
โต๊ะที่เขาใช้ทำการบ้านสมัยเรียนมัธยมปลาย

Oui, il avait déjà eu ce bureau à l'école primaire.
ใช่ เขาเคยใช้โต๊ะตัวนี้ตั้งแต่สมัยเรียนประถมแล้ว

Il n'a vraiment pas eu le temps de vérifier leurs bonnes intentions.
เขาไม่มีเวลาพอที่จะตรวจสอบเจตนาที่ดีของพวกเขาเลยจริงๆ

Bien qu'il ait presque oublié leur présence.
ถึงแม้ว่าเขาเกือบจะลืมไปแล้วว่าพวกเขายังอยู่ที่นั่นก็ตาม

Parce qu'ils travaillaient en silence, épuisés.
เพราะพวกเขาทำงานกันอย่างเงียบๆ เนื่องจากความเหนื่อยล้า

Ils étaient trop fatigués pour annoncer leurs mouvements maintenant.
พวกเขาเหนื่อยเกินกว่าจะประกาศความเคลื่อนไหวของตนในตอนนี้

Il n'entendait que leurs lourds pas sur le sol.
เขาได้ยินเพียงเสียงฝีเท้าหนักๆ ของพวกเขาบนพื้นเท่านั้น

À ce moment précis, ils étaient appuyés contre la boîte.
ในขณะนั้นเอง พวกเขากำลังพิงกล่องอยู่

Et c'est alors que Gregor est sorti de sous le canapé.
และนั่นเป็นตอนที่เกรเกอร์โผล่ออกมาจากใต้โซฟา

Il a changé de direction à quatre reprises.
เขาเปลี่ยนทิศทางการวิ่งถึงสี่ครั้ง

Il n'arrivait pas à se décider quel objet sauver en premier.

เขาตัดสินใจไม่ได้ว่าควรจะช่วยรักษาอะไรไว้ก่อนดี

Soudain, son attention fut attirée par le mur vide.
ทันใดนั้น ความสนใจของเขาก็ถูกดึงดูดไปยังผนังที่ว่างเปล่า

Ils ne lui avaient laissé que la photo de la dame en fourrure.
สิ่งเดียวที่พวกเขาทิ้งไว้ให้เขาคือรูปภาพของหญิงสาวในชุดขนสัตว์

Il rampa jusqu'à la photo pour coller son corps contre le sien.
เขาคลานเข้าไปใกล้รูปภาพแล้วแนบตัวเข้ากับเธอ

Et son corps masquait complètement la vue de la photo.
และร่างกายของเขาบดบังภาพถ่ายจนหมดสิ้น

Le verre le soutenait et apaisait son ventre brûlant.
แก้วช่วยพยุงเขาไว้ และช่วยบรรเทาความร้อนในท้องของเขา

On ne pouvait plus lui enlever cette photo.
ภาพนี้ไม่อาจพรากไปจากเขาได้อีกแล้ว

Puis il tourna la tête vers la porte du salon.
จากนั้นเขาก็หันศีรษะไปทางประตูห้องนั่งเล่น

Il allait les regarder retourner dans la pièce.
เขากำลังจะเฝ้ามองดูผู้หญิงเหล่านั้นกลับเข้าไปในห้อง

Et ils ne se reposèrent pas longtemps avant de revenir.
และพวกเขาก็ไม่ได้พักผ่อนนานนักก่อนที่จะกลับมาอีกครั้ง

Grete avait le bras autour de sa mère pour l'aider à marcher.
เกรเตโอบแขนแม่ไว้เพื่อช่วยพยุงเดิน

« Que prenons-nous maintenant ? » demanda Grete en regardant autour d'elle.
"เราจะเอาอะไรกินดีล่ะ?" เกรเตกล่าวพลางมองไปรอบๆ

À ce moment précis, son regard croisa celui de Gregor.
ในขณะนั้นเอง สายตาของเธอก็สบกับดวงตาของเกรเกอร์

Malgré le choc, elle a gardé son sang-froid.
แม้จะตกใจ แต่เธอก็ยังคงมีสติอยู่

Probablement uniquement à cause de la présence de sa mère.
อาจเป็นเพราะการมีอยู่ของแม่เธอนั่นเอง

Elle pencha le visage vers sa mère, lui cachant la vue.
เธอก้มหน้าลงหาแม่ ปิดบังสายตาตัวเอง

Et puis elle dit, d'une voix tremblante et sans réfléchir :

แล้วเธอก็พูดออกมาทั้งที่ตัวสั่นและไม่ทันตั้งตัวว่า:

«Allez, on ne devrait pas retourner au salon ?»
"เอาล่ะ เรากลับไปที่ห้องนั่งเล่นกันดีกว่าไหม?"

Gregor comprenait aisément les intentions de sa sœur.
เกรเกอร์สามารถเข้าใจเจตนาของพี่สาวได้อย่างง่ายดาย

Sa priorité absolue était de mettre sa mère en sécurité.
สิ่งสำคัญอันดับแรกของเธอคือการพาแม่ของเธอไปอยู่ในที่ปลอดภัย

Mais ensuite, elle allait le poursuivre depuis le mur.
แต่แล้วเธอก็จะไล่ตามเขาลงมาจากกำแพง

« Eh bien, elle peut toujours essayer ! » pensa Gregor.
"อืม เธอก็ลองดูได้นี่!" เกรเกอร์คิดในใจ

Il s'assit fermement sur son tableau et ne le lâcha pas.
เขานั่งทับรูปภาพของเขาอย่างมั่นคงและไม่ยอมปล่อย

Il aurait préféré sauter au visage de sa sœur.
เขาอยากจะกระโจนใส่หน้าพี่สาวมากกว่า

Mais les paroles de Grete avaient encore plus inquiété sa mère.
แต่คำพูดของเกรเตกลับยิ่งทำให้แม่ของเธอเป็นกังวลมากขึ้นไปอีก

Elle s'écarta pour voir ce qu'on lui cachait.
เธอก้าวหลบไปด้านข้างเพื่อดูว่ามีอะไรถูกซ่อนไว้จากเธอ

Et elle vit la tache brune sur le papier peint à fleurs.
และเธอก็เห็นคราบสีน้ำตาลบนวอลเปเปอร์ลายดอกไม้

Et elle a crié avant même de réaliser que c'était Gregor.
และเธอกรีดร้องออกมาก่อนที่จะรู้ตัวด้วยซ้ำว่านั่นคือเกรเกอร์

« Oh mon Dieu ! » hurla-t-elle en tendant les bras.
"โอ้พระเจ้า!" เธอร้องออกมาพร้อมกางแขนออก

Et elle s'est effondrée sur le canapé comme si elle avait renoncé.
แล้วเธอก็ทรุดตัวลงบนโซฟา ราวกับว่าเธอหมดหวังแล้ว

« Gregor ! » cria sa sœur en levant le poing.
"เกรเกอร์!" น้องสาวตะโกนใส่เขาพร้อมกำหมัดขึ้น

Et elle lui lança un regard long, dur et pénétrant.
และเธอก็จ้องมองเขาด้วยสายตาที่ยาวนาน หนักแน่น และเฉียบคม

C'était la première fois qu'elle lui parlait directement.

นี่เป็นครั้งแรกที่เธอได้พูดคุยกับเขาโดยตรง

Elle a couru dans la pièce voisine pour aller chercher des sels d'ammoniaque.
เธอวิ่งเข้าไปในห้องข้างๆ เพื่อไปเอาแอมโมเนียมาดม

Elle devait ramener sa mère à la conscience.
เธอต้องช่วยให้แม่ของเธอฟื้นคืนสติ

Gregor voulait aider, il pourrait sauvegarder la photo plus tard.
เกรเกอร์อยากช่วย เขาเลยจะบันทึกภาพไว้ทีหลัง

Mais il s'était solidement collé à la vitre.
แต่เขาดันติดอยู่กับกระจกอย่างแน่นหนาเสียแล้ว

Il a donc dû s'arracher à ce point en utilisant beaucoup de force.
ดังนั้นเขาจึงต้องใช้แรงอย่างมากเพื่อดึงตัวเองออกไป

Il courut lui aussi dans la pièce voisine, où se trouvait sa sœur.
เขาเองก็วิ่งเข้าไปในห้องข้างๆ ซึ่งเป็นห้องที่น้องสาวอยู่

Autrefois, il aurait pu lui donner quelques conseils.
ในสมัยก่อนเขาน่าจะให้คำแนะนำแก่เธอได้บ้าง

Mais à présent, il ne pouvait rien faire d'autre que rester là, impuissant, et regarder.
แต่ตอนนี้เขาทำได้เพียงยืนดูอยู่เฉยๆ เท่านั้น

Elle fouilla dans le tiroir, ouvrant diverses bouteilles.
เธอค้นลิ้นชักและเปิดขวดต่างๆ ออกมา

Et il lui faisait encore peur quand elle se retournait.
และเขาก็ยังทำให้เธอกลัวอยู่ดีเมื่อเธอหันหลังกลับ

Une bouteille est tombée par terre, s'est cassée et a éclaté.
ขวดใบหนึ่งตกพื้น แตกกระจาย และเป็นเศษแก้ว

Un éclat de verre a frappé Gregor au visage et l'a blessé.
เศษแก้วกระเด็นเข้าหน้าเกรเกอร์ ทำให้เขาได้รับบาดเจ็บ

La bouteille contenait une sorte de liquide caustique.
ขวดนั้นบรรจุของเหลวที่มีฤทธิ์กัดกร่อนบางชนิด

Et maintenant, le liquide corrosif brûlait le visage de Gregor.

และตอนนี้ของเหลวที่มีฤทธิ์กัดกร่อนกำลังเผาไหม้ใบหน้าของเกรเกอ
ร์

Sa sœur, cependant, n'avait pas de temps à consacrer à Gregor pour le moment.
อย่างไรก็ตาม ตอนนี้พี่สาวไม่มีเวลาให้เกรเกอร์เลย

Elle ramassa autant de bouteilles qu'elle put.
เธอเก็บขวดเหล่านั้นขึ้นมาให้ได้มากที่สุดเท่าที่จะทำได้

Et elle est retournée en courant vers sa mère avec les médicaments.
แล้วเธอก็วิ่งกลับไปหาแม่พร้อมกับยา

Elle claqua la porte du pied, empêchant Gregor d'entrer.
เธอใช้เท้ากระแทกประตูจนเกรเกอร์ออกไปไม่ได้

Il était désormais coupé de sa mère, potentiellement mourante.
ตอนนี้เขาถูกตัดขาดจากแม่ที่อาจกำลังจะตายแล้ว

S'il ouvrait la porte, il chasserait sa sœur.
ถ้าเขาเปิดประตู เขาจะทำให้พี่สาวหนีไป

Mais bien sûr, elle devait rester pour s'occuper de sa mère.
แต่แน่นอนว่าเธอต้องอยู่ดูแลแม่ของเธอ

Il ne pouvait plus rien faire d'autre qu'attendre.
ตอนนี้เขาทำอะไรไม่ได้แล้วนอกจากรอพวกเขา

Rongé par les remords et l'anxiété, il se mit à ramper.
ด้วยความรู้สึกผิดและวิตกกังวลอย่างหนัก เขาจึงเริ่มคลาน

Il rampait partout : sur les murs, les meubles, le plafond.
เขาคลานไปทั่วทุกที่ ทั้งผนัง เฟอร์นิเจอร์ และเพดาน

Il avait l'impression que toute la pièce tournait autour de lui.
เขารู้สึกราวกับว่าทั้งห้องกำลังหมุนรอบตัวเขา

Finalement, désespéré et pris de vertiges, il retomba.
ในที่สุด ด้วยความสิ้นหวังและเวียนศีรษะ เขาก็ล้มลงไปอีกครั้ง

Et il est tombé directement sur la grande table de la salle à manger.
แล้วเขาก็ล้มลงไปบนโต๊ะอาหารขนาดใหญ่

Il resta allongé là un certain temps, engourdi et incapable de bouger.

เขาใช้เวลาอยู่ตรงนั้นพักใหญ่ ในสภาพที่ชาและขยับตัวไม่ได้

Il était épuisé par tout ce que cette journée lui avait apporté.
เขาเหนื่อยล้าจากทุกสิ่งที่เกิดขึ้นตลอดทั้งวัน

Le silence régnait partout, mais c'était peut-être bon signe.
รอบๆ เงียบสงบมาก แต่บางทีนั่นอาจเป็นสัญญาณที่ดีก็ได้

Puis, brisant le silence, la sonnette retentit à l'extérieur.
แล้วเสียงกริ่งประตูบ้านก็ดังขึ้น ทำลายความเงียบสงบลง

La bonne, bien sûr, s'était enfermée dans sa cuisine.
แน่นอนว่าแม่บ้านได้ล็อกตัวเองอยู่ในห้องครัวแล้ว

La sœur était donc la seule à pouvoir ouvrir la porte.
ดังนั้นพี่สาวจึงเป็นคนเดียวที่สามารถเปิดประตูได้

« Que s'est-il passé ? » fut la première question du père.
"เกิดอะไรขึ้น?" คือคำถามแรกที่พ่อถาม

L'apparence de Grete lui avait probablement tout dit.
รูปลักษณ์ของเกรเตคงบอกอะไรเขาได้ทุกอย่างแล้ว

La voix de Grete devint étouffée et monotone tandis qu'elle parlait.
เสียงของเกรเตเริ่มแผ่วเบาและทุ้มลงขณะที่เธอพูด

Elle a dû enfouir son visage contre la poitrine de son père.
เธอคงซบหน้าลงกับอกพ่อของเธอแน่ๆ

« Maman était inconsciente, mais elle va mieux maintenant. »
"คุณแม่หมดสติ แต่ตอนนี้อาการดีขึ้นแล้ว"

« Gregor s'est échappé », a-t-elle ajouté, ce à quoi il s'attendait.
"เกรเกอร์หนีไปแล้ว" เธอกล่าวเสริม ซึ่งเขาคาดการณ์ไว้แล้ว

« Je vous l'ai toujours dit, il allait s'échapper un jour. »
"ฉันบอกคุณมาตลอดว่าสักวันเขาจะต้องหนีออกมาได้"

« Mais vous, les femmes, vous ne vouliez pas m'écouter, n'est-ce pas ? »
"แต่พวกคุณผู้หญิงไม่ยอมฟังฉันใช่ไหม?"

Gregor comprit rapidement comment son père verrait les choses.
เกรเกอร์รู้ตัวได้ในทันทีว่าพ่อของเขาจะมองเรื่องนี้อย่างไร

Il avait mal interprété le message trop bref de Grete.
เขาเข้าใจข้อความสั้น ๆ ของเกรเตผิดไป

Il supposa que Gregor avait commis un acte de violence.
เขาคิดว่าเกรเกอร์น่าจะก่อเหตุรุนแรงอะไรสักอย่าง

Gregor devait trouver un moyen d'apaiser son père d'une manière ou d'une autre.
เกรเกอร์ต้องหาวิธีทำให้พ่อของเขาพอใจให้ได้ไม่ว่าด้วยวิธีใดก็ตาม

Parce qu'il n'avait pas le temps de lui expliquer les choses.
เพราะเขาไม่มีเวลาอธิบายเรื่องต่างๆ ให้เขาฟัง

Mais de toute façon, il n'aurait pas été capable d'expliquer les choses.
แต่ถึงอย่างไรเขาก็คงอธิบายเรื่องต่างๆ ไม่ได้อยู่ดี

Il s'est donc enfui vers la porte et s'y est plaqué.
เขาจึงวิ่งไปที่ประตูและเบียดตัวแนบชิดกับประตู

Ainsi, son père pourrait le voir depuis l'antichambre.
ด้วยวิธีนี้ พ่อของเขาจึงสามารถมองเห็นเขาได้จากห้องโถงด้านหน้า

Et il pourrait constater qu'il avait les meilleures intentions.
และเขาจะสามารถมองเห็นได้ว่าเขามีเจตนาที่ดีที่สุด

Il n'était pas nécessaire de le repousser avec un balai.
ไม่จำเป็นต้องใช้ไม้กวาดผลักเขากลับไปเลย

Il aurait suffi que le père ouvre la porte.
สิ่งที่พ่อต้องทำก็แค่เปิดประตูเท่านั้นเอง

Mais il n'était pas d'humeur à remarquer de telles subtilités.
แต่เขาไม่มีอารมณ์ที่จะสังเกตรายละเอียดเล็กๆ น้อยๆ เหล่านั้น

« Te voilà ! » s'exclama-t-il dès qu'il entra.
"อยู่นี่เอง!" เขาอุทานทันทีที่เข้ามา

C'était comme s'il était à la fois en colère et heureux.
ดูเหมือนว่าเขาจะทั้งโกรธและมีความสุขไปพร้อมๆ กัน

Il recula la tête et leva les yeux vers son père.
เขาเงยหน้าขึ้นมองพ่อ

Il n'avait pas imaginé son père debout là, dans cette position.
เขาไม่เคยนึกภาพมาก่อนว่าพ่อของเขาจะยืนอยู่ตรงนั้นในสภาพเช่นนี้

Mais ces derniers temps, il s'était trouvé une nouvelle distraction.

แต่ในช่วงหลังมานี้ เขาได้พบสิ่งเบี่ยงเบนความสนใจใหม่ๆ

Ramper occupait désormais une grande partie de sa journée.
ตอนนี้การคลานไปมาใช้เวลาส่วนใหญ่ในแต่ละวันของเขาไปแล้ว

Auparavant, il se tenait au courant de toutes les nouvelles dans l'appartement.
ก่อนหน้านี้ เขาคอยติดตามข่าวสารต่างๆ ในอพาร์ตเมนต์อยู่เสมอ

Mais ces derniers temps, il n'y avait pas prêté beaucoup d'attention.
แต่ช่วงหลังมานี้เขาไม่ค่อยใส่ใจเรื่องนี้เท่าไหร่

Il aurait dû se préparer à faire face aux changements.
เขาควรเตรียมพร้อมรับมือกับการเปลี่ยนแปลงต่างๆ ไว้แล้ว

Pour autant, cet homme qui se tenait devant lui était-il encore son père ?
ถึงกระนั้น ชายที่อยู่ตรงหน้าเขายังคงเป็นพ่อของเขาอยู่หรือไม่?

Était-ce le même homme qui avait l'habitude de rester allongé, fatigué, dans son lit ?
เขาคือคนเดียวกับที่เคยนอนหมดแรงอยู่บนเตียงใช่หรือไม่?

Alors que Gregor était déjà parti en voyage d'affaires.
เมื่อเกรเกอร์ได้ออกเดินทางไปทำธุระแล้ว

Était-ce le même homme qui le saluait le soir ?
เขาคือคนเดียวกับที่มาทักทายเขาในตอนเย็นใช่หรือไม่?

Lorsqu'il était en robe de chambre, dans son fauteuil.
ขณะที่เขาสวมชุดคลุมอาบน้ำนั่งอยู่บนเก้าอี้เท้าแขน

Était-ce le même homme qui n'avait pas pu se lever pour l'accueillir ?
เขาคือคนเดียวกับที่ลุกขึ้นไปต้อนรับเขาไม่ได้ใช่หรือไม่?

Restant assis, il leva le bras en signe de joie.
เขาจึงนั่งอยู่กับที่และยกแขนขึ้นเพื่อแสดงความยินดี

Était-ce le même homme avec qui il faisait parfois des promenades ?
เขาเป็นคนเดียวกับที่เขาเคยไปเดินเล่นด้วยเป็นบางครั้งหรือเปล่า?

Exceptionnellement : quelques dimanches par an, ou les jours fériés.

ในบางโอกาสที่หายาก เช่น วันอาทิตย์สองสามวันต่อปี
หรือวันหยุดนักขัตฤกษ์

Était-ce le même homme qui marchait, enveloppé dans son pardessus ?
เขาใช่คนเดียวกับที่เดินมาโดยสวมเสื้อโค้ทตัวยาวหรือเปล่า?

S'est-il lentement avancé, entre la mère et lui ?
เขาค่อยๆ ขยับตัวไปข้างหน้าอย่างช้าๆ ระหว่างแม่กับตัวเขาใช่หรือไม่?

Et ils marchaient déjà lentement à cause de lui.
และพวกเขาก็เริ่มเดินช้าลงเพราะเขาแล้ว

Mais à présent, cet homme se tenait droit et fort.
แต่ตอนนี้ชายคนนี้ยืนได้อย่างมั่นคงและสง่างามแล้ว

Il portait un uniforme bleu à boutons dorés.
เขาแต่งกายด้วยชุดเครื่องแบบสีน้ำเงินติดกระดุมสีทอง

Les badges que portent les employés des institutions bancaires.
กระดุมที่พนักงานของสถาบันการเงินสวมใส่

Au-dessus du col rigide, son double menton prononcé se dessinait.
เหนือปกเสื้อแข็งๆ นั้น คางสองชั้นที่เด่นชัดของเขาโผล่ออกมา

Sous ses sourcils broussailleux, ses yeux noirs fixaient le vide.
ภายใต้คิ้วดกหนาของเขา ดวงตาสีดำจ้องมองออกไป

À présent, ses yeux paraissaient perçants, frais et alertes.
ตอนนี้ดวงตาของเขาดูเฉียบคม สดใส และตื่นตัว

Les cheveux blancs, auparavant ébouriffés, étaient désormais peignés.
ผมสีขาวที่ก่อนหน้านี้ดูยุ่งเหยิงถูกหวีให้เรียบร้อย

Et ses cheveux étaient désormais coiffés d'une raie centrale méticuleuse.
และตอนนี้ผมของเขาก็ถูกแบ่งแสกกลางอย่างพิถีพิถันแล้ว

Il jeta son chapeau, orné d'un monogramme en or.
เขาโยนหมวกของเขาซึ่งมีอักษรย่อสีทองติดอยู่ทิ้งไป

Il s'agissait probablement du monogramme de la banque pour laquelle il travaillait.

น่าจะเป็นอักษรย่อของธนาคารที่เขาทำงานอยู่

Et le chapeau atterrit sur le canapé, pour être rangé plus tard.
แล้วหมวกก็ตกลงบนโซฟา เพื่อที่จะเก็บเข้าที่ในภายหลัง

Il repoussa le bas de sa longue veste d'uniforme.
เขาดึงชายเสื้อคลุมยาวของเครื่องแบบขึ้น

Et il mit ses pouces dans les poches de son pantalon.
แล้วเขาก็สอดนิ้วโป้งเข้าไปในกระเป๋ากางเกงของเขา

Puis, le visage sombre, il s'avança vers Gregor.
จากนั้น เขาจึงเดินตรงไปยังเกรเกอร์ด้วยสีหน้าเคร่งขรึม

Il ne savait probablement même pas ce qu'il comptait faire.
เขาอาจจะยังไม่รู้ด้วยซ้ำว่าตัวเองวางแผนจะทำอะไร

Mais il leva néanmoins les pieds exceptionnellement haut.
แต่ถึงกระนั้น เขาก็ยกเท้าขึ้นสูงผิดปกติ

Gregor était stupéfait par la taille énorme de ses bottes.
เกรเกอร์รู้สึกประหลาดใจกับขนาดรองเท้าบู๊ตที่ใหญ่โตมโหฬารของเข
า

Mais il n'y avait vraiment pas le temps de s'extasier devant ses chaussures.
แต่จริงๆ แล้วไม่มีเวลาให้ชื่นชมรองเท้าของเขาเลย

Le père avait opté pour une discipline très stricte.
พ่อได้ตัดสินใจที่จะใช้ระเบียบวินัยที่เข้มงวดมาก

Seule la plus grande sévérité convenait à Gregor.
มีเพียงบทลงโทษที่รุนแรงที่สุดเท่านั้นที่เหมาะสมกับเกรเกอร์

Il le savait dès le premier jour de sa transformation.
เขารู้เรื่องนี้ตั้งแต่วันแรกที่ตัวเองเริ่มเปลี่ยนแปลง

Il courut vers son père et s'arrêta quand celui-ci s'arrêta.
เขาวิ่งไปหาพ่อ และหยุดเมื่อพ่อหยุด

Il se précipita de nouveau vers lui lorsqu'il bougea à nouveau.
เมื่อเขาขยับตัวอีกครั้ง เขาก็รีบวิ่งเข้าหาเขาอีกครั้ง

Le père marqua une pause, et Gregor fit de même.
พ่อหยุดชั่วครู่ เช่นเดียวกับเกรเกอร์

Et il se précipita de nouveau en avant dès que son père eut bougé.

และเขาก็รีบวิ่งไปข้างหน้าอีกครั้งทันทีที่พ่อของเขาขยับตัว

Ils firent ainsi plusieurs fois le tour de la pièce.
พวกเขาเดินวนรอบห้องหลายรอบด้วยวิธีนี้

Aucun avantage décisif n'avait encore été obtenu par qui que ce soit.
ยังไม่มีฝ่ายใดได้เปรียบอย่างเด็ดขาด

On n'aurait pas pu avoir l'impression d'une poursuite.
ไม่มีใครรู้สึกได้เลยว่ากำลังมีการไล่ล่ากันอยู่

Parce que tout l'événement se déroulait beaucoup trop lentement.
เพราะเหตุการณ์ทั้งหมดเกิดขึ้นช้าเกินไป

Gregor avait décidé de rester au sol.
เกรเกอร์ตัดสินใจแล้วว่าจะอยู่บนพื้นดินต่อไป

Il aurait pu courir le long des murs et du plafond.
เขาสามารถวิ่งขึ้นไปตามผนังและไปตามเพดานได้

Mais il ne voulait pas provoquer inutilement le père.
แต่เขาไม่อยากทำให้พ่อโกรธโดยไม่จำเป็น

Une telle évasion aurait pu paraître particulièrement perverse.
การหลบหนีแบบนั้นอาจดูเป็นการกระทำที่ชั่วร้ายเป็นพิเศษ

Gregor admit que cette poursuite ne pourrait pas durer beaucoup plus longtemps.
เกรเกอร์ยอมรับว่าการไล่ล่าครั้งนี้คงดำเนินต่อไปได้ไม่นานนัก

Chaque étape nécessitait une myriade de mouvements.
แต่ละก้าวต้องประกอบไปด้วยการเคลื่อนไหวที่หลากหลาย

Il commençait déjà à avoir le souffle court.
เขาเริ่มรู้สึกหายใจไม่ออกแล้ว

Même avant cela, il n'avait jamais eu des poumons totalement fiables.
แม้กระทั่งก่อนหน้านี้
ปอดของเขาก็ไม่เคยอยู่ในสภาพที่เชื่อถือได้อย่างสมบูรณ์เลย

Il avançait en titubant, économisant ses forces pour la course.
เขาเดินโซเซไปพลาง เก็บแรงไว้ใช้ตอนวิ่ง

Il était si fatigué qu'il avait du mal à garder les yeux ouverts.
เขาเหนื่อยมากจนแทบจะลืมตาไม่ไหว

Ses pensées étaient devenues trop lentes pour qu'il puisse envisager d'autres solutions.
ความคิดของเขาเริ่มช้าลงจนไม่สามารถคิดหาวิธีหนีอื่นได้อีกต่อไป

Il avait presque oublié que les murs étaient à sa disposition.
เขาเกือบจะลืมไปแล้วว่ากำแพงเหล่านั้นยังอยู่ให้เขาใช้ได้

Mais les murs étaient de toute façon dissimulés derrière des meubles.
แต่ผนังก็ถูกซ่อนอยู่หลังเฟอร์นิเจอร์อยู่ดี

Et les meubles avaient trop d'encoches et de saillies.
และเฟอร์นิเจอร์ก็มีรอยบากและส่วนที่ยื่นออกมามากเกินไป

Et puis, juste à côté de lui, en roulant, il y avait une pomme.
แล้วข้างๆ เขา ก็มีแอปเปิลลูกหนึ่งกลิ้งอยู่

Il réalisa que la pomme avait dû lui être lancée.
เขาจึงรู้ตัวว่ามีคนปาแอปเปิลใส่เขา

Mais il n'eut pas le temps de réfléchir qu'une autre pomme arriva.
แต่เขาไม่มีเวลาคิดก่อนที่แอปเปิ้ลลูกใหม่จะมาถึง

Gregor resta figé, sous le choc de la nouvelle stratégie de son père.
เกรเกอร์ถึงกับตัวแข็งที่อด้วยความตกใจกับกลยุทธ์ใหม่ของพ่อ

Il ne pouvait plus rien gagner à essayer de fuir.
เขาไม่สามารถได้อะไรจากการพยายามวิ่งอีกต่อไปแล้ว

Le père avait décidé de le bombarder de fruits.
พ่อตัดสินใจที่จะปาผลไม้ใส่เขา

Il avait rempli ses poches avec les fruits du bol de la cuisine.
เขาตักผลไม้จากชามในครัวใส่กระเป๋าจนเต็ม

Sans viser particulièrement, il lançait pomme après pomme.
โดยไม่ได้เล็งเป้าหมายเป็นพิเศษ เขาก็โยนแอปเปิลไปเรื่อยๆ

Ces petites pommes rouges roulaient sur le sol.
แอปเปิ้ลสีแดงลูกเล็กๆ เหล่านั้นกลิ้งไปมาอยู่บนพื้น

Comme électrifiées, les pommes se heurtèrent les unes aux autres.

ราวกับว่ามีกระแสไฟฟ้าไหลผ่าน แอปเปิ้ลเหล่านั้นจึงชนกันไปมา

Une des pommes, lancée mollement, a effleuré le dos de Gregor.
ลูกแอปเปิลลูกหนึ่งที่ถูกขว้างอย่างเบาแรงไปโดนหลังของเกรเกอร์

Heureusement pour lui, la pomme a glissé sans le blesser.
โชคดีที่แอปเปิลลูกนั้นลื่นไถลไปโดยไม่ก่อให้เกิดอันตรายใดๆ

Cependant, la pomme lancée ensuite était plus précise.
อย่างไรก็ตาม แอปเปิลที่ถูกขว้างไปทีหลังนั้นแม่นยำกว่า

Et cette pomme s'est logée profondément dans le dos de Gregor.
และแอปเปิ้ลลูกนั้นก็ฝังลึกเข้าไปในหลังของเกรเกอร์

Gregor voulait s'éloigner de la douleur.
เกรเกอร์อยากลากตัวเองให้หนีจากความเจ็บปวดนั้นไป

Peut-être pourrait-on échapper à cette nouvelle douleur inimaginable.
บางทีเราอาจจะหลีกเลี่ยงความเจ็บปวดครั้งใหม่ที่เหลือเชื่อนี้ได้

Un changement d'endroit pourrait peut-être soulager son supplice.
บางทีการเปลี่ยนสถานที่อาจช่วยบรรเทาความทุกข์ทรมานของเขาได้

Mais il avait l'impression d'être cloué au sol.
แต่เขารู้สึกเหมือนถูกตรึงไว้กับพื้น

Il s'étira, mais seulement à cause de sa confusion.
เขายืดตัวออก แต่เป็นเพราะความสับสนของเขานั่นเอง

Ce n'est qu'à son dernier regard qu'il vit la porte s'ouvrir.
เขาเหลือบมองเป็นครั้งสุดท้ายจึงเห็นประตูเปิดออก

La mère s'est précipitée devant sa sœur qui hurlait.
แม่รีบวิ่งออกมาขวางหน้าน้องสาวที่กำลังกรีดร้อง

Sa sœur l'avait déshabillée, elle était donc encore en chemise.
พี่สาวได้ถอดเสื้อผ้าของเธอออกแล้ว ดังนั้นเธอจึงเหลือเพียงเสื้อเชิ้ต

Elle avait besoin de respirer pendant son inconscience.
เธอต้องการเวลาพักหายใจในขณะที่หมดสติอยู่

Il voyait encore la mère courir vers le père.
เขายังคงเห็นภาพแม่วิ่งไปหาพ่ออยู่

Ses jupes glissèrent au sol, l'une après l'autre.
กระโปรงของเธอร่วงลงพื้นทีละตัว

Il la vit s'approcher du père et trébucher sur sa jupe.
เขาเห็นเธอเดินเข้าไปหาพ่อ แล้วสะดุดกระโปรงตัวเอง

L'enlaçant, elle demanda qu'on épargne la vie de Gregor.
เธอโอบกอดเขาไว้และขอร้องให้ไว้ชีวิตเกรเกอร์

En parfaite harmonie avec son corps, sa vue s'est éteinte.
เมื่อร่างกายของเขารวมเป็นหนึ่งเดียวกับตัวเขาอย่างสมบูรณ์
สายตาของเขาก็เสื่อมลง

Troisième partie
ตอนที่สาม

Gregor a souffert de cette grave blessure pendant plus d'un mois.
เกรเกอร์ได้รับบาดเจ็บสาหัสและต้องพักรักษาตัวนานกว่าหนึ่งเดือน

La pomme restait incrustée ; personne n'osait l'enlever.
แอปเปิ้ลลูกนั้นยังคงฝังอยู่ ไม่มีใครกล้าเอาออก

La pomme restait plantée dans sa chair comme un rappel visible.
แอปเปิ้ลลูกนั้นยังคงปักอยู่ในเนื้อของเขา
เป็นเครื่องเตือนใจที่มองเห็นได้ชัดเจน

Mais la pomme servait aussi de rappel au père.
แต่แอปเปิลลูกนั้นยังเป็นเครื่องเตือนใจแก่ผู้เป็นพ่ออีกด้วย

Il comprit que Gregor ne devait pas être traité comme un ennemi.
เขาตระหนักว่าไม่ควรปฏิบัติต่อเกรเกอร์เหมือนศัตรู

Actuellement, son apparence pourrait être triste et repoussante.
ในตอนนี้รูปลักษณ์ของเขาอาจดูน่าเศร้าและน่ารังเกียจ

Mais il restait néanmoins un membre de leur famille.
แต่ถึงกระนั้น เขาก็ยังคงเป็นสมาชิกในครอบครัวของพวกเขาอยู่ดี

Il a fallu accepter et tolérer cette réticence.
ความลังเลใจนั้นเป็นสิ่งที่ต้องกลั้นไว้และอดทนรับมือ

En raison de sa blessure, il risque fort de perdre sa mobilité à jamais.
เนื่องจากบาดแผลที่เขาได้รับ
เขาอาจสูญเสียความสามารถในการเคลื่อนไหวไปตลอดกาล

Il continuait à ramper dans sa chambre, mais beaucoup plus lentement.
เขายังคงคลานไปมาในห้องของเขา แต่ช้าลงกว่าเดิมมาก

Ramper à une quelconque hauteur était hors de question.
การคลานในที่สูงทุกระดับเป็นสิ่งที่เป็นไปไม่ได้เลย

Mais Gregor a bien reçu une forme de compensation.

แต่เกรเกอร์ก็ได้รับค่าชดเชยบางส่วนอยู่ดี

Le soir, la porte du salon lui fut ouverte.
ในตอนเย็น ประตูห้องนั่งเล่นถูกเปิดออกให้เขา

Et il estimait que ces réparations étaient tout à fait adéquates.
และเขารู้สึกว่าค่าชดเชยเหล่านี้เพียงพอแล้ว

Avant le soir, il avait déjà commencé à surveiller la porte.
ก่อนค่ำเขาก็เริ่มเฝ้ามองประตูแล้ว

Il était allongé dans l'obscurité, invisible depuis le salon.
เขานอนอยู่ในความมืด มองไม่เห็นจากห้องนั่งเล่น

Il pouvait voir toute la famille à la table illuminée.
เขามองเห็นคนในครอบครัวทั้งหมดนั่งอยู่ที่โต๊ะอาหารซึ่งมีแสงไฟส่อง
สว่าง

Il était désormais autorisé à écouter leurs conversations.
ตอนนี้เขาได้รับอนุญาตให้ฟังบทสนทนาของพวกเขาแล้ว

C'était très différent de leur arrangement précédent.
นี่แตกต่างจากข้อตกลงก่อนหน้านี้ของพวกเขาอย่างสิ้นเชิง

Les conversations animées d'autrefois étaient terminées.
การสนทนาที่สนุกสนานในสมัยก่อนได้จบลงแล้ว

C'étaient ces conversations qu'il désirait tant.
นี่คือบทสนทนาที่เขาเคยโหยหามาตลอด

Lorsqu'il dormait seul dans de petites chambres d'hôtel.
ขณะที่เขานอนคนเดียวในห้องพักโรงแรมเล็กๆ

Quand il a dû se jeter dans les draps humides.
เมื่อเขาต้องมุดตัวลงไปในผ้าห่มที่ชื้นแฉะ

Mais les soirées étaient désormais généralement calmes et sans incident.
แต่ช่วงเย็นนั้นส่วนใหญ่เงียบสงบและไม่มีเหตุการณ์อะไรเกิดขึ้นเป็น
พิเศษ

Le père s'est endormi dans son fauteuil après le dîner.
หลังอาหารเย็น คุณพ่อเผลอหลับไปในเก้าอี้เท้าแขน

Et la mère et la sœur s'exhortaient mutuellement à se taire.
และทั้งแม่และพี่สาวต่างก็คะยั้นคะยอให้กันและกันเงียบ

La mère, penchée très haut sur la lampe, cousait du lin.

แม่โน้มตัวลงไปเย็บผ้าลินินใกล้โคมไฟ

Elle confectionne maintenant des robes pour l'un des magasins de mode.
เธอเคยตัดเย็บชุดให้กับร้านขายเสื้อผ้าแฟชั่นแห่งหนึ่งในปัจจุบัน

Comme Gregor, sa sœur avait trouvé un emploi de vendeuse.
เช่นเดียวกับเกรเกอร์

น้องสาวของเขาก็ทำงานเป็นพนักงานขายเช่นกัน

Elle apprenait la sténographie et le français le soir.
เธอเรียนการเขียนชวเลขและภาษาฝรั่งเศสในช่วงเย็น

Afin qu'elle puisse peut-être obtenir un meilleur poste plus tard.
เพื่อที่เธออาจจะได้งานที่ดีกว่าในอนาคต

Parfois, le père se réveillait de sa sieste du soir.
บางครั้งพ่อก็ตื่นจากการงีบหลับตอนเย็น

« Chérie, tu as déjà cousu tellement longtemps aujourd'hui ! »
"ที่รัก วันนี้คุณเย็บผ้ามานานมากแล้วนะ!"

Il semblait avoir oublié qu'il dormait.
ดูเหมือนเขาจะลืมไปว่าตัวเองกำลังนอนหลับอยู่

Mais il retombait aussitôt dans son sommeil.
แต่เขาก็หลับไปอีกครั้งทันที

Et la mère et la sœur s'échangèrent un sourire las.
แล้วแม่กับน้องสาวก็ยิ้มให้กันอย่างเหนื่อยล้า

Le père avait développé une étrange nouvelle obstination.
พ่อเริ่มมีนิสัยดื้อรั้นแบบใหม่ที่แปลกประหลาดขึ้นมา

Même chez lui, il refusait d'enlever son uniforme de domestique.
แม้แต่ที่บ้าน เขาก็ยังปฏิเสธที่จะถอดเครื่องแบบคนรับใช้

Et son peignoir pendait inutilement sur le cintre.
และเสื้อคลุมอาบน้ำของเขาก็แขวนอยู่บนไม้แขวนเสื้ออย่างไร้ประโยชน์

Le père dormit donc, tout habillé, dans son fauteuil.
ดังนั้นพ่อจึงนอนหลับในเก้าอี้เท้าแขนทั้งที่ยังสวมเสื้อผ้าครบชุดอยู่

C'était comme s'il était toujours prêt à rendre service.
ราวกับว่าเขาพร้อมที่จะปฏิบัติหน้าที่อยู่เสมอ

Comme s'il attendait simplement la voix de son supérieur.
ราวกับว่าเขากำลังรอฟังเสียงของเจ้านายอยู่

Cela a eu pour conséquence que son uniforme a perdu sa propreté.
ส่งผลให้เครื่องแบบของเขาไม่สะอาด

Bien que l'uniforme ne fût pas neuf lorsqu'il l'a reçu.
ถึงแม้ว่าชุดเครื่องแบบนั้นจะไม่ใช่ของใหม่ตอนที่เขาได้รับมาก็ตาม

Et la mère faisait de son mieux pour prendre soin de l'uniforme.
และคุณแม่ก็พยายามดูแลรักษาเครื่องแบบอย่างดีที่สุด

Gregor passait des soirées entières à contempler cet uniforme.
เกรเกอร์ใช้เวลาทั้งเย็นพิจารณาเครื่องแบบนี้

Il observa le vieil homme dormir très mal.
เขามองดูชายชรานอนหลับอย่างไม่สบายตัว

Mais dans son sommeil, il remarqua aussi quelque chose de paisible.
แต่ในขณะที่เขานอนหลับ เขาก็สังเกตเห็นบางสิ่งที่สงบสุขเช่นกัน

Lorsque l'horloge a sonné dix heures, la mère a essayé de le réveiller.
เมื่อนาฬิกาบอกเวลาสิบโมง แม่จึงพยายามปลุกเขา

Elle lui parla doucement et le persuada d'aller se coucher.
เธอพูดด้วยเสียงเบา และชักชวนให้เขาไปนอน

Parce que dormir sur un fauteuil, ce n'était pas du vrai sommeil.
เพราะการนอนบนเก้าอี้เท้าแขนนั้นไม่ใช่การนอนหลับที่แท้จริง

Il allait devoir commencer à travailler à six heures.
เขาจะต้องเริ่มทำงานเวลาหกโมงเช้า

Il avait donc vraiment besoin de dormir le mieux possible.
ดังนั้นเขาจึงจำเป็นต้องนอนหลับพักผ่อนให้เต็มที่ที่สุด

Mais il était pris d'une nouvelle forme d'obstination.
แต่เขากลับถูกครอบงำด้วยความดื้อรั้นรูปแบบใหม่

Le fait de devenir serviteur avait commencé à avoir cet effet sur lui.
การกลายเป็นคนรับใช้เริ่มส่งผลกระทบต่อเขาในลักษณะนี้

Il insistait donc toujours pour rester plus longtemps à table.
ดังนั้นเขาจึงมักยืนกรานที่จะนั่งอยู่ที่โต๊ะนานกว่าคนอื่นเสมอ

Bien qu'il se rendormît régulièrement dans son fauteuil.
ถึงแม้ว่าเขาจะเผลอหลับในเก้าอี้อยู่บ่อยๆ ก็ตาม

Et il ne pouvait être déplacé qu'avec la plus grande difficulté.
และเขาแทบจะขยับตัวไม่ได้เลย

Il a fallu lui dire que ce lit lui conviendrait mieux.
เขาต้องได้รับคำแนะนำว่าเตียงนอนจะเหมาะกับเขามากกว่า

La mère et la sœur ont dû insister, malgré quelques avertissements.
แม่และน้องสาวต้องคะยั้นคะยอโดยแทบไม่ต้องเตือนล่วงหน้าเลย

Pendant quinze minutes, il se contenta de secouer lentement la tête.
เขาส่ายหัวช้าๆ อยู่อย่างนั้นเป็นเวลาสิบห้านาที

Et il garda les yeux fermés et refusa de se lever.
เขาหลับตาและปฏิเสธที่จะลุกขึ้น

La mère tira doucement, mais fermement, sur sa manche.
แม่ดึงแขนเสื้อเขาเบาๆ แต่หนักแน่น

Et elle lui murmurait des mots flatteurs à l'oreille, encore fatiguée.
และเธอกระซิบคำชมเชยข้างหูที่อ่อนล้าของเขา

La sœur a interrompu sa tâche pour aider sa mère.
น้องสาวละทิ้งงานที่ทำอยู่เพื่อมาช่วยแม่

Mais aucun de leurs efforts n'a fonctionné sur le père.
แต่ความพยายามของพวกเขาทั้งหมดก็ไม่ได้ผลกับพ่อเลย

Il s'enfonça encore plus profondément dans son fauteuil, prêt à dormir.
เขานั่งจมลงไปในเก้าอี้มากขึ้น เตรียมตัวที่จะหลับ

Et finalement, les femmes l'ont attrapé sous les aisselles.
และในที่สุดพวกผู้หญิงก็คว้าตัวเขาไว้ใต้รักแร้

Il ouvrit les yeux et les regarda tour à tour.
เขาเปิดตาขึ้นและมองพวกเขาสลับไปมา

« Quelle vie ! » se plaignit-il en allant se coucher.
"ชีวิตแบบนี้มันอะไรกันเนี่ย" เขาบ่นก่อนจะเข้านอน

« Est-ce là la paix qui m'a été accordée dans ma vieillesse ? »
"นี่คือความสงบสุขที่ฉันได้รับในวัยชราหรือ?"

Mais alors, s'appuyant sur les deux femmes, il se leva maladroitement.
แต่แล้วเขาก็ลุกขึ้นอย่างเก้ๆ กังๆ โดยพิงตัวหญิงทั้งสองไว้

Il agissait comme s'il portait le fardeau le plus lourd.
เขาทำราวกับว่ากำลังแบกรับภาระหนักที่สุดอยู่

Il laissa les deux femmes le conduire au fond de la pièce.
เขาปล่อยให้หญิงสองคนนำทางเขาไปจนสุดห้อง

Là, il leur souhaita bonne nuit et poursuivit son chemin seul.
จากนั้นเขาก็กล่าวราตรีสวัสดิ์กับพวกเขา และเดินทางต่อไปตามลำพัง

Mais la mère jeta précipitamment son nécessaire à couture.
แต่แม่รีบโยนชุดเย็บผ้าลงพื้นอย่างรวดเร็ว

Et la sœur posa elle aussi le stylo et le bloc-notes.
และน้องสาวก็วางปากกาและสมุดลงเช่นกัน

Et ils coururent derrière le père pour l'aider davantage.
แล้วพวกเขาก็วิ่งตามพ่อไปเพื่อช่วยเหลือเขาต่อไป

Qui, dans cette famille surmenée, avait du temps à consacrer à Gregor ?
ในครอบครัวที่ทำงานหนักจนแทบไม่มีเวลาเหลือให้ใครเลย
ใครจะมีเวลาให้เกรเกอร์ได้บ้าง?

Qui aurait pu lui accorder plus d'attention que nécessaire ?
ใครจะไปให้ความสนใจเขามากเกินความจำเป็นได้ล่ะ?

Le budget des ménages est devenu de plus en plus restreint.
งบประมาณครัวเรือนเริ่มมีจำกัดมากขึ้นเรื่อยๆ

Finalement, pour faire des économies, ils ont dû licencier la bonne.
ในที่สุด เพื่อประหยัดค่าใช้จ่าย พวกเขาจึงต้องไล่แม่บ้านออก

Elle fut remplacée par une femme à la carrure imposante et aux cheveux blancs.

เธอถูกแทนที่ด้วยหญิงร่างท้วมผมขาวคนหนึ่ง

Mais cette femme ne venait que le matin et le soir.
แต่หญิงคนนี้มาเฉพาะช่วงเช้าและเย็นเท่านั้น

Et tout le travail le plus lourd et le plus pénible lui avait été réservé.
และงานที่หนักที่สุดและยากที่สุดทั้งหมดถูกเก็บไว้ให้เธอทำ

Toutes les autres tâches ménagères étaient prises en charge par la mère.
ส่วนงานบ้านอื่นๆ แม่เป็นคนจัดการทั้งหมด

Il est même arrivé que plusieurs bijoux de famille soient vendus.
ถึงขั้นมีการขายเครื่องประดับประจำตระกูลหลายชิ้นด้วยซ้ำ

Des bijoux que les femmes avaient portés avec joie lors des festivités.
เครื่องประดับที่ผู้หญิงเหล่านั้นสวมใส่ด้วยความสุขในระหว่างการเฉลิมฉลอง

Gregor a appris cela lors d'une discussion générale.
เกรเกอร์ได้เรียนรู้เรื่องนี้จากการสนทนาทั่วไปครั้งหนึ่ง

Le principal grief, cependant, portait sur autre chose.
แต่ข้อร้องเรียนที่สำคัญที่สุดกลับเป็นเรื่องอื่น

L'appartement était trop grand, mais ils ne pouvaient pas déménager.
อพาร์ตเมนต์นั้นใหญ่เกินไป แต่พวกเขาไม่สามารถย้ายออกไปได้

Il était impossible de déplacer Gregor.
เป็นไปไม่ได้เลยที่พวกเขาจะย้ายเกรเกอร์ไปที่อื่นได้

Mais Gregor comprit que ce n'était pas seulement une question de considération.
แต่เกรเกอร์ตระหนักว่ามันไม่ใช่แค่การพิจารณาเท่านั้น

Quelque chose d'autre les a empêchés de déménager ailleurs.
มีสิ่งอื่นที่ขัดขวางไม่ให้พวกเขาย้ายไปอยู่ที่อื่น

Il aurait facilement pu être transporté dans une caisse appropriée.
เขาสามารถถูกขนส่งได้อย่างง่ายดายในกล่องที่เหมาะสม

Leur sentiment de désespoir total les a paralysés.
ความรู้สึกสิ้นหวังอย่างที่สุดเป็นอุปสรรคขัดขวางพวกเขา

Ils ne voulaient pas admettre que le malheur les avait frappés.
พวกเขาไม่ต้องการยอมรับว่าโชคร้ายได้เกิดขึ้นกับพวกเขาแล้ว

Ils ont accompli ce que le monde exige des pauvres.
สิ่งที่โลกเรียกร้องจากคนยากจน พวกเขาก็ทำได้สำเร็จ

Le père a apporté le petit déjeuner au jeune employé de banque.
คุณพ่อไปเอาอาหารเช้ามาให้พนักงานธนาคารตัวน้อย

La mère s'est sacrifiée pour laver le linge d'inconnus.
แม่เสียสละตัวเองเพื่อซักผ้าให้คนแปลกหน้า

La sœur faisait des allers-retours pour prendre les commandes des clients.
น้องสาววิ่งไปวิ่งมาเพื่อรับออเดอร์จากลูกค้า

Mais ils n'avaient tout simplement plus la force d'en faire plus.
แต่พวกเขาก็หมดแรงที่จะทำอะไรต่อแล้ว

La blessure dans le dos de Gregor commença à le faire encore plus souffrir.
แผลที่หลังของเกรเกอร์เริ่มเจ็บปวดมากขึ้นเรื่อยๆ

Chaque soir, la mère et la sœur amenaient le père au lit.
ทุกคืนแม่และน้องสาวจะพาพ่อเข้านอน

Ils laissèrent leur travail où il était et s'assirent ensemble.
พวกเขาละทิ้งงานที่ทำอยู่ แล้วนั่งด้วยกัน

Ils se rapprochèrent et s'assirent joue contre joue.
แล้วพวกเขาก็ขยับเข้ามาใกล้กันมากขึ้น และนั่งแนบแก้มกัน

La mère désigna la pièce d'où il observait.
แม่ชี้ไปที่ห้องที่เขาใช้มองดูอยู่

« Pourriez-vous fermer la porte ? » demanda-t-elle à sa sœur.
"ช่วยปิดประตูให้หน่อยได้ไหมคะ" เธอขอร้องพี่สาว

Et Gregor se retrouva de nouveau seul dans le noir.
แล้วเกรเกอร์ก็ถูกทิ้งให้อยู่ลำพังในความมืดอีกครั้ง

Et dans la pièce voisine, la femme mêla leurs larmes.

และในห้องถัดไป
หญิงคนนั้นก็ร้องไห้สะอึกสะอื้นปะปนกับน้ำตาของพวกเธอ

Ou bien ils restaient assis, les yeux secs, fixant simplement la table.
หรือบางคนนั่งนิ่งตา ไม่แสดงอารมณ์ใดๆ เพียงแค่จ้องมองโต๊ะเท่านั้น

Gregor ne dormait pratiquement pas, ni la nuit ni le jour.
เกรเกอร์แทบไม่ได้นอนเลย ทั้งกลางวันและกลางคืน

Il réfléchissait souvent à la façon dont il pourrait aider sa famille.
เขามักคิดอยู่เสมอว่าจะช่วยเหลือครอบครัวนี้ได้อย่างไร

Il songea à gagner à nouveau de l'argent pour eux.
เขาคิดที่จะหาเงินมาให้พวกเขาอีกครั้ง

Il songea à faire ce qu'il faisait autrefois pour eux.
เขานึกถึงการทำสิ่งที่เขาเคยทำเพื่อพวกเขา

Le représentant autorisé lui revint dans ses pensées.
ในความคิดของเขา ตัวแทนที่ได้รับมอบอำนาจก็กลับมา

Et cette fois, le patron est également venu à l'appartement.
และคราวนี้เจ้านายก็มาที่อพาร์ตเมนต์ด้วย

Et les commis et les apprentis étaient là aussi.
และบรรดาเสมียนและเด็กฝึกงานก็อยู่ที่นั่นด้วยเช่นกัน

Même le domestique un peu simplet est venu le voir.
แม้แต่พนักงานออฟฟิศที่สติปัญญาไม่ค่อยเฉียบแหลมก็ยังมาพบเขา

Il y avait deux ou trois amis d'autres entreprises.
มีเพื่อนร่วมงานจากธุรกิจอื่นสองสามคน

Une des femmes de chambre d'un hôtel de province.
พนักงานทำความสะอาดห้องพักคนหนึ่งจากโรงแรมในต่างจังหวัด

Un souvenir précieux et fugace auquel il s'efforçait de s'accrocher.
ความทรงจำอันแสนหวานแต่แสนเลือนรางที่เขาพยายามยึดเหนี่ยวเอาไว้

Une caissière d'une chapellerie pour laquelle il avait des intentions.
พนักงานเก็บเงินจากร้านขายหมวกที่เขาตั้งใจจะให้

Mais il avait été un peu trop lent à obtenir son approbation.

แต่เขาช้าไปหน่อยจึงไม่สามารถเอาชนะใจเธอได้

Ils lui apparurent tous, mêlés à des inconnus.
พวกเขาทั้งหมดปรากฏขึ้นในความคิดของเขา ปะปนกับคนแปลกหน้า

Et d'autres n'apparurent pas ; ils étaient déjà oubliés.
ส่วนคนอื่นๆ ก็ไม่ปรากฏตัว พวกเขาถูกลืมไปแล้ว

Mais ils ne l'ont pas aidé, ni lui, ni sa famille.
แต่พวกเขาก็ไม่ได้ช่วยเหลือเขา
และก็ไม่ได้ช่วยเหลือครอบครัวของเขาด้วย

Ils étaient inaccessibles, et il était content quand ils sont partis.
พวกเขาเข้าถึงยาก และเขารู้สึกโล่งใจเมื่อพวกเขาจากไป

Il n'était pas toujours d'humeur à se soucier de sa famille.
เขาไม่ได้อยู่ในอารมณ์ที่จะกังวลเกี่ยวกับครอบครัวเสมอไป

Et il était rempli de rage à cause de ce manque d'attention.
และเขาเต็มไปด้วยความโกรธแค้นจากการที่ไม่ได้รับความสนใจ

Et il ne pouvait imaginer rien qui puisse lui faire envie.
และเขานึกไม่ออกเลยว่าตัวเองอยากกินอะไรบ้าง

Mais il avait tout de même prévu de cambrioler le garde-manger.
แต่เขาก็ยังวางแผนที่จะบุกเข้าไปในห้องเก็บอาหารอยู่ดี

Et il allait prendre tout ce qui lui était dû.
และเขาก็จะเอาทุกสิ่งที่เขาสมควรได้รับคืนมา

Sa sœur ne faisait plus aucun effort particulier pour lui.
น้องสาวไม่ได้พยายามทำอะไรเป็นพิเศษเพื่อเขาอีกต่อไปแล้ว

Elle ne consacrait plus de temps à chercher à lui plaire.
เธอเลิกคิดที่จะเอาใจเขาแล้ว

Avant d'aller travailler, elle a rapidement glissé de la nourriture dans la pièce.
ก่อนไปทำงาน เธอรีบนำอาหารเข้าไปในห้องอย่างรวดเร็ว

Et le soir venu, elle a rapidement ramassé les restes.
และในตอนเย็นเธอก็รีบเก็บกวาดอาหารเหล่านั้นอย่างรวดเร็ว

Elle ne faisait plus attention à savoir s'il avait mangé ou non.
เธอก็ไม่สนใจแล้วว่าเขาจะกินอะไรหรือไม่

Le plus souvent, la nourriture restait intacte.

ปัจจุบันอาหารส่วนใหญ่มักถูกทิ้งไว้โดยไม่มีใครแตะต้อง

Elle continuait de traverser la pièce rapidement le soir.
เธอยังคงเดินกวาดห้องอย่างรวดเร็วในตอนเย็น

Mais maintenant, elle se contentait du strict minimum, aussi vite que possible.
แต่ตอนนี้เธอทำแค่ขั้นต่ำที่สุดเท่าที่จะทำได้
และเร็วที่สุดเท่าที่จะเป็นไปได้

Des traînées de saleté jonchaient les murs.
มีคราบดินเปื้อนอยู่ตามผนัง

Des boules de poussière et de détritus jonchaient le sol.
เศษฝุ่นและขยะถูกทิ้งเกลื่อนอยู่บนพื้น

Gregor manifesta son désapprobation face à son manque d'attention.
เกรเกอร์แสดงความไม่พอใจต่อการที่เธอไม่ใส่ใจ

Il se tourna selon un angle particulièrement significatif.
เขาหันตัวไปในมุมที่สำคัญเป็นพิเศษ

Mais il aurait pu rester à ce poste pendant des semaines.
แต่เขาสามารถอยู่ในตำแหน่งนั้นได้อีกหลายสัปดาห์

Sa sœur n'aurait pas remarqué son mécontentement.
น้องสาวของเขาคงไม่ทันสังเกตเห็นความไม่พอใจของเขา

Elle voyait la saleté aussi bien que lui, voire mieux.
เธอเห็นความสกปรกนั้นได้ชัดเจนพอๆ กับเขา
หรืออาจจะชัดเจนกว่าด้วยซ้ำ

Mais elle avait décidé de laisser la saleté où elle était.
แต่เธอตัดสินใจที่จะปล่อยดินนั้นไว้ตรงนั้น

À cette époque, elle a développé une sensibilité totalement nouvelle.
ในเวลานั้น เธอได้ซึมซับความอ่อนไหวในรูปแบบใหม่โดยสิ้นเชิง

Elle s'était donné pour mission de nettoyer la chambre de Gregor.
เธอรับหน้าที่ทำความสะอาดห้องของเกรเกอร์

La famille a été touchée par sa gentillesse et sa prévenance.
ครอบครัวรู้สึกซาบซึ้งใจในความเอาใจใส่และน้ำใจของเธอ

Une fois, sa mère avait nettoyé sa chambre de fond en comble.
ครั้งหนึ่ง แม่เคยทำความสะอาดห้องของเขาอย่างละเอียดถี่ถ้วน

Ce n'est qu'après avoir utilisé plusieurs seaux d'eau qu'elle a réussi.
เธอต้องใช้น้ำหลายถังจึงทำสำเร็จ

Cependant, l'humidité nouvelle dans la pièce a nui à Gregor.
อย่างไรก็ตาม
ความชื้นที่เกิดขึ้นใหม่ในห้องนั้นกลับส่งผลเสียต่อเกรเกอร์

Et il gisait, étendu de tout son long, amer et immobile sur le canapé.
แล้วเขาก็นอนราบอยู่บนโซฟาอย่างขมขื่นและนิ่งงัน

Mais ce n'était que sa première punition pour avoir aidé.
แต่นั่นเป็นเพียงบทลงโทษครั้งแรกของเธอสำหรับการช่วยเหลือเท่านั้น

La sœur remarqua rapidement le changement dans la chambre de Gregor.
น้องสาวสังเกตเห็นความเปลี่ยนแปลงในห้องของเกรเกอร์ได้อย่างรวดเร็ว

Et elle s'est précipitée dans le salon, extrêmement insultée.
แล้วเธอก็วิ่งเข้าไปในห้องนั่งเล่นด้วยความรู้สึกถูกดูถูกอย่างมาก

Sa mère leva les mains et tenta de la supplier.
แม่ของเธอยกมือขึ้นและพยายามอ้อนวอนเธอ

Mais malgré une explication sincère, elle a éclaté en sanglots.
แต่ถึงแม้จะอธิบายอย่างจริงใจแล้ว เธอก็ยังร้องไห้ออกมาอยู่ดี

Le père, bien sûr, sursauta et se leva de sa chaise.
แน่นอนว่าพ่อตกใจจนลุกจากเก้าอี้

Et les deux parents regardaient, stupéfaits et impuissants.
และพ่อแม่ทั้งสองก็มองดูด้วยความตกตะลึงและทำอะไรไม่ถูก

Et finalement, leurs émotions s'agitèrent elles aussi.
และในที่สุดอารมณ์ของพวกเขาก็เริ่มปั่นป่วนเช่นกัน

Le père a reproché à la mère ce qu'elle avait fait.
พ่อตำหนิแม่ในสิ่งที่เธอทำ

« Tu aurais dû laisser la chambre à Grete pour qu'elle la nettoie. »
"คุณน่าจะปล่อยให้เกรเตเป็นคนทำความสะอาดห้องนั้น"

Grete a crié sur sa mère parce qu'elle avait nettoyé sa chambre.
เกรเตตะโกนใส่แม่เพราะแม่ทำความสะอาดห้องของเขา

«Tu n'as plus jamais le droit de nettoyer sa chambre !»
"ห้ามคุณทำความสะอาดห้องของเขาอีกต่อไป!"

La mère a essayé d'entraîner le père dans la chambre.
แม่พยายามลากพ่อเข้าไปในห้องนอน

La sœur resta seule dans la pièce, tremblante et sanglotant.
น้องสาวถูกทิ้งไว้ในห้อง ตัวสั่นและร้องไห้สะอึกสะอื้น

Et elle frappa la table avec ses petits poings.
แล้วเธอก็ทุบโต๊ะด้วยกำปั้นเล็กๆ ของเธอ

Et Gregor siffla bruyamment de colère contre eux tous.
และเกรเกอร์ก็คำรามเสียงดังด้วยความโกรธใส่พวกเขาทั้งหมด

Pourquoi personne n'avait-il pensé à lui fermer la porte ?
ทำไมไม่มีใครคิดจะปิดประตูให้เขาเลย?

Ils auraient pu lui épargner ce spectacle et ce bruit.
พวกเขาน่าจะช่วยให้เขาไม่ต้องเห็นภาพและเสียงแบบนี้

Sa sœur était épuisée après être rentrée du travail.
น้องสาวเหนื่อยล้ามากหลังจากกลับจากที่ทำงาน

Et s'occuper de Gregor représentait encore plus de travail pour elle.
และการดูแลเกรเกอร์ก็เป็นภาระงานที่เพิ่มขึ้นสำหรับเธออีกด้วย

Mais cela ne signifie pas que la mère aurait dû le faire.
แต่นั่นไม่ได้หมายความว่าแม่ควรทำเช่นนั้น

Gregor, en revanche, ne doit pas être négligé.
ในทางกลับกัน เราไม่ควรละเลยเกรกอร์

Mais maintenant, ils avaient une nouvelle bonne qui pouvait faire ce genre de choses.
แต่ตอนนี้พวกเขามีแม่บ้านคนใหม่ที่สามารถทำสิ่งเหล่านั้นได้แล้ว

Une veuve âgée à la charpente osseuse robuste.
หญิงม่ายสูงวัยที่มีโครงสร้างกระดูกแข็งแรง

Une stature qui l'a aidée à survivre à sa vie difficile.
รูปร่างหน้าตาที่ดีช่วยให้เธอเอาตัวรอดจากชีวิตที่ยากลำบากได้

L'apparence de Gregor ne lui déplaisait pas vraiment.
เธอไม่ได้รังเกียจรูปลักษณ์ของเกรเกอร์อย่างแท้จริง

Elle avait ouvert la porte de la chambre de Gregor par inadvertance.
เธอเผลอเปิดประตูห้องของเกรเกอร์โดยไม่ตั้งใจ

Ce n'était pas par curiosité particulière à propos de la pièce.
ไม่ใช่เพราะอยากรู้อยากเห็นเกี่ยวกับห้องนั้นเป็นพิเศษ

Elle faisait simplement son travail et a ouvert la porte par hasard.
เธอแค่กำลังทำหน้าที่ของเธอ และบังเอิญเปิดประตูเข้าไป

Gregor, bien sûr, fut complètement surpris par elle.
แน่นอนว่าเกรเกอร์รู้สึกประหลาดใจกับเธออย่างมาก

Il n'était pas poursuivi, mais il courait d'avant en arrière.
เขาไม่ได้ถูกไล่ล่า แต่เขาวิ่งไปมา

Elle croisa simplement les bras et le regarda ramper.
เธอเพียงแค่กอดอกและมองดูเขาคลานไป

Depuis lors, elle lui entrouvrait toujours un peu la porte.
ตั้งแต่นั้นมา เธอก็เปิดประตูให้เขาเสมอ

Un matin, elle a jeté un coup d'œil pour voir comment il allait.
เช้าวันหนึ่งเธอแอบมองเข้าไปดูว่าเขาเป็นอย่างไรบ้าง

Et le soir, elle est allée prendre de ses nouvelles avant de partir.
และในตอนเย็นเธอก็แวะไปดูเขาก่อนที่จะจากไป

Au début, elle a aussi essayé de l'appeler pour qu'il vienne la rejoindre.
ตอนแรกเธอก็พยายามเรียกให้เขามาหาเธอด้วย

« Viens par ici, vieux bousier ! » disait-elle.
"มานี่สิ เจ้าตัวงมูลสัตว์แก่!" เธอเคยพูด

Ou bien elle disait, amicalement : « Regardez ce vieux bousier ! »

หรือเธออาจพูดว่า "ดูสิ เจ้าด้วงมูลสัตว์แก่ตัวนั้น!"
ด้วยน้ำเสียงเป็นมิตร

Gregor n'a jamais réagi lorsqu'on lui parlait de cette façon.
เกรเกอร์ไม่เคยตอบสนองเมื่อถูกพูดจาด้วยวิธีนั้น

Il resta là, immobile, et l'ignora.
เขายืนอยู่ที่เดิม ไม่ขยับเขยื้อน และไม่สนใจเธอ

**« Si seulement on lui avait expliqué comment faire
correctement son travail. »**
"ถ้าหากเธอได้รับคำแนะนำเกี่ยวกับวิธีการทำงานที่ถูกต้องตั้งแต่แรก
ก็คงจะดีกว่านี้"

**« Au lieu de me déranger, elle devrait nettoyer ma chambre.
»**
"แทนที่จะมารบกวนฉัน เธอน่าจะทำความสะอาดห้องให้ฉันดีกว่า"

Tôt le matin, une forte pluie a frappé les fenêtres.
เช้าตรู่ของวันหนึ่ง ฝนตกหนักลงมาใส่หน้าต่าง

**Peut-être la pluie était-elle déjà un signe du printemps à
venir.**
บางทีฝนที่ตกลงมาอาจเป็นสัญญาณบ่งบอกถึงฤดูใบไม้ผลิที่กำลังจะ
มาถึงก็ได้

La bonne recommença à lui parler de cette façon.
สาวใช้เริ่มพูดกับเขาด้วยวิธีนั้นอีกครั้ง

Gregor était tellement amer qu'il se tourna vers elle.
เกรเกอร์รู้สึกขมขื่นมากจนหันไปเผชิญหน้ากับเธอ

Il était lent et infirme, mais c'était une sorte d'attaque.
เขาเคลื่อนไหวช้าและอ่อนแอ แต่ก็เหมือนเป็นการจู่โจมอย่างหนึ่ง

**La bonne, en revanche, n'avait absolument pas peur de
Gregor.**
แต่สาวใช้กลับไม่กลัวเกรกอร์เลยแม้แต่น้อย

**Au lieu de cela, elle souleva une chaise qui se trouvait près
de la porte.**
แต่เธอกลับยกเก้าอี้ตัวหนึ่งที่อยู่ใกล้ประตูขึ้นมาแทน

Et elle resta là, calmement, la bouche grande ouverte.
และเธอยืนอยู่ตรงนั้นอย่างสงบ โดยที่ปากอ้ากว้าง

Ses intentions étaient claires, même Gregor pouvait le voir.

เจตนาของเธอนั้นชัดเจน แม้แต่เกรเกอร์ก็ยังมองออก

Et il se retourna lentement pour reprendre sa position initiale.
แล้วเขาก็หันกลับไปอยู่ในท่าเดิมอย่างช้าๆ

« Donc vous ne voulez pas vous approcher davantage, n'est-ce pas ? »
"งั้นคุณก็ไม่อยากเข้ามาใกล้กว่านี้สินะ?"

Et elle remit discrètement la chaise dans le coin.
แล้วเธอก็ค่อยๆ วางเก้าอี้กลับไปที่มุมห้อง

Gregor ne mangeait presque plus rien.
เกรเกอร์แทบไม่กินอะไรเลยอีกต่อไปแล้ว

Parfois, lors de ses promenades dans la pièce, il s'arrêtait.
บางครั้ง ในระหว่างที่เขาเดินไปรอบๆ ห้อง เขาก็หยุด

Et il se retrouva à côté du repas qui lui avait été préparé.
และเขาก็พบว่าตัวเองอยู่ข้างๆ อาหารที่เตรียมไว้ให้เขา

Il mit la nourriture dans sa bouche, mais seulement pour jouer avec.
เขานำอาหารเข้าปาก แต่เพียงเพื่อเล่นเท่านั้น

Et bien souvent, il le recrachait quelques heures plus tard.
และบ่อยครั้งที่เขาคายมันออกมาอีกครั้งหลังจากนั้นไม่กี่ชั่วโมง

Il essaya de trouver une raison à son manque d'appétit.
เขาพยายามหาเหตุผลว่าทำไมเขาถึงไม่มีความอยากอาหาร

Peut-être parce qu'il était triste de l'état de sa chambre.
อาจเป็นเพราะเขารู้สึกเศร้าใจกับสภาพห้องของเขา

Mais il s'était fait à l'idée des changements survenus dans la pièce.
แต่เขาก็ยอมรับการเปลี่ยนแปลงในห้องนั้นได้แล้ว

Récemment, sa chambre était devenue une sorte de débarras.
เมื่อไม่นานมานี้ ห้องของเขาได้กลายเป็นห้องเก็บของไปโดยปริยาย

Ils avaient pris l'habitude de laisser des choses là.
พวกเขาเคยชินกับการทิ้งสิ่งของไว้ที่นั่น

Et il restait maintenant beaucoup de choses de ce genre dans sa chambre.

และตอนนี้ก็มีสิ่งของแบบนั้นเหลืออยู่ในห้องของเขามากมาย

Parce qu'une chambre de l'appartement avait été louée.
เนื่องจากห้องหนึ่งในอพาร์ตเมนต์ถูกปล่อยให้เช่าไปแล้ว

Trois messieurs sérieux louaient la chambre ensemble.
สุภาพบุรุษผู้จริงจังสามท่านเช่าห้องพักร่วมกัน

Gregor les avait aperçus un jour à travers une fente dans la porte.
ครั้งหนึ่งเกรเกอร์สังเกตเห็นพวกเขาผ่านรอยแตกของประตู

Ils portaient des barbes fournies et étaient habillés avec un soin méticuleux.
พวกเขามีหนวดเคราดกหนา และแต่งกายอย่างพิถีพิถัน

Ils étaient scrupuleux quant à la propreté des lieux.
พวกเขาพิถีพิถันมากในการรักษาทุกสิ่งทุกอย่างให้เป็นระเบียบเรียบร้อย

Leur obsession pour la propreté ne s'arrêtait pas à leur chambre.
การที่พวกเขายืนยันในเรื่องความเป็นระเบียบเรียบร้อยไม่ได้หยุดอยู่แค่ในห้องพักเท่านั้น

L'appartement entier devait être maintenu d'une propreté impeccable.
ต้องรักษาความสะอาดของอพาร์ตเมนต์ทั้งหมดให้สมบูรณ์แบบอยู่เสมอ

Ils étaient encore plus pointilleux sur l'apparence de la cuisine.
พวกเขายิ่งพิถีพิถันมากขึ้นไปอีกเกี่ยวกับรูปลักษณ์ของห้องครัว

Et ils ne supportaient aucun encombrement inutile.
และพวกเขาไม่สามารถทนต่อความรกที่ไม่จำเป็นใดๆ ได้เลย

Ils avaient également apporté leurs propres meubles.
พวกเขาได้นำเฟอร์นิเจอร์ของตนเองมาด้วย

C'est pourquoi beaucoup de choses étaient devenues superflues.
ด้วยเหตุนี้ หลายสิ่งหลายอย่างจึงกลายเป็นสิ่งที่ไม่จำเป็นอีกต่อไป

C'étaient des choses pour lesquelles personne n'aurait payé.
สิ่งเหล่านั้นเป็นสิ่งที่ไม่มีใครยอมจ่ายเงินซื้อเลย

Mais la famille ne voulait pas non plus se débarrasser de ces objets.
แต่ครอบครัวก็ไม่อยากทิ้งสิ่งของเหล่านั้นเช่นกัน

Tous ces objets ont fini quelque part dans la chambre de Gregor.
สิ่งของทั้งหมดนี้ไปอยู่ในห้องของเกรเกอร์หมดแล้ว

Le cendrier de la cuisine se trouvait désormais dans sa chambre.
กล่องใส่ขี้เถ้าจากห้องครัวถูกนำไปไว้ในห้องของเขาแล้ว

Et les ordures étaient entreposées dans sa chambre jusqu'au jour de la collecte.
และขยะก็ถูกเก็บไว้ในห้องของเขาจนถึงวันเก็บขยะ

La bonne a jeté dans sa chambre tout ce dont elle n'avait pas besoin.
แม่บ้านโยนสิ่งของที่ไม่จำเป็นทั้งหมดเข้าไปในห้องของเขา

Heureusement, il n'a vu que la main et l'objet.
โชคดีที่เขาเห็นเพียงแค่มือและสิ่งของนั้นเท่านั้น

Elle comptait probablement revenir chercher les affaires plus tard.
เธอคงตั้งใจจะกลับมาเอาของพวกนั้นทีหลัง

Ou peut-être voulait-elle tout jeter d'un coup.
หรือบางทีเธออาจต้องการทิ้งทุกอย่างไปพร้อมกันทีเดียว

Cependant, tout est resté là où il s'était initialement posé.
อย่างไรก็ตาม ทุกสิ่งทุกอย่างยังคงอยู่ที่เดิมตั้งแต่แรก

À moins que Gregor n'ait déplacé les débris en se faufilant à travers.
เว้นแต่ว่าเกรเกอร์จะเคลื่อนย้ายเศษขยะเหล่านั้นโดยการมุดตัวผ่านไป

Au début, il a été obligé de ramper à travers tous les détritus.
ตอนแรกเขาต้องคลานฝ่ากองขยะเหล่านั้นไป

Il lui était impossible d'éviter cela.
เขาไม่มีทางหลีกเลี่ยงการกระทำนั้นได้เลย

Mais plus tard, il a finalement trouvé du plaisir dans cette activité.

แต่ต่อมาเขากลับพบความสุขในกิจกรรมนี้

Bien que ces efforts l'aient laissé triste et profondément fatigué.

แม้ว่าความพยายามเช่นนั้นจะทำให้เขารู้สึกเศร้าและเหนื่อยล้าอย่างมากก็ตาม

Et ensuite, il est resté incapable de bouger pendant de nombreuses heures.

หลังจากนั้นเขาก็ไม่สามารถขยับตัวได้เป็นเวลาหลายชั่วโมง

Les locataires prenaient parfois leurs repas dans le salon.

บางครั้งผู้พักอาศัยก็รับประทานอาหารในห้องนั่งเล่น

La porte du salon restait fermée ces soirs-là.

ประตูห้องนั่งเล่นยังคงปิดอยู่ตลอดช่วงเย็นเหล่านั้น

Mais Gregor n'avait aucune difficulté à ne pas ouvrir la porte à présent.

แต่เกรเกอร์ไม่มีปัญหาอะไรกับการไม่เปิดประตูในตอนนี้

Même lorsque la porte était ouverte, il ne regardait pas toujours dehors.

แม้ว่าประตูจะเปิดอยู่ เขาก็ไม่ได้มองออกไปข้างนอกเสมอไป

Mais il s'allongea dans le coin le plus sombre de la pièce.

แต่เขากลับไปซ่อนตัวอยู่ในมุมที่มืดที่สุดของห้อง

La famille n'a pas non plus remarqué son manque d'attention.

ครอบครัวเองก็ไม่ได้สังเกตเห็นว่าเขาไม่สนใจคนอื่นเช่นกัน

Mais une fois, la bonne a laissé la porte ouverte.

แต่มีอยู่ครั้งหนึ่งที่แม่บ้านลืมปิดประตู

La porte est restée ouverte même au retour des locataires.

ประตูยังคงเปิดอยู่แม้กระทั่งตอนที่ผู้เช่ากลับมาแล้ว

Et la porte était ouverte quand la lumière a été allumée.

และประตูนั้นก็เปิดอยู่เมื่อเปิดไฟ

L'homme était assis à la table où la famille dînait.

ชายคนนั้นนั่งลงที่โต๊ะเดียวกับที่ครอบครัวนั้นรับประทานอาหารเย็น

Autrefois, père, mère et Gregor étaient assis là.

ในสมัยก่อน พ่อ แม่ และเกรเกอร์เคยนั่งอยู่ที่นั่น

Ils déplièrent les serviettes et prirent des couteaux et des fourchettes.
พวกเขาคลี่ผ้าเช็ดปากออก แล้วหยิบมีดและส้อมขึ้นมา

La mère apparut sur le seuil avec un bol de viande.
แม่ปรากฏตัวที่ประตูพร้อมชามเนื้อใบหนึ่ง

Puis sa sœur est entrée avec un bol plein de pommes de terre.
จากนั้นน้องสาวก็เข้ามาพร้อมกับชามที่เต็มไปด้วยมันฝรั่ง

Les locataires se penchèrent sur les bols placés devant eux.
ผู้พักอาศัยก้มลงเหนือชามที่วางอยู่ตรงหน้าพวกเขา

L'épaisse fumée des aliments leur montait jusqu'au nez.
ควันหนาทึบจากอาหารลอยขึ้นมาถึงจมูกพวกเขา

Mais ils n'avaient pas encore décidé s'ils allaient manger.
แต่พวกเขายังไม่ได้ตัดสินใจว่าจะกินอาหารนั้นหรือไม่

Peut-être renverraient-ils le plat en cuisine.
บางทีพวกเขาอาจจะส่งอาหารกลับไปที่ครัวก็ได้

L'homme assis au milieu semblait être l'autorité.
ชายที่นั่งอยู่ตรงกลางดูเหมือนจะเป็นผู้มีอำนาจ

Il a coupé la viande pour déterminer si elle était suffisamment tendre.
เขาหั่นเนื้อเพื่อตรวจสอบว่านุ่มพอหรือยัง

Il était satisfait de l'odeur et de l'apparence des aliments.
เขารู้สึกพอใจกับกลิ่นและหน้าตาของอาหาร

La mère et la sœur les observaient avec anxiété.
แม่และน้องสาวเฝ้ามองพวกเขาด้วยความกังวลใจ

Et ils commencèrent à sourire, poussant un soupir de soulagement accumulé.
และพวกเขาก็เริ่มยิ้มออกด้วยความโล่งอกที่สะสมมานาน

La famille allait elle-même manger dans la cuisine.
สมาชิกในครอบครัวจะรับประทานอาหารในห้องครัว

Mais avant cela, le père alla voir comment allaient les locataires.
แต่ก่อนอื่นพ่อไปดูผู้เช่าห้องพักก่อน

Il s'inclina une fois, tenant sa casquette de travail à la main.

เขาโค้งคำนับหนึ่งครั้ง โดยถือหมวกที่สวมมาจากที่ทำงานไว้ในมือ

Et il fit le tour de la table, saluant chaque invité.

แล้วเขาก็เดินวนรอบโต๊ะไปหาแขกแต่ละคน

Les locataires se levèrent tous en marmonnant dans leur barbe.

บรรดาผู้เช่าห้องพักต่างลุกขึ้นยืน พึมพำกับเคราของตนเอง

Après son départ, ils mangèrent dans un silence presque complet.

หลังจากที่เขาจากไป

พวกเขาก็รับประทานอาหารกันด้วยความเงียบงันแทบจะสมบูรณ์

Gregor trouvait étrange d'entendre des bruits de mastication.

เกรเกอร์รู้สึกแปลกใจที่ได้ยินเสียงเคี้ยวอาหาร

Aucun autre aspect du repas ne semblait produire le moindre son.

ดูเหมือนไม่มีเสียงใดๆ เกิดขึ้นจากการกินในด้านอื่นๆ เลย

Mais il pouvait distinctement entendre des dents grincer.

แต่เขาสามารถได้ยินเสียงฟันบดกันอย่างชัดเจน

Ils semblaient lui dire qu'il avait besoin de dents pour manger.

ดูเหมือนพวกเขาจะบอกเขาว่าเขาจำเป็นต้องมีฟันเพื่อใช้ในการกินอาหาร

« On ne peut rien faire si on n'a plus de dents dans la mâchoire. »

"คุณทำอะไรไม่ได้เลยถ้าขากรรไกรของคุณไม่มีฟัน"

« J'aimerais manger quelque chose », dit Gregor avec anxiété.

"ผมอยากกินอะไรสักอย่าง" เกรเกอร์พูดด้วยความกังวล

« Mais je n'ai aucun appétit pour ce que vous mangez tous. »

"แต่ฉันไม่ชอบอาหารที่พวกคุณกินกันเลย"

« Regardez ces locataires manger, et moi je meurs de faim. »

"ดูสิ คนเช่าบ้านพวกนี้ได้กินอิ่มกันใหญ่เลย

ส่วนฉันนี่กำลังอดอยากอยู่เลย"

Ce soir-là, Gregor pensait justement au violon.

บังเอิญในเย็นวันนั้น เกรเกอร์นึกถึงไวโอลินขึ้นมา

Il n'avait plus entendu le violon depuis la transformation.
เขาไม่ได้ยินเสียงไวโอลินอีกเลยนับตั้งแต่การเปลี่ยนแปลงนั้นเกิดขึ้น

Mais ce soir-là, un bruit est venu de la cuisine.
แต่แล้วในเย็นวันนี้ ก็มีเสียงดังมาจากห้องครัว

Les messieurs avaient déjà terminé leur repas du soir.
สุภาพบุรุษเหล่านั้นรับประทานอาหารเย็นเสร็จเรียบร้อยแล้ว

L'homme du milieu avait commencé à lire un journal.
ชายคนกลางเริ่มอ่านหนังสือพิมพ์แล้ว

Il avait donné une feuille à chacun des deux autres messieurs.
เขาได้มอบผ้าปูที่นอนคนละผืนให้แก่สุภาพบุรุษอีกสองท่านนั้น

Et maintenant, ils étaient affalés en arrière, en train de lire et de fumer.
ตอนนี้พวกเขากำลังเอนหลังอ่านหนังสือและสูบบุหรี่อยู่

Lorsque le violon commença à jouer, ils devinrent attentifs.
เมื่อเสียงไวโอลินเริ่มบรรเลง พวกเขาก็หันมาตั้งใจฟัง

Ils se levèrent et marchèrent sur la pointe des pieds jusqu'à la porte de l'antichambre.
พวกเขาลุกขึ้นยืนและเดินเขย่งเท้าไปยังประตูห้องโถง

Ils se tenaient là, blottis les uns contre les autres, écoutant à la porte.
พวกเขายืนรวมกลุ่มกันอยู่ตรงนั้น คอยฟังอยู่ตรงประตู

La famille a dû entendre les hommes qui étaient dans la cuisine.
คนในครอบครัวคงได้ยินเสียงผู้ชายเหล่านั้นจากในครัว

Car le père les appela et leur demanda :
เพราะบิดาเรียกพวกเขาและถามพวกเขาว่า;

« Le violon ne serait-il pas inconfortable pour ces messieurs ? »
"ไวโอลินอาจจะไม่เหมาะสำหรับสุภาพบุรุษใช่ไหมครับ?"

« Si la musique ne vous plaît pas, on peut s'arrêter immédiatement. »
"ถ้าคุณไม่ชอบเพลง เราสามารถหยุดได้ทันที"

« Au contraire », dit celui du milieu des messieurs.

"ตรงกันข้ามต่างหาก" ชายคนกลางในกลุ่มกล่าว

« La jeune fille aimerait-elle jouer du violon dans notre chambre ? »
"คุณหนูอยากเล่นไวโอลินในห้องของเราไหมคะ/ครับ?"

« C'est nettement plus confortable et chaleureux ici. »
"ที่นี่สะดวกสบายและอบอุ่นกว่ามากอย่างแน่นอน"

Le père répondit comme s'il était lui-même le violoniste.
พ่อตอบราวกับว่าตัวเองเป็นนักไวโอลินเสียเอง

« Oh, je vous en prie, ce serait merveilleux », s'écria le père.
"โอ้ ได้โปรดเถอะ นั่นคงจะดีมาก" คุณพ่อร้องออกมา

Les messieurs retournèrent au salon et attendirent.
สุภาพบุรุษทั้งสองกลับเข้าไปในห้องนั่งเล่นและรออยู่

Peu après, le père entra dans la pièce avec le pupitre.
ไม่นานนักพ่อก็เดินเข้ามาในห้องพร้อมกับขาตั้งโน้ตเพลง

La mère entra dans la pièce avec le livre de musique.
แม่เดินเข้ามาในห้องพร้อมกับหนังสือเพลง

Et la sœur entra dans la pièce avec le violon.
แล้วน้องสาวก็เดินเข้ามาในห้องพร้อมกับไวโอลิน

Elle a calmement tout préparé pour jouer du violon.
เธอเตรียมทุกอย่างอย่างใจเย็นเพื่อเล่นไวโอลิน

Les parents exagéraient leur politesse et leurs bonnes manières.
พ่อแม่แสดงความสุภาพและมารยาทเกินจริงไปบ้าง

Ils n'avaient jamais loué de chambres à des locataires auparavant.
พวกเขาไม่เคยให้เช่าห้องพักแก่ผู้เช่ารายใดมาก่อน

Et ils n'osaient même pas s'asseoir sur leurs propres chaises.
และพวกเขายังไม่กล้าแม้แต่จะนั่งบนเก้าอี้ของตัวเองด้วยซ้ำ

Au lieu de s'asseoir, le père s'appuya contre la porte.
แทนที่จะนั่ง พ่อกลับพิงประตู

Sa main droite était coincée entre deux boutons de son manteau.
มือขวาของเขาอยู่ระหว่างกระดุมสองเม็ดของเสื้อโค้ท

Un monsieur a toutefois offert une chaise à la mère.

อย่างไรก็ตาม สุภาพบุรุษท่านหนึ่งได้ยื่นเก้าอี้ให้แก่คุณแม่

Mais elle s'assit là où le monsieur avait placé la chaise.
แต่เธอนั่งลงตรงที่สุภาพบุรุษท่านนั้นวางเก้าอี้ไว้

Et il n'avait pas placé la chaise à un endroit précis.
และเขาก็ไม่ได้วางเก้าอี้ไว้ที่ใดเป็นพิเศษ

La mère s'assit donc à l'écart de tout le monde, dans un coin.
ดังนั้นแม่จึงนั่งแยกจากคนอื่นๆ ในมุมห้อง

Et finalement, la sœur s'est mise à jouer du violon.
และในที่สุดน้องสาวก็เริ่มเล่นไวโอลิน

Les parents, placés de part et d'autre, suivaient attentivement.
พ่อแม่ทั้งสองฝ่ายต่างตั้งใจฟังอย่างใกล้ชิด

Et ils observaient attentivement chacun des mouvements de sa main.
และพวกเขาสังเกตทุกการเคลื่อนไหวของมือเธออย่างระมัดระวัง

Gregor était également attiré par le jeu du violon.
นอกจากนี้ เกรเกอร์ยังหลงใหลในการเล่นไวโอลินอีกด้วย

Et il s'aventura un peu plus loin hors de sa chambre.
แล้วเขาก็เดินออกจากห้องไปเล็กน้อย

Il avait déjà la tête dans le salon.
เขาเข้าไปอยู่ในห้องนั่งเล่นแล้ว

Il était très fier d'être très attentionné.
เขาเคยภาคภูมิใจอย่างมากที่ตัวเองเป็นคนเอาใจใส่ผู้อื่น

Mais récemment, il ne remettait guère en question son manque d'attention.
แต่เมื่อไม่นานมานี้
เขาแทบไม่ตั้งคำถามถึงการละเลยความเอาใจใส่ของตนเองเลย

Même s'il avait maintenant plus de raisons de se cacher qu'auparavant.
ถึงแม้ว่าตอนนี้เขาจะมีเหตุผลให้ต้องซ่อนตัวมากกว่าแต่ก่อนก็ตาม

Parce que sa chambre était recouverte de poussière et de saletés diverses.
เพราะห้องของเขาเต็มไปด้วยฝุ่นและสิ่งสกปรกต่างๆ

Le moindre mouvement soulevait toutes sortes
d'immondices.
แค่ขยับนิดเดียวก็ทำให้สิ่งสกปรกสารพัดชนิดฟุ้งกระจายขึ้นมาแล้ว

Toute cette saleté lui collait à la peau : poussière, cheveux,
restes de nourriture.
สิ่งสกปรกต่างๆ เกาะติดตัวเขาไปหมด ทั้งฝุ่น เส้นผม และเศษอาหาร

Il aurait pu frotter la saleté contre le tapis.
เขาน่าจะถูคราบสกปรกออกกับพรมได้

C'était quelque chose qu'il faisait plusieurs fois par jour.
นี่เป็นสิ่งที่เขาเคยทำหลายครั้งต่อวัน

Mais son indifférence à tout était bien trop grande.
แต่ความไม่แยแสต่อทุกสิ่งของเขานั้นมากเกินไป

Il n'avait donc pas peur d'aller un peu plus loin.
ดังนั้นเขาจึงไม่กลัวที่จะก้าวไปข้างหน้าอีกเล็กน้อย

Et il s'est installé sur le sol impeccable du salon.
แล้วเขาก็เดินไปยังพื้นห้องนั่งเล่นที่สะอาดหมดจด

Cependant, personne ne l'a remarqué, ni ne lui a prêté
attention.
อย่างไรก็ตาม ไม่มีใครสังเกตเห็นหรือให้ความสนใจเขาเลย

La famille était complètement absorbée par le concert.
ครอบครัวนั้นจดจ่ออยู่กับการชมคอนเสิร์ตอย่างเต็มที่

Les messieurs, quant à eux, ont d'abord battu en retraite.
ส่วนสุภาพบุรุษเหล่านั้น ในตอนแรกกลับถอยหนีไป

Et ils se tenaient tout près, derrière le pupitre de la sœur.
และพวกเขายืนอยู่ด้านหลังขาตั้งโน้ตเพลงของพี่สาวอย่างใกล้ชิด

S'ils avaient regardé, ils auraient pu voir les notes de
musique.
ถ้าพวกเขาตั้งใจมอง พวกเขาก็จะเห็นโน้ตดนตรี

Cela aurait évidemment perturbé la sœur.
แน่นอนว่าเรื่องนี้ย่อมทำให้พี่สาวรู้สึกไม่สบายใจ

Alors, au lieu de s'asseoir, ils restèrent debout près de la
fenêtre.
จากนั้นพวกเขาก็ยืนอยู่ข้างหน้าต่างแทนที่จะนั่งลง

Les mains dans les poches, ils continuaient à parler.

พวกเขายังคงพูดคุยกันโดยที่มือล้วงกระเป๋าอยู่

Ils restèrent là tandis que le père les observait avec anxiété.
พวกเขาอยู่ที่นั่นขณะที่พ่อเฝ้ามองด้วยความกังวลใจ

On avait l'impression qu'ils avaient d'autres attentes.
ดูเหมือนว่าพวกเขาจะมีความคาดหวังอื่น ๆ

Et il semblait vraiment qu'ils avaient été déçus.
และดูเหมือนว่าพวกเขาจะผิดหวังจริงๆ

Il semblait qu'ils en avaient assez du spectacle.
ดูเหมือนว่าพวกเขาจะเบื่อการแสดงแล้ว

Ils avaient laissé le violon troubler leur tranquillité.
พวกเขาปล่อยให้เสียงไวโอลินรบกวนความสงบสุขของพวกเขา

Et ils ne toléraient la musique que par politesse.
และพวกเขายอมทนฟังเพลงนั้นเพียงเพราะเป็นการแสดงมารยาทเท่านั้น

La façon dont ils ont dissipé la fumée était particulièrement troublante.
วิธีที่พวกเขาเป่าควันออกไปนั้นน่าหวาดเสียวเป็นพิเศษ

Et pourtant, elle jouait du violon avec une telle beauté.
แต่เธอกลับเล่นไวโอลินได้อย่างไพเราะเหลือเกิน

Son visage était légèrement incliné sur le côté, sur le violon.
ใบหน้าของเธอเอียงไปด้านข้างเล็กน้อย ขณะกำลังเล่นไวโอลิน

Son regard parcourait tristement les lignes de la musique.
ดวงตาของเธอมองไปตามท่วงทำนองดนตรีอย่างเศร้าสร้อย

Gregor se sentait un peu plus attiré par le salon.
เกรเกอร์รู้สึกว่าตัวเองถูกดึงดูดเข้าไปในห้องนั่งเล่นมากขึ้นอีกนิด

Il gardait la tête près du sol, mais regardait vers le haut.
เขาก้มศีรษะลงต่ำใกล้พื้น แต่เงยหน้ามองขึ้นไปด้านบน

Peut-être que de cette façon, le regard de sa sœur croiserait le sien.
บางทีวิธีนี้อาจทำให้สายตาของน้องสาวสบกับเขาได้

Peut-on vraiment dire qu'il n'était qu'un animal ?
จะพูดได้จริงหรือว่าเขาเป็นแค่สัตว์เดรัจฉาน?

Était-il un animal si la musique pouvait le captiver à ce point ?

ถ้าดนตรีสามารถดึงดูดใจเขาได้มากขนาดนี้
เขาเป็นสัตว์เดรัจฉานหรือเปล่า?

Il avait l'impression qu'on lui montrait un chemin vers une nourriture inconnue.
เขารู้สึกราวกับว่าได้รับการชี้ทางไปสู่แหล่งบำรุงเลี้ยงที่ไม่รู้จัก

C'était peut-être là le réconfort qui lui manquait.
บางทีนี่อาจเป็นสิ่งที่หล่อเลี้ยงชีวิตเขามาตลอดก็ได้

Il était déterminé à rejoindre sa sœur.
เขามุ่งมั่นที่จะเดินทางไปหาน้องสาวของเขา

Il avait envie de tirer sur sa jupe pour attirer son attention.
เขาต้องการดึงกระโปรงของเธอเพื่อดึงความสนใจของเธอ

Il voulait lui faire comprendre qu'il l'invitait.
เขาต้องการส่งสัญญาณให้เธอรู้ว่ามีการเชิญเขา

« Viens jouer du violon dans ma chambre », aurait-il voulu dire.
เขาอยากจะพูดว่า "มาเล่นไวโอลินในห้องของฉันสิ"

Il souhaitait qu'elle soit récompensée pour sa magnifique musique.
เขาต้องการให้เธอได้รับรางวัลสำหรับดนตรีที่ไพเราะของเธอ

« Personne ici ne te récompense pour jouer du violon. »
"ไม่มีใครที่นี่ให้รางวัลคุณสำหรับการเล่นไวโอลินหรอก"

Il ne voulait plus la laisser sortir de sa chambre.
เขาไม่ต้องการปล่อยให้เธอออกจากห้องของเขาอีกต่อไปแล้ว

Il voulait qu'elle reste avec lui aussi longtemps qu'il vivrait.
เขาต้องการให้เธออยู่กับเขาตราบเท่าที่เขายังมีชีวิตอยู่

Pour la première fois, sa transformation eut un avantage.
เป็นครั้งแรกที่การเปลี่ยนแปลงของเขาเกิดผลดี

Sa difformité allait enfin lui être utile.
ความพิการของเขาจะกลายเป็นประโยชน์ต่อเขาในที่สุด

Il voulait être présent simultanément aux quatre portes.
เขาต้องการอยู่ที่ประตูทั้งสี่บานพร้อมกัน

Il avait envie de les siffler et de leur cracher dessus de tous les côtés.
เขาอยากจะพ่นลมหายใจและถ่มน้ำลายใส่พวกเขาจากทุกทิศทุกทาง

Sa sœur ne devrait pas être forcée de rester avec lui.
น้องสาวของเขาไม่ควรถูกบังคับให้อยู่กับเขา

Il voulait qu'elle choisisse volontairement de rester avec lui.
เขาต้องการให้เธอเลือกที่จะอยู่กับเขาด้วยความสมัครใจ

Elle allait s'asseoir à côté de lui et se pencher vers lui.
เธอกำลังจะนั่งข้างๆ เขาและโน้มตัวลงไปหาเขา

Et il allait lui parler de l'école de musique.
และเขากำลังจะเล่าเรื่องโรงเรียนดนตรีให้เธอฟัง

Il avait la ferme intention de l'envoyer à l'académie.
เขามีความตั้งใจแน่วแน่ที่จะส่งเธอไปเรียนที่โรงเรียนแห่งนั้น

Il en aurait parlé à tout le monde à Noël dernier.
เขาคงเล่าเรื่องนี้ให้ทุกคนฟังตั้งแต่คริสต์มาสปีที่แล้วแล้ว

Noël était-il déjà passé ?
คริสต์มาสผ่านไปแล้วจริงๆ เหรอเนี่ย?

Et il n'aurait laissé personne le dissuader.
และเขาจะไม่ยอมให้ใครมาห้ามปรามเขาเด็ดขาด

Mais un accident malheureux a tout arrêté.
แต่แล้วอุบัติเหตุอันน่าเศร้าก็ทำให้ทุกอย่างหยุดชะงักลง

La sœur aurait été submergée par l'émotion.
น้องสาวคงจะรู้สึกตื้นตันใจอย่างมาก

Et Gregor aurait alors grimpé jusqu'à son épaule.
จากนั้นเกรเกอร์ก็จะปีนขึ้นไปบนไหล่ของเธอ

Et il l'aurait réconfortée en l'embrassant dans le cou.
และเขาคงจะปลอบโยนเธอด้วยการจูบที่คอของเธอ

« Monsieur Samsa ! » appela l'homme au milieu au père.
"คุณซัมซา!" ชายที่อยู่ตรงกลางตะโกนเรียกพ่อของเด็ก

Il pointait Gregor du doigt.
เขากำลังชี้นิ้วชี้ลงไปที่เกรเกอร์

Gregor traversait lentement le salon.
เกรเกอร์กำลังค่อยๆ เคลื่อนตัวข้ามพื้นห้องนั่งเล่น

Le jeu du violon s'est très vite tu.
เสียงไวโอลินเงียบลงในเวลาไม่นานนัก

Celui du milieu sourit à ses amis.
ชายคนกลางในกลุ่มสามคนนั้นยิ้มให้เพื่อนๆ ของเขา

Puis il secoua la tête et regarda Gregor.
จากนั้นเขาส่ายหัวและหันกลับไปมองเกรเกอร์

Le père aurait pu forcer Gregor à retourner dans sa chambre.
พ่อสามารถบังคับให้เกรเกอร์กลับไปที่ห้องได้

Mais ce n'était pas la première action qu'il décida d'entreprendre.
แต่นั่นไม่ใช่การกระทำแรกที่เขาตัดสินใจทำ

Il estimait qu'il était plus important de calmer ces messieurs.
เขาคิดว่าการทำให้สุภาพบุรุษเหล่านั้นสงบลงนั้นสำคัญกว่า

Bien qu'ils ne fussent pas vraiment contrariés par Gregor.
ถึงแม้ว่าพวกเขาจะไม่ได้รู้สึกไม่พอใจเกรเกอร์เลยสักนิดก็ตาม

Gregor semblait plus divertissant que le jeu de violon.
ดูเหมือนว่าเกรเกอร์จะน่าสนใจกว่าการเล่นไวโอลินเสียอีก

Il s'est précipité vers eux, les bras tendus.
เขารีบวิ่งเข้าไปหาพวกเขาพร้อมกับกางแขนออก

Il faisait de son mieux pour leur cacher la vue de Gregor.
เขาพยายามอย่างสุดความสามารถที่จะปิดบังไม่ให้พวกเขามองเห็นเกรเกอร์

Et il a essayé de les faire retourner dans leur chambre.
และเขาพยายามชักชวนให้พวกเขากลับเข้าไปในห้อง

Au contraire, cela les a un peu agacés.
ถ้าจะมีอะไรเปลี่ยนแปลงไปบ้าง
เรื่องนี้กลับทำให้พวกเขารู้สึกรำคาญเล็กน้อยเสียด้วยซ้ำ

Mais il était difficile de dire exactement ce qui les agaçait.
แต่ก็ยากที่จะบอกได้ว่าอะไรกันแน่ที่ทำให้พวกเขาไม่พอใจ

Le père gâchait le divertissement de la soirée.
คุณพ่อกำลังทำลายบรรยากาศสนุกสนานของงานในคืนนั้น

Mais ils venaient aussi d'apprendre l'existence de leur nouveau colocataire.
แต่พวกเขาก็เพิ่งได้รู้จักกับเพื่อนร่วมห้องคนใหม่ด้วยเช่นกัน

Ils levèrent les mains comme l'avait fait leur père.
พวกเขายกมือขึ้นเหมือนอย่างที่พ่อเคยทำ

Ils ont exigé une explication immédiate du père.
พวกเขาเรียกร้องคำอธิบายจากพ่อโดยทันที

Ils tiraient nerveusement sur leur barbe, cherchant une réponse.
พวกเขาดึงเคราของตัวเองอย่างกระสับกระส่ายเพื่อหาคำตอบ

Et ils reculèrent jusqu'à leur chambre, mais très lentement.
แล้วพวกเขาก็ถอยกลับไปที่ห้อง แต่เป็นไปอย่างช้าๆ

L'interruption avait plongé la sœur dans une sorte de transe.
การขัดจังหวะครั้งนั้นทำให้พี่สาวตกอยู่ในภวังค์

Elle laissa pendre le violon et l'archet le long de son corps.
เธอปล่อยให้ไวโอลินและคันชักห้อยลงข้างตัว

Et elle regarda la partition comme si elle jouait encore.
และเธอมองดูโน้ตเพลงราวกับว่าเธอยังคงกำลังเล่นดนตรีอยู่

Mais soudain, elle est revenue dans la pièce.
แต่แล้วเธอก็พลันดึงตัวเองกลับเข้าไปในห้อง

Et elle avait désormais surmonté le sentiment d'être perdue.
และตอนนี้เธอก็เอาชนะความรู้สึกหลงทางได้แล้ว

Elle a posé l'instrument de musique sur les genoux de sa mère.
เธอวางเครื่องดนตรีไว้บนตักของแม่

La mère était assise sur la chaise, respirant bruyamment.
แม่นั่งอยู่บนเก้าอี้ หายใจหอบหนัก

Et puis la sœur a dû courir dans la pièce voisine.
จากนั้นน้องสาวก็ต้องวิ่งเข้าไปในห้องข้างๆ

Elle devait tout préparer pour les messieurs.
เธอต้องเตรียมทุกอย่างให้พร้อมสำหรับสุภาพบุรุษเหล่านั้น

Elle a jeté les couvertures et les coussins en l'air.
เธอโยนผ้าห่มและหมอนขึ้นไปในอากาศ

Et de ses mains expertes, elle a disposé toute la literie.
และด้วยฝีมืออันชำนาญของเธอ
เธอได้จัดเตรียมเครื่องนอนทั้งหมดอย่างเรียบร้อย

Elle avait terminé avant que les messieurs n'atteignent la pièce.
เธอทำธุระเสร็จก่อนที่สุภาพบุรุษทั้งสองจะมาถึงห้อง

Et elle s'est éclipsée avant de les gêner.
และเธอก็รีบหนีออกไปก่อนที่จะไปขวางทางพวกเขา

Le père semblait prisonnier de son propre entêtement.
ดูเหมือนว่าพ่อจะถูกความดื้อรั้นของตัวเองครอบงำอยู่

Et il oublia ainsi tout le respect qu'il devait à ses locataires.
และด้วยเหตุนี้
เขาจึงลืมความเคารพที่เขามีต่อผู้เช่าของเขาไปเสียหมด

Il a insisté sans relâche jusqu'à ce que leur porte-parole s'y oppose.
เขาพยายามผลักดันอย่างต่อเนื่องจนกระทั่งโฆษกของพวกเขาต้องคัดค้าน

Il a tapé du pied avec colère en arrivant à la porte.
เขากระทืบเท้าด้วยความโกรธเมื่อมาถึงประตู

Et c'est ainsi qu'il immobilisa le père.
และด้วยเหตุนี้ เขาจึงทำให้บิดาหยุดชะงัก

« Par la présente, je déclare », commença-t-il en s'adressant à son propriétaire.
"ข้าพเจ้าขอประกาศ ณ ที่นี้" เขาเริ่มกล่าวกับเจ้าของบ้าน

Et il leva la main, regardant toute la famille.
แล้วเขาก็ยกมือขึ้นมองทุกคนในครอบครัว

« En ce qui concerne l'état répugnant de la chambre ; »
"เนื่องจากสภาพห้องนั้นสกปรกมาก..."

Et il s'assurait que tous écoutaient ses paroles.
และเขาก็ทำให้แน่ใจว่าทุกคนกำลังตั้งใจฟังคำพูดของเขา

« Par la présente, je vous informe que je vais libérer ma chambre. »
"ข้าพเจ้าขอแจ้งให้ทราบว่า ข้าพเจ้าจะย้ายออกจากห้องพัก"

Et il a appuyé son propos en crachant par terre.
และเขาแสดงจุดยืนของตนด้วยการถ่มน้ำลายลงพื้น

« Je ne paierai pas non plus pour les jours que j'ai passés ici. »
"และฉันจะไม่จ่ายค่าชดเชยสำหรับวันที่ฉันอาศัยอยู่ที่นี่"

Il n'était cependant pas entièrement satisfait de ce remboursement.
อย่างไรก็ตาม เขายังไม่พอใจกับการคืนเงินครั้งนี้อย่างเต็มที่

« Et j'envisagerai de formuler d'autres demandes à votre
encontre. »
"และผมจะพิจารณาเรียกร้องข้อเรียกร้องอื่นๆ จากคุณเพิ่มเติม"

« Croyez-moi, de telles demandes seront très faciles à
justifier. »
"เชื่อผมสิ ข้อเรียกร้องเหล่านั้นหาเหตุผลมาสนับสนุนได้ง่ายมาก"

Il resta silencieux et regarda droit devant lui, vers son père.
เขานิ่งเงียบและจ้องมองตรงไปที่พ่อ

Il semblait s'attendre à ce qu'il se passe quelque chose de
plus.
ดูเหมือนเขาจะคาดหวังว่าจะมีอะไรมากกว่านี้เกิดขึ้น

En fait, ses deux amis ont immédiatement eu la même idée.
ที่จริงแล้ว เพื่อนทั้งสองของเขาก็คิดแบบเดียวกันในทันที

« Nous annulons également nos réservations de chambres »,
ont-ils déclaré à l'unisson.
พวกเขากล่าวพร้อมกันว่า
"พวกเราก็ยกเลิกการจองห้องพักด้วยเช่นกัน"

Il a alors saisi la poignée de la porte et l'a fermée.
จากนั้นเขาก็คว้าลูกบิดประตูแล้วปิดประตู

Et dans un grand fracas, ils s'enfermèrent dans leur chambre.
แล้วพวกเขาก็ปิดประตูห้องด้วยเสียงดังสนั่น

Le père s'est dirigé en titubant vers sa chaise, les mains
tâtonnantes.
พ่อเซไปที่เก้าอี้ด้วยมือที่คลำหาอะไรบางอย่างอยู่

Et il se laissa tomber sur la chaise, vaincu.
แล้วเขาก็ปล่อยตัวเองทรุดตัวลงบนเก้าอี้อย่างหมดหวัง

On aurait dit qu'il allait faire sa sieste habituelle du soir.
ดูเหมือนว่าเขาจะไปงีบหลับตอนเย็นตามปกติ

Mais sa tête hocha presque comme si elle n'était pas
soutenue.
แต่เขากลับพยักหน้าราวกับว่าไม่มีอะไรมาค้ำจุน

Et on pouvait voir qu'il ne dormait pas du tout.
และเห็นได้ชัดว่าเขาไม่ได้นอนหลับเลย

Durant tout ce temps, Gregor n'avait pas bougé de sa place.

ตลอดเวลาที่ผ่านมา เกรเกอร์ไม่ได้ขยับไปไหนจากที่เดิมเลย

Il était toujours là où les messieurs l'avaient aperçu pour la première fois.
เขายังคงอยู่ที่เดิมที่สุภาพบุรุษทั้งสองเห็นเขาเป็นครั้งแรก

Même s'il avait voulu déménager, il trouvait cela impossible.
ถึงแม้เขาอยากจะย้ายที่อยู่ เขาก็พบว่ามันเป็นไปไม่ได้

À cause de sa déception, ou à cause de sa faim.
เพราะความผิดหวัง หรือเพราะความหิว

Il était déçu par l'échec de son plan.
เขาผิดหวังที่แผนของเขาไม่สำเร็จ

Et il était affaibli par la faim persistante qu'il ressentait.
และเขาก็อ่อนแรงลงเนื่องจากความหิวโหยที่ยาวนาน

Il était certain que tout le monde se retournerait contre lui à tout moment.
เขามั่นใจว่าทุกคนจะหันมาต่อต้านเขาได้ทุกเมื่อ

C'est avec cette certitude d'un effondrement imminent qu'il attendit.
เขารอคอยด้วยความคาดหวังว่าการล่มสลายกำลังจะเกิดขึ้น

Le violon commença à glisser des genoux de sa mère.
ไวโอลินเริ่มลื่นหลุดจากตักของแม่

Dans un fracas retentissant, le violon tomba au sol.
ไวโอลินตกลงพื้นด้วยเสียงดังสนั่น

Mais même ce bruit soudain et fracassant ne l'a pas surpris.
แต่แม้แต่เสียงดังโครมครามที่เกิดขึ้นอย่างกะทันหันก็ไม่ได้ทำให้เขาสะดุ้งแต่อย่างใด

« Chers parents, dit la sœur, cela ne peut pas continuer. »
"คุณพ่อคุณแม่ที่รัก" น้องสาวกล่าว

"เรื่องแบบนี้จะปล่อยให้เป็นแบบนี้ต่อไปไม่ได้แล้ว"

Et elle a frappé du poing sur la table pour appuyer ses propos.
และเธอก็ตบมือลงบนโต๊ะเพื่อเน้นย้ำสิ่งที่เธอต้องการจะสื่อ

« Je ne prononcerai pas le nom de mon frère devant ce monstre. »
"ฉันจะไม่เอ่ยชื่อพี่ชายของฉันต่อหน้าปีศาจตัวนี้"

« C'est pourquoi je le dis aussi crûment que possible : »
"นั่นเป็นเหตุผลที่ฉันพูดเรื่องนี้อย่างตรงไปตรงมาที่สุด:"

«Nous n'avons pas d'autre choix que de nous débarrasser de cet animal.»
"เราไม่มีทางเลือกอื่นนอกจากต้องกำจัดสัตว์ตัวนี้"

« Nous avons fait de notre mieux pour tolérer et prendre soin de cet animal. »
"เราพยายามอย่างเต็มที่ที่จะอดทนและดูแลสัตว์ตัวนี้"

« Je ne pense pas que quiconque puisse nous blâmer, même légèrement. »
"ผมไม่คิดว่าจะมีใครตำหนิพวกเราได้เลยแม้แต่น้อย"

« Elle a mille fois raison », a acquiescé le père.
"เธอพูดถูกเป็นพันเท่า" คุณพ่อเห็นด้วย

La mère n'avait pas encore complètement repris son souffle.
แม่ยังหายใจไม่ค่อยสะดวกนัก

Elle se mit à tousser sourdement dans sa main, la respiration lourde.
เธอเริ่มไออย่างแผ่วเบาใส่ฝ่ามือ หายใจหอบหนัก

Et une expression de folie commença à apparaître dans ses yeux.
และแววตาของเธอก็เริ่มแสดงออกถึงความบ้าคลั่ง

La sœur s'est précipitée vers sa mère et lui a pris le front.
น้องสาวรีบวิ่งไปหาแม่และเอามือแตะหน้าผากแม่

Les paroles de la sœur semblaient inspirer le père.
ดูเหมือนว่าพ่อจะได้รับแรงบันดาลใจจากคำพูดของน้องสาว

Et ses pensées semblaient plus claires qu'auparavant.
และความคิดของเขาก็ดูจะชัดเจนขึ้นกว่าเดิม

Il cessa d'acquiescer et se redressa.
เขาหยุดพยักหน้าและนั่งตัวตรงอีกครั้ง

Et il jouait avec la casquette de son serviteur, plongé dans ses pensées.
และเขาก็เล่นกับหมวกของคนรับใช้พลางครุ่นคิดอย่างหนัก

Les assiettes des locataires étaient encore sur la table.
จานของบรรดาผู้เช่ายังคงวางอยู่บนโต๊ะ

Et il regardait parfois vers Gregor, qui restait silencieux.
และบางครั้งเขาก็หันไปมองเกรกอร์ผู้เงียบขรึม

« Nous devons essayer de nous en débarrasser », lui dit sa sœur.
"เราต้องพยายามกำจัดมันออกไป" น้องสาวบอกเขา

La mère était trop occupée à tousser pour écouter.
แม่มัวแต่ไอจนไม่ได้ฟัง

« Ça va vous tuer tous les deux, je le vois déjà venir. »
"มันจะฆ่าพวกคุณทั้งคู่ ฉันมองเห็นลางบอกเหตุแล้ว"

«Nous ne pouvons pas tous continuer à travailler aussi dur que nous le faisons.»
"เราทุกคนไม่สามารถทำงานหนักเท่านี้ต่อไปได้"

« Et chaque jour, nous devons rentrer chez nous et subir ce supplice. »
"และทุกวันเราต้องกลับบ้านมาเผชิญกับความทรมานนี้"

« Nous n'en pouvons plus. Je n'en peux plus. »
"เราทนไม่ไหวอีกต่อไปแล้ว ฉันทนไม่ไหวแล้ว"

Elle s'est effondrée dans les bras de sa mère, en larmes une dernière fois.
เธอทรุดตัวลงซบแม่พร้อมกับร้องไห้โฮเป็นครั้งสุดท้าย

Les larmes coulèrent sur son visage et sur celui de sa mère.
น้ำตาไหลอาบใบหน้าของเธอและหยดลงบนใบหน้าของแม่

Et elle essuya ses larmes d'un geste machinal.
แล้วเธอก็เช็ดน้ำตาออกด้วยท่าทางที่เหมือนไม่เป็นธรรมชาติ

« Mon enfant », dit le père d'une voix compatissante.
"ลูกของฉัน" พ่อพูดด้วยน้ำเสียงที่เต็มไปด้วยความเห็นอกเห็นใจ

Il y avait une profonde sympathie et une grande compréhension dans sa voix.
น้ำเสียงของเขามีความเห็นอกเห็นใจและเข้าใจอย่างลึกซึ้ง

« Mais que devons-nous faire ? » avoua-t-il ne pas savoir.
"แต่เราควรทำอย่างไรดีล่ะ?" เขาสารภาพว่าไม่รู้

La sœur haussa simplement les épaules, impuissante.
น้องสาวได้แต่ส่ายไหล่ด้วยความหมดหนทาง

Et sa confiance d'antan fit de nouveau place aux larmes.

และความมั่นใจที่เคยมีของเธอก็ถูกแทนที่ด้วยน้ำตาอีกครั้ง

« Si seulement il nous comprenait », dit le père à voix haute.
"ถ้าเขาเข้าใจพวกเราบ้างก็คงดี" พ่อพูดออกมาเสียงดัง

Et il se demandait à moitié si Gregor avait compris.
และเขาก็สงสัยอยู่ครู่หนึ่งว่าเกรเกอร์อาจจะเข้าใจหรือเปล่า

La sœur lui a secoué la main violemment en pleurant.
น้องสาวสะบัดมืออย่างแรงพลางร้องไห้

Elle a donc indiqué qu'il ne fallait pas envisager cette idée.
ดังนั้น เธอจึงส่งสัญญาณว่าไม่ควรคิดถึงความคิดนั้น

« Mais si seulement il nous comprenait », répéta le père.
"แต่ถ้าหากเขาเข้าใจพวกเราบ้างก็คงดี" พ่อพูดซ้ำ

Les yeux fermés, il réfléchit à la réponse de sa sœur.
เขาหลับตาลงและพิจารณาคำตอบของน้องสาว

« S'il comprenait qu'un accord pouvait être conclu avec lui. »
"ถ้าเขาเข้าใจว่าสามารถตกลงกับเขาได้"

« Mais vu la situation actuelle… »
"แต่ด้วยสถานการณ์ที่เป็นอยู่เช่นนี้..."

«Il faut l'enlever,» s'écria la sœur, «c'est la seule solution.»
"มันต้องไป" น้องสาวร้องออกมา "นี่เป็นทางออกเดียว"

«Il faut vous débarrasser de l'idée que c'est Gregor.»
"คุณต้องเลิกคิดว่านั่นคือเกรกอร์"

« Notre véritable malheur, c'est d'y avoir cru si longtemps. »
"การที่เราเชื่ออย่างนั้นมานานนั่นแหละคือความโชคร้ายที่แท้จริงของ
เรา"

« Mais comment est-ce possible que ce soit Gregor ? »
demanda-t-elle à son père.
"แต่จะเป็นเกรเกอร์ได้อย่างไร" เธอถามพ่อของเธอ

« Il savait qu'un tel animal ne pouvait pas coexister avec les
humains. »
"เขารู้ว่าสัตว์แบบนั้นไม่สามารถอยู่ร่วมกับมนุษย์ได้"

« Gregor nous aurait quittés depuis longtemps,
volontairement. »
"เกรเกอร์คงจากเราไปนานแล้วด้วยความสมัครใจ"

« C'est vrai, nous n'aurions alors plus de frère. »

"จริงด้วย ถ้าอย่างนั้นเราก็คงไม่มีพี่ชายแล้ว"

« Mais nous pourrions continuer à vivre et à honorer sa mémoire. »

"แต่เราก็ยังสามารถดำเนินชีวิตต่อไปและระลึกถึงเขาด้วยความเคารพได้"

« Mais cette bête nous poursuit et chasse nos locataires. »

"แต่สัตว์ร้ายตัวนี้ไล่ตามเราและขับไล่ผู้เช่าของเราไป"

« De toute évidence, il veut s'emparer de tout l'appartement. »

"เห็นได้ชัดว่ามันต้องการยึดครองอพาร์ตเมนต์ทั้งหมด"

« Cette bête veut nous faire dormir dans la rue. »

"ไอ้สัตว์ร้ายนี่อยากจะบังคับให้เรานอนข้างถนน"

« Regarde, papa, » s'écria-t-elle soudain, « il bouge à nouveau ! »

"ดูสิ พ่อ!" เธอร้องออกมาอย่างกระทันหัน "เขากำลังขยับตัวอีกแล้ว!"

Et elle fit quelque chose que même Gregor ne put comprendre.

และเธอก็ทำสิ่งที่แม้แต่เกรเกอร์ก็ยังไม่เข้าใจ

Elle se repoussa, comme pour sacrifier sa mère.

เธอผลักตัวเองออกไป ราวกับกำลังเสียสละแม่ของตนเอง

Et elle a couru derrière son père pour trouver une sorte de sécurité.

และเธอก็วิ่งตามพ่อไปเพื่อหาที่ปลอดภัย

Le père n'était agité que parce que sa fille l'était.

พ่อรู้สึกกระวนกระวายใจก็เพราะลูกสาวของเขานั่นเอง

Mais lui aussi se leva et leva les bras au-dessus d'elle.

แต่แล้วเขาก็ลุกขึ้นยืนและยกแขนขึ้นโอบกอดเธอ

Mais Gregor n'avait aucune intention d'effrayer qui que ce soit.

แต่เกรเกอร์ไม่มีเจตนาที่จะทำให้ใครหวาดกลัวเลย

Il n'avait surtout aucune intention d'effrayer sa sœur.

โดยเฉพาะอย่างยิ่ง เขาไม่มีความคิดที่จะทำให้พี่สาวของเขากลัวเลย

Il essayait simplement de faire demi-tour pour retourner dans sa chambre.

เขากำลังพยายามจะหันกลับไปทางห้องของเขา

Mais, compte tenu de l'aggravation de son état, même cela devenait difficile.

แต่ด้วยอาการที่ทรุดลงของเขา แม้แต่การทำเช่นนั้นก็ยังเป็นเรื่องยาก

Et il ne pouvait plus se servir pleinement de ses jambes.

และเขาไม่สามารถใช้ขาได้ครบทุกข้างอีกต่อไปแล้ว

Il utilisa donc sa tête pour soulever son corps et se retourner.

เขาจึงใช้ศีรษะยกตัวขึ้นและหมุนตัว

Il marqua une pause et chercha l'approbation de sa famille du regard.

เขาหยุดชั่วครู่ แล้วมองไปรอบๆ

เพื่อขอความเห็นชอบจากคนในครอบครัว

Il semble que sa bonne intention ait été reconnue.

ดูเหมือนว่าเจตนาดีของเขาจะได้รับการรับรู้แล้ว

Son mouvement ne leur avait procuré qu'un choc momentané.

การกระทำของเขาสร้างความตกใจให้พวกเขาเพียงชั่วครู่เท่านั้น

À présent, ils le regardaient tous en silence, visiblement malheureux.

ตอนนี้ทุกคนต่างมองเขาด้วยสีหน้าไม่สบายใจเงียบๆ

La mère était toujours allongée dans le fauteuil, épuisée.

แม่ยังคงนอนอยู่บนเก้าอี้เท้าแขนด้วยความเหนื่อยล้า

Le père et la sœur étaient assis l'un à côté de l'autre.

พ่อและน้องสาวนั่งอยู่ข้างกัน

« Peut-être qu'ils me laisseront faire demi-tour maintenant », pensa Gregor.

"บางทีคราวนี้พวกเขาอาจจะยอมให้ฉันหันหลังกลับก็ได้"

เกรเกอร์คิดในใจ

Et il continua à effectuer son mouvement de rotation maladroit.

และเขาก็ยังคงหมุนตัวอย่างเก้ๆ กังๆ ต่อไป

Il ne pouvait réprimer les halètements occasionnels dus à l'effort.

เขาอดไม่ได้ที่จะหอบหายใจเป็นระยะๆ ด้วยความเหนื่อยล้า

Et il a été contraint de se reposer à plusieurs reprises entre-temps.
และเขาจำเป็นต้องพักผ่อนเป็นระยะๆ

Plus personne ne le pressait ; c'était à lui de décider.
ตอนนี้ไม่มีใครเร่งให้เขารีบแล้ว ทุกอย่างขึ้นอยู่กับตัวเขาเอง

Finalement, il acheva ce virage lent et douloureux.
ในที่สุดเขาก็เลี้ยวได้อย่างช้าๆ และเจ็บปวดจนสำเร็จ

Il se dirigea aussitôt vers sa chambre.
เขารีบเดินตรงกลับไปที่ห้องของเขาทันที

Il était stupéfait de la distance qui le séparait de sa chambre.
เขาประหลาดใจที่ตัวเองอยู่ห่างจากห้องมากขนาดนั้น

Comment, malgré sa faiblesse, avait-il réussi à y parvenir auparavant ?
ทั้งที่ร่างกายอ่อนแอ เขาไปถึงที่นั่นได้อย่างไรก่อนหน้านี้?

Il avait emprunté presque le même chemin sans s'en apercevoir.
เขาเดินทางเกือบตามเส้นทางเดียวกันโดยไม่ทันสังเกต

Il se concentrait simplement sur le fait de ramper aussi vite qu'il le pouvait.
ตอนนี้เขามุ่งมั่นอยู่กับการคลานให้เร็วที่สุดเท่าที่จะทำได้

L'absence de commentaires ne le dérangeait pas.
การที่ไม่มีใครแสดงความคิดเห็นใดๆ
ไม่ได้ทำให้เขารู้สึกกังวลแต่อย่างใด

Ce n'est que lorsqu'il fut déjà à l'intérieur qu'il tourna la tête.
เขาหันศีรษะมาก็ต่อเมื่อเขาเข้าไปในประตูแล้วเท่านั้น

Mais il n'a pas pu se retourner complètement.
แต่เขาไม่สามารถหันกลับไปมองได้อย่างเต็มที่

Car il sentit sa nuque se raidir encore davantage en se tournant.
เพราะเขารู้สึกว่าคอของเขาแข็งเกร็งมากขึ้นไปอีกขณะที่เขาหันตัว

Mais il constata que rien n'avait changé derrière lui.
แต่เขาก็เห็นว่าเบื้องหลังเขานั้นไม่มีอะไรเปลี่ยนแปลงไปเลย

La seule différence, c'est que sa sœur s'était levée.

ความแตกต่างเพียงอย่างเดียวคือ น้องสาวของเขาได้ลุกขึ้นยืน

Son dernier regard lui montra que sa mère s'était endormie.
สายตาสุดท้ายที่เขาเหลือบมองเห็นว่าแม่ของเขาหลับไปแล้ว

Dès qu'il fut entré dans sa chambre, la porte fut fermée.
ทันทีที่เขาเข้าไปในห้อง ประตูก็ถูกปิดลง

Et dès que la porte fut fermée, le verrouilla.
และทันทีที่ประตูถูกปิด กลอนประตูก็ถูกล็อค

Gregor fut effrayé par le bruit inattendu derrière lui.
เกรเกอร์ตกใจกับเสียงดังที่ไม่คาดคิดจากด้านหลัง

Et ses jambes fléchirent sous lui, surprises par la soudaineté.
และขาของเขาก็อ่อนแรงลงเพราะความตกใจอย่างกะทันหัน

C'est sa sœur qui s'était précipitée vers la porte derrière lui.
เป็นน้องสาวที่รีบวิ่งไปที่ประตูข้างหลังเขา

Elle s'était déjà dressée, et l'attendait.
นางยืนตัวตรงรอเขาอยู่แล้ว

Elle fit alors un petit saut en avant sans que Gregor ne l'entende.
จากนั้นเธอก็กระโดดไปข้างหน้าอย่างแผ่วเบาโดยที่เกรเกอร์ไม่ได้ยิน

« Enfin ! » s'écria-t-elle en tournant la clé.
"ในที่สุด!" เธอร้องออกมาเสียงดังขณะบิดกุญแจ

« Et maintenant ? » se demanda Gregor, seul dans l'obscurité.
"แล้วต่อไปจะทำอย่างไร" เกรเกอร์ถามตัวเอง
ขณะที่อยู่ลำพังในความมืด

Il s'aperçut bientôt qu'il ne pouvait plus bouger du tout.
ไม่นานเขาก็พบว่าตัวเองขยับตัวไม่ได้อีกต่อไป

Mais son immobilité ne le surprenait pas vraiment.
แต่เขาก็ไม่ได้แปลกใจอะไรนักกับการที่ตัวเองขยับตัวไม่ได้

Pouvoir se déplacer sur des jambes aussi fines semblait ridicule.
การที่สามารถขยับตัวได้ด้วยขาที่ผอมบางเช่นนั้นดูเหลือเชื่อจริงๆ

Il ne savait pas comment il avait pu y parvenir.
เขาไม่รู้ด้วยซ้ำว่าเขาเคยทำเช่นนั้นได้อย่างไร

Mais à part ça, il se sentait relativement à l'aise.

แต่โดยรวมแล้วเขารู้สึกค่อนข้างสบายใจ

Il est vrai qu'il ressentait une douleur intense dans tout le corps.
เป็นความจริงที่เขารู้สึกเจ็บปวดอย่างรุนแรงไปทั่วทั้งร่างกาย

Mais la douleur semblait s'atténuer de plus en plus.
แต่ความเจ็บปวดดูเหมือนจะค่อยๆเบาลงเรื่อยๆ

Et il avait l'impression que la douleur finirait par disparaître.
และเขารู้สึกว่าความเจ็บปวดจะหายไปในที่สุด

Il sentait à peine la pomme pourrie dans son dos.
เขาแทบไม่รู้สึกถึงแอปเปิ้ลเน่าที่เสียบอยู่ด้านหลังอีกแล้ว

Il repensa à sa famille avec émotion et amour.
เขาหวนนึกถึงครอบครัวด้วยความรู้สึกและความรัก

Il ressentait les émotions de sa sœur encore plus intensément qu'elle.
เขาสัมผัสอารมณ์ของน้องสาวได้มากกว่าตัวน้องสาวเองเสียอีก

Elle avait raison ; il devait partir.
สิ่งที่เธอพูดนั้นถูกต้องแล้ว เขาต้องจากไป

Il passa quelque temps dans cet état désert et paisible.
เขาใช้เวลาอยู่ในรัฐที่ว่างเปล่าและเงียบสงบแห่งนี้ระยะหนึ่ง

L'horloge sonna trois fois, doucement mais fermement.
นาฬิกาตีบอกเวลาสามครั้งอย่างแผ่วเบาแต่หนักแน่น

Gregor fut doucement tiré de ses pensées.
เกรเกอร์ถูกดึงออกจากภวังค์ความคิดอย่างนุ่มนวล

Il regarda la lumière du matin pénétrer lentement dans sa chambre.
เขามองแสงอรุณรุ่งค่อยๆ ส่องเข้ามาในห้องของเขา

Puis sa tête s'affaissa complètement, malgré lui.
จากนั้นศีรษะของเขาก็ทรุดลงจนหมด โดยไม่ตั้งใจ

Et son dernier souffle s'échappa faiblement de ses narines.
และลมหายใจสุดท้ายของเขาแผ่วเบาออกมาจากรูจมูก

La femme de chambre est entrée dans sa chambre tôt le matin.

สาวใช้เข้ามาในห้องของเขาตั้งแต่เช้าตรู่

Elle n'a rien trouvé d'inhabituel lors de sa courte visite habituelle.
ระหว่างการตรวจเยี่ยมระยะสั้นตามปกติ เธอไม่พบสิ่งผิดปกติใดๆ

À bout de forces et dans la précipitation, elle claqua toutes les portes.
ด้วยแรงและความรีบร้อน เธอจึงปิดประตูทุกบานอย่างแรง

Il était impossible de dormir paisiblement dans tout l'appartement.
ไม่มีใครสามารถนอนหลับได้อย่างสงบสุขเลยตลอดทั้งอพาร์ตเมนต์

On lui avait demandé d'éviter de faire cela le matin.
เธอได้รับคำขอให้หลีกเลี่ยงการทำเช่นนี้ในตอนเช้า

Elle pensait qu'il restait allongé là, immobile, exprès.
เธอคิดว่าเขานอนนิ่งอยู่อย่างนั้นโดยตั้งใจ

Peut-être voulait-il lui montrer qu'il était offensé.
บางทีเขาอาจต้องการแสดงให้เธอเห็นว่าเขาไม่พอใจ

Elle lui faisait confiance et pensait qu'il était doté d'une intelligence hors du commun.
เธอเชื่อมั่นว่าเขามีสติปัญญาในทุกด้าน

Il se trouve qu'elle tenait le long balai à la main.
บังเอิญว่ามือของเธอกำลังถือไม้กวาดด้ามยาวอยู่พอดี

Alors, depuis la porte, elle essaya de chatouiller un peu Gregor.
ดังนั้น เธอจึงพยายามจี้เกรเกอร์เบาๆ จากทางประตู

Elle était un peu agacée qu'il ne réponde pas du tout.
เธอรู้สึกหงุดหงิดเล็กน้อยที่เขาไม่ตอบอะไรเลย

Alors cette fois, elle le poussa un peu plus fermement.
คราวนี้เธอจึงผลักเขาแรงขึ้นอีกนิด

Comme il n'opposait aucune résistance, elle l'examina de plus près.
เมื่อเขาไม่แสดงท่าทีขัดขืน เธอก็เลยมองดูใกล้ๆ

Elle comprit rapidement ce qui était réellement arrivé à Gregor.
ไม่นานเธอก็รู้ว่าเกิดอะไรขึ้นกับเกรเกอร์จริงๆ

Elle ouvrit davantage les yeux et siffla pour elle-même.
เธอเบิกตาโตขึ้น และผิวปากเบาๆ กับตัวเอง

Mais elle n'a pas tardé à ouvrir la porte.
แต่เธอก็ไม่ได้เสียเวลามากนักก่อนที่จะเปิดประตู

Et elle cria d'une voix forte dans l'obscurité :
และนางก็ร้องตะโกนเสียงดังไปในความมืด:

«Viens voir, il est là, complètement mort.»
"มาดูสิ ตรงนั้นมันนอนตายสนิทอยู่"

Les deux parents étaient assis bien droits dans leur lit conjugal.
พ่อแม่ทั้งสองนั่งตัวตรงอยู่บนเตียงนอนของพวกเขา

Il leur fallait d'abord surmonter le choc du bruit.
สิ่งแรกที่พวกเขาต้องทำคือเอาชนะความตกใจจากเสียงดังนั้น

Mais peu à peu, ils ont commencé à comprendre son message.
แต่แล้วพวกเขาก็เริ่มเข้าใจสารที่เธอต้องการสื่อทีละน้อย

Monsieur et Madame Samsa ont chacun sauté de leur côté du lit.
นายและนางซัมชาต่างกระโดดลงจากเตียงฝั่งของตนเอง

M. Samsa jeta l'épaisse couverture sur ses épaules.
นายซัมชาโยนผ้าห่มหนาคลุมไหล่ของเขา

Et Mme Samsa sortit vêtue uniquement de sa chemise de nuit.
และนางซัมชาก็ออกมาโดยสวมเพียงชุดนอนเท่านั้น

C'est ainsi qu'ils entrèrent dans la chambre de Gregor.
และนั่นคือวิธีที่พวกเขาเข้าไปในห้องของเกรเกอร์

Entre-temps, la porte du salon s'était également ouverte.
ในขณะเดียวกัน ประตูห้องนั่งเล่นก็เปิดออกเช่นกัน

Grete y dormait depuis l'emménagement des locataires.
เกรเตนอนที่นั่นมาตั้งแต่ผู้เช่าย้ายเข้ามาอยู่

Elle était entièrement habillée comme si elle n'avait pas dormi du tout.
เธอแต่งตัวครบชุดราวกับว่าไม่ได้นอนเลย

Son visage pâle semblait également témoigner de son manque de sommeil.

ใบหน้าซีดเชียวของเธอดูเหมือนจะบ่งบอกว่าเธอพักผ่อนไม่เพียงพอ

« Il est mort ? » demanda Mme Samsa en regardant la bonne.

"เขาตายแล้วเหรอ?" นางซัมซาถามพลางมองไปที่สาวใช้

Elle aurait pu le confirmer en le regardant elle-même.

เธอสามารถยืนยันเรื่องนี้ได้ด้วยการมองดูเขาด้วยตัวเอง

« Je le crois », dit la bonne en ramassant le balai.

"ฉันคิดว่าอย่างนั้น" สาวใช้กล่าวพลางหยิบไม้กวาดขึ้นมา

Et elle a poussé son corps sur une longue distance à travers le sol.

แล้วเธอก็ผลักร่างของเขาไปไกลมากบนพื้น

Mme Samsa fit un mouvement comme si elle voulait l'arrêter.

นางซัมซาขยับตัวราวกับต้องการจะหยุดเธอ

Mais finalement, elle a laissé la bonne faire glisser Gregor.

แต่สุดท้ายเธอก็ยอมให้สาวใช้พาเกรเกอร์ไปเดินเล่น

« Eh bien, » dit M. Samsa, « enfin nous pouvons remercier Dieu. »

นายซัมซากล่าวว่า "ในที่สุดเราก็สามารถขอบคุณพระเจ้าได้แล้ว"

Il fit le signe de croix : tête, poitrine, épaules.

เขาทำเครื่องหมายกางเขน โดยทำเครื่องหมายที่ศีรษะ หน้าอก และไหล่

Et les trois femmes suivirent son exemple religieux.

และหญิงทั้งสามก็ปฏิบัติตามแบบอย่างทางศาสนาของเขา

Grete, qui ne quittait pas le cadavre des yeux, dit :

เกรเตซึ่งไม่ละสายตาจากศพกล่าวว่า;

«Regardez comme il est maigre, il n'a pas mangé depuis si longtemps.»

"ดูสิ เขาผอมแค่ไหน เขาไม่ได้กินอะไรมานานแล้ว"

« La nourriture que je lui laissais chaque matin restait toujours intacte. »

"อาหารที่ฉันเตรียมไว้ให้เขาทุกเช้าไม่เคยถูกแตะต้องเลย"

En fait, le corps de Gregor était complètement plat et sec.

อันที่จริง ร่างกายของเกรเกอร์นั้นแบนราบและแห้งสนิท

C'était plus visible maintenant qu'il était au sol.
สิ่งนี้เห็นได้ชัดเจนยิ่งขึ้นเมื่อเขาอยู่บนพื้นแล้ว

Parce que son corps n'était plus soutenu par ses jambes.
เพราะร่างกายของเขาไม่ได้ถูกยกขึ้นด้วยขาอีกต่อไปแล้ว

Et parce que rien d'autre ne venait distraire la vue.
และเนื่องจากไม่มีสิ่งอื่นใดมาบดบังทัศนียภาพ

«Viens avec nous un moment, Grete», dit Mme Samsa.
"เข้ามาอยู่กับเราสักพักเถอะ เกรเต" นางซัมซากล่าว

Un sourire douloureux se dessinait sur ses lèvres lorsqu'elle parlait.
รอยยิ้มที่เจ็บปวดปรากฏอยู่บนริมฝีปากของเธอขณะที่เธอพูด

Grete les suivit, mais jeta aussi un coup d'œil en arrière au cadavre.
เกรเตเดินตามพวกเขาไป แต่ก็หันกลับไปมองศพด้วย

La bonne ferma la porte et ouvrit grand la fenêtre.
แม่บ้านปิดประตูและเปิดหน้าต่างออกจนสุด

Il était encore tôt, l'air était donc normalement froid.
ยังเป็นช่วงเช้าอยู่ ดังนั้นอากาศจึงน่าจะเย็นตามปกติ

Mais il y avait aussi un mélange de chaleur dans l'air froid.
แต่ท่ามกลางอากาศหนาวเย็นนั้นก็มีความอบอุ่นปะปนอยู่ด้วยเช่นกัน

Comme un doux rappel que c'était désormais la fin du mois de mars.
เหมือนเป็นการเตือนเบาๆ ว่าตอนนี้เป็นช่วงสิ้นเดือนมีนาคมแล้ว

Les trois locataires sortirent alors eux aussi de leur chambre.
จากนั้นผู้เช่าทั้งสามคนก็เดินออกมาจากห้องของพวกเขา

Ils cherchèrent leur petit-déjeuner avec étonnement.
พวกเขามองหาอาหารเช้าด้วยความประหลาดใจ

Le petit-déjeuner a été oublié à cause de ce que la femme de chambre a trouvé.
อาหารเช้าถูกลืมไปเพราะสิ่งที่แม่บ้านพบเจอ

« Où est le petit-déjeuner ? » grommela l'homme du milieu.
"อาหารเช้าอยู่ไหน?" ชายคนกลางบ่น

La bonne porta son doigt à sa bouche pour demander le silence.
สาวใช้ยกนิ้วขึ้นแตะริมฝีปากเพื่อสั่งให้เงียบ

Et elle salua les messieurs d'un geste rapide et silencieux.
แล้วเธอก็โบกมือให้สุภาพบุรุษเหล่านั้นอย่างรวดเร็วและเงียบๆ

La servante fit entrer les trois messieurs dans la pièce.
สาวใช้พาชายทั้งสามเข้าไปในห้อง

Et elle a continué à leur expliquer ce qui s'était passé.
และเธอก็อธิบายเรื่องราวที่เกิดขึ้นให้พวกเขาฟังต่อไป

Et les trois messieurs se tinrent autour du corps de Gregor.
และสุภาพบุรุษทั้งสามก็ยืนล้อมรอบศพของเกรกอร์

Les mains dans les poches, ils baissèrent les yeux.
พวกเขาล้วงมือไว้ในกระเป๋าและก้มหน้าลง

La lumière du matin inondait désormais complètement la pièce.
แสงแดดยามเช้าสาดส่องเข้ามาในห้องเต็มที่แล้ว

La porte de la chambre s'ouvrit alors et M. Samsa apparut.
จากนั้นประตูห้องนอนก็เปิดออก และนายซัมซาก็ปรากฏตัวขึ้น

D'un côté se trouvait sa femme, et de l'autre sa fille.
ด้านหนึ่งเป็นภรรยาของเขา และอีกด้านหนึ่งเป็นลูกสาวของเขา

M. Samsa portait déjà son uniforme.
ตอนนั้นคุณซัมซาใส่เครื่องแบบเรียบร้อยแล้ว

On pouvait voir qu'ils avaient tous un peu pleuré.
เห็นได้ชัดว่าทุกคนต่างก็ร้องไห้กันเล็กน้อย

Grete pressa son visage contre le bras de son père.
เกรเตซบหน้าลงกับแขนของพ่อ

« Quittez mon appartement immédiatement ! » ordonna M. Samsa.
นายซัมซาออกคำสั่งว่า "ออกไปจากอพาร์ตเมนต์ของฉันเดี๋ยวนี้!"

Et il désigna la porte sans laisser partir les femmes.
แล้วเขาก็ชี้ไปที่ประตูโดยไม่ยอมปล่อยให้ผู้หญิงทั้งสองไป

« Que voulez-vous dire ? » demanda l'intermédiaire, déconcerté.
"คุณหมายความว่ายังไง?" คนกลางถามด้วยความงุนงง

Et il fit de son mieux pour sourire gentiment à M. Samsa.
และเขาก็พยายามอย่างเต็มที่ที่จะยิ้มหวานให้คุณซัมชา

Les deux autres tenaient leurs mains derrière leur dos.
ส่วนอีกสองคนนั้นเอามือไขว้หลัง

Et ils se frottèrent les mains d'impatience.
พวกเขาต่างถูมือเข้าด้วยกันด้วยความคาดหวัง

Ils semblaient s'attendre à une violente dispute.
ดูเหมือนพวกเขาจะคาดหวังว่าจะเกิดการทะเลาะวิวาทเสียงดังขึ้น

Mais ils semblaient se réjouir de la dispute à venir.
แต่ดูเหมือนพวกเขาจะยินดีกับการโต้เถียงที่จะเกิดขึ้น

Ils pensaient que le litige tournerait à leur avantage.
พวกเขาคิดว่าข้อพิพาทครั้งนี้จะเป็นไปในทางที่เอื้อประโยชน์ต่อพวกเขา

« Je maintiens exactement ce que je viens de dire », a répondu M. Samsa.
"ผมหมายความตรงตามที่ผมเพิ่งพูดไปนั่นแหละครับ" นายซัมชาตอบ

Il marchait en ligne droite avec ses deux compagnons.
เขาเดินเป็นเส้นตรงไปพร้อมกับเพื่อนร่วมทางอีกสองคน

Et M. Samsa s'est adressé directement à leur responsable.
และคุณซัมชาได้เข้าไปหาหัวหน้าของพวกเขาโดยตรง

Le monsieur resta d'abord immobile, le regard fixé au sol.
สุภาพบุรุษผู้นั้นยืนนิ่งอยู่ครู่หนึ่ง แล้วมองลงพื้น

Le contenu de sa tête était encore en train de se réorganiser.
ความคิดในหัวของเขายังคงกำลังเรียบเรียงอยู่

« Très bien, nous y allons », dit-il en levant les yeux vers M. Samsa.
"ตกลง เราไปกัน" เขากล่าวพลางเงยหน้ามองนายซัมชา

Une nouvelle humilité semblait l'avoir soudainement envahi.
ดูเหมือนว่าความอ่อนน้อมถ่อมตนรูปแบบใหม่ได้เกิดขึ้นกับเขาอย่างฉับพลัน

Et il semblait demander la permission pour cette décision.
และดูเหมือนเขาจะขออนุญาตสำหรับการตัดสินใจครั้งนี้

M. Samsa ouvrit grand les yeux et hocha légèrement la tête.

คุณซัมซาเบิกตาโตและพยักหน้าเล็กน้อย

Les messieurs obéirent immédiatement à son ordre.
สุภาพบุรุษเหล่านั้นปฏิบัติตามคำสั่งของเขาในทันที

Et ils ont effectivement fait de longues enjambées dans le couloir.
และพวกเขาก้าวเท้าเข้าไปในโถงทางเดินอย่างรวดเร็วทีเดียว

Ses amis avaient déjà cessé de se frotter les mains.
เพื่อนๆ ของเขาหยุดถูมือกันแล้ว

Ils avaient écouté le déroulement de la conversation.
พวกเขาได้ฟังบทสนทนาที่เกิดขึ้นมาตลอด

Et maintenant, ils couraient après lui, comme pris de peur.
และตอนนี้พวกเขาก็วิ่งไล่ตามเขาไป ราวกับว่ากำลังหวาดกลัว

M. Samsa pourrait encore les isoler de leur chef.
นายซัมซาอาจยังคงแยกพวกเขาออกจากผู้นำของพวกเขาอยู่

Ils ont sorti leurs bâtons du récipient.
พวกเขาดึงไม้ของตนออกจากกล่องใส่ไม้

Et ils s'inclinèrent en silence avant de quitter l'appartement.
และพวกเขาก้มศีรษะอย่างเงียบๆ ก่อนออกจากอพาร์ตเมนต์

M. Samsa et les deux femmes sortirent sur le parvis.
นายซัมซาและหญิงทั้งสองคนเดินออกมาจากลานด้านหน้าอาคาร

Mais en réalité, ils n'avaient aucune raison de se méfier de ces hommes.
แต่ในความเป็นจริงแล้ว
พวกเขาไม่มีเหตุผลที่จะไม่ไว้ใจผู้ชายเหล่านั้น

Ils s'appuyèrent sur la rambarde pour vérifier s'ils étaient partis.
พวกเขาพิงราวบันไดเพื่อตรวจสอบว่าพวกเขาจากไปแล้วหรือยัง

Les trois messieurs descendaient effectivement les escaliers.
สุภาพบุรุษทั้งสามท่านกำลังลงบันไดมาจริง ๆ

Ils disparurent dans un virage de l'escalier.
เมื่อถึงทางโค้งของบันได พวกเขาก็หายไป

Puis l'escalier les ramena à la vue.
แล้วบันไดก็พาพวกเขากลับมาอยู่ในสายตาอีกครั้ง

Ce phénomène d'apparition et de disparition se répétait à chaque étage.
การปรากฏและหายไปนี้เกิดขึ้นซ้ำๆ ในแต่ละชั้น

Mais finalement, ils étaient presque arrivés au fond.
แต่ในที่สุดพวกเขาก็เกือบจะถึงก้นบ่อแล้ว

Plus ils avançaient, moins ils étaient intéressants.
ยิ่งพวกเขาไปไกลเท่าไหร่ พวกเขาก็ยิ่งน่าเบื่อมากขึ้นเท่านั้น

Tout le monde est rentré à la maison, comme soulagé.
ทุกคนกลับเข้าไปในบ้านราวกับโล่งใจ

Ils décidèrent de profiter de la journée pour se reposer et aller se promener.
พวกเขาตัดสินใจใช้เวลาวันนี้พักผ่อนและไปเดินเล่น

Ils estimaient avoir mérité cette pause dans leur travail.
พวกเขารู้สึกว่าพวกเขาสมควรได้รับช่วงพักจากการทำงานนี้

Non seulement ils méritaient cette pause, mais ils en avaient besoin.
พวกเขาไม่เพียงแต่สมควรได้รับช่วงพักนี้เท่านั้น
แต่พวกเขายังต้องการมันอย่างมากด้วย

Ils s'assirent à table pour écrire des lettres d'excuses.
พวกเขานั่งลงที่โต๊ะเพื่อเขียนจดหมายขอโทษ

M. Samsa a adressé une lettre d'excuses à sa direction.
นายชัมชาได้เขียนจดหมายขอโทษถึงผู้บริหารของเขาแล้ว

Mme Samsa a écrit sa lettre d'excuses à ses clients.
นางชัมชาเขียนจดหมายขอโทษถึงลูกค้าของเธอ

Et Grete a écrit sa lettre d'excuses à son directeur.
และเกรเตได้เขียนจดหมายขอโทษถึงครูใหญ่ของเธอ

Pendant qu'ils écrivaient tous, la bonne entra dans la pièce.
ขณะที่พวกเขากำลังเขียนหนังสือกันอยู่นั้น สาวใช้ก็เดินเข้ามาในห้อง

Son travail du matin était terminé, elle rentrait donc chez elle.
เธอทำงานตอนเช้าเสร็จแล้ว จึงกำลังจะกลับบ้าน

Les trois écrivains hochèrent d'abord la tête, sans lever les yeux.
นักเขียนทั้งสามคนพยักหน้าในตอนแรก โดยไม่ได้เงยหน้าขึ้นมามอง

Mais la bonne ne semblait pas encore vouloir partir.
แต่ดูเหมือนว่าสาวใช้ยังไม่อยากจากไปในตอนนี้

Elle attendit un peu, jusqu'à ce que les trois écrivains lèvent les yeux.
เธอรออยู่ครู่หนึ่ง จนกระทั่งนักเขียนทั้งสามเงยหน้าขึ้นมา

« Eh bien ? » demanda M. Samsa, en colère, comme l'étaient les autres.
"แล้วไงล่ะ?" นายซัมซาถามด้วยความโกรธเช่นเดียวกับคนอื่นๆ

La bonne se tenait sur le seuil, un sourire aux lèvres.
สาวใช้ยืนอยู่ที่ประตูด้วยรอยยิ้มบนใบหน้า

Elle donnait l'impression d'avoir de bonnes nouvelles à annoncer.
เธอให้ความรู้สึกว่ามีข่าวดีมาแจ้งให้ทราบ

Mais elle n'allait pas partager la nouvelle à moins qu'on ne le lui demande.
แต่เธอจะไม่บอกข่าวนี้เว้นแต่จะถูกถาม

La plume d'autruche dressée sur son chapeau oscillait légèrement.
ขนนกกระจอกเทศที่ตั้งตรงอยู่บนหมวกของเธอแกว่งไหวเล็กน้อย

Cette plume d'autruche avait toujours agacé M. Samsa.
ขนนกกระจิบนั้นสร้างความรำคาญใจให้กับนายซัมซามาโดยตลอด

« Alors, que voulez-vous ? » demanda Mme Samsa, d'un ton ferme.
"แล้วคุณต้องการอะไรกันแน่ล่ะ?" นางซัมซาถามอย่างหนักแน่น

La bonne avait encore beaucoup de respect pour Mme Samsa.
แม่บ้านยังคงให้ความเคารพคุณนายซัมซาเป็นอย่างมาก

« Oui », répondit-elle, et elle éclata d'un rire amical.
"ใช่ค่ะ" เธอตอบพร้อมกับหัวเราะอย่างเป็นมิตร

Un instant, son rire l'empêcha de parler.
เสียงหัวเราะของเธอทำให้เธอพูดไม่ออกชั่วขณะ

« Tu n'as pas à t'inquiéter pour ce qui se passe chez le voisin. »
"คุณไม่ต้องกังวลเรื่องนั้นที่อยู่บ้านข้างๆหรอก"

« J'ai déjà prévu comment nous allons nous en débarrasser. »

"ฉันจัดการเรื่องกำจัดมันเรียบร้อยแล้ว"

Mme Samsa et Grete continuèrent à écrire leurs lettres.
นางซัมซาและเกรเตยังคงเขียนจดหมายต่อไปเรื่อยๆ

Mais M. Samsa remarqua que la bonne n'avait pas encore terminé.
แต่คุณซัมซาเห็นว่าแม่บ้านยังทำงานไม่เสร็จ

Elle voulait maintenant tout décrire plus en détail.
ตอนนี้เธอต้องการอธิบายทุกอย่างให้ละเอียดมากขึ้น

Mais il tendit la main pour repousser ses avances.
แต่เขายื่นมือออกไปปฏิเสธความพยายามของเธอ

Elle s'est rendu compte qu'ils n'étaient pas intéressés par ses projets.
เธอจึงรู้ว่าพวกเขาไม่สนใจแผนการของเธอ

Et puis elle se souvint de la grande précipitation dans laquelle elle avait été.
แล้วเธอก็นึกขึ้นได้ว่าตอนนั้นเธอรีบร้อนมาก

« Ciao alors », dit-elle, insultée par ce manque d'intérêt.
"ลาก่อนนะ" เธอกล่าวด้วยความรู้สึกไม่พอใจที่เขาไม่สนใจ

Mais avant de partir, elle a claqué la porte très fort.
แต่ก่อนที่เธอจะออกไป เธอปิดประตูเสียงดังมาก

« Elle sera licenciée ce soir », a déclaré M. Samsa.
นายซัมซากล่าวว่า "เธอจะถูกไล่ออกในเย็นนี้"

Mais sa femme et sa fille étaient trop occupées pour lui répondre.
แต่ภรรยาและลูกสาวของเขายุ่งเกินกว่าจะตอบเขาได้

Parce que la bonne avait troublé leur paix nouvellement acquise.
เพราะสาวใช้ได้มารบกวนความสงบสุขที่พวกเขาเพิ่งได้รับมา

La mère et la fille se levèrent pour aller à la fenêtre.
แม่และลูกสาวลุกขึ้นไปที่หน้าต่าง

Et, enlacés, ils restèrent là.
และพวกเขาก็ยังคงกอดกันอยู่อย่างนั้น

M. Samsa se tourna sur sa chaise pour les regarder.
คุณซัมซาหันเก้าอี้ไปมองพวกเขา

Et pendant un moment, il les observa en silence, immobiles là.

และสักพักหนึ่งเขาก็เฝ้ามองพวกเขาที่ยืนอยู่ตรงนั้นอย่างเงียบๆ

Finalement, il leur cria : « Viendrez-vous à moi ? »

ในที่สุดเขาก็ร้องเรียกพวกเขาว่า "พวกเจ้าจะมาหาเราไหม?"

«Oublions tout ça, d'accord ?»

"เรามาลืมเรื่องเก่าๆทั้งหมดไปกันเถอะ"

«Viens à moi et accorde-moi un peu d'attention.»

"เข้ามาหาฉันสิ แล้วให้ความสนใจฉันสักหน่อย"

Les deux femmes firent ce qu'il leur avait dit et se précipitèrent vers lui.

หญิงทั้งสองทำตามที่เขาบอก และรีบวิ่งไปหาเขา

Ils lui ont fait une accolade affectueuse et l'ont embrassé.

พวกเขาโอบกอดเขาด้วยความรักใคร่ และจูบเขา

Ils retournèrent rapidement pour terminer la rédaction de leurs lettres.

พวกเขารีบกลับไปเขียนจดหมายต่อให้เสร็จ

Puis, tous les trois, ils quittèrent l'appartement ensemble.

จากนั้นทั้งสามคนก็ออกจากอพาร์ตเมนต์ไปด้วยกัน

Ils n'étaient pas sortis ensemble depuis des mois.

พวกเขาไม่ได้ออกจากบ้านด้วยกันมาหลายเดือนแล้ว

Et ils prirent le tramway jusqu'à la périphérie de la ville.

แล้วพวกเขาก็นั่งรถรางไปยังชานเมือง

Ils avaient toute la rame du tramway pour eux seuls.

พวกเขามีที่นั่งในรถรางทั้งคันเป็นของตัวเอง

La lumière du soleil inondait la pièce par la fenêtre.

แสงแดดสาดส่องเข้ามาทางหน้าต่างจากภายนอก

La famille se cala confortablement dans ses sièges.

ครอบครัวนั้นเอนหลังอย่างสบายๆ บนที่นั่งของพวกเขา

Et ils ont discuté de leurs perspectives d'avenir.

และพวกเขาก็ได้หารือถึงโอกาสในอนาคตของพวกเขา

À y regarder de plus près, leurs perspectives n'étaient pas mauvaises.

เมื่อพิจารณาอย่างละเอียดแล้ว โอกาสของพวกเขาก็ไม่เลวเลยทีเดียว

Tous les trois occupaient des emplois qui leur permettraient de gagner davantage.
ทั้งสามคนมีงานที่มีโอกาสได้รับรายได้เพิ่มขึ้น

Ils ne s'étaient jamais interrogés l'un sur l'autre concernant leur travail.
พวกเขาไม่เคยถามไถ่กันเกี่ยวกับงานของกันและกันเลย

Mais maintenant, ils avaient enfin le temps de discuter de ces choses-là.
แต่ตอนนี้พวกเขามีเวลาพูดคุยเรื่องเหล่านี้เสียที

Ils avaient également la possibilité de déménager dans un appartement plus petit.
พวกเขายังมีตัวเลือกที่จะย้ายไปอยู่ห้องชุดที่เล็กกว่าได้อีกด้วย

Cela aurait le plus grand impact sur leur vie.
สิ่งนี้จะมีผลกระทบต่อชีวิตของพวกเขามากที่สุด

Leur appartement actuel avait été choisi par Gregor.
เกรกอร์เป็นคนเลือกอพาร์ตเมนต์ที่พวกเขาอยู่ปัจจุบัน

Mais maintenant, ils pourraient déménager dans un endroit plus abordable.
แต่ตอนนี้พวกเขาสามารถย้ายไปอยู่ที่ที่ค่าครองชีพถูกกว่าได้แล้ว

Un appartement plus petit, mais dans un endroit plus pratique.
อพาร์ตเมนต์ขนาดเล็กกว่า แต่ตั้งอยู่ในทำเลที่ใช้งานได้จริงมากกว่า

Parler de l'avenir a redonné vie à Grete.
การพูดคุยเกี่ยวกับอนาคตทำให้เกรเต้กลับมามีชีวิตชีวาอีกครั้ง

Monsieur et Madame Samsa ont également remarqué d'autres changements chez elle.
คุณและคุณนายชัมซา สังเกตเห็นการเปลี่ยนแปลงอื่นๆ ในตัวเธอด้วยเช่นกัน

Ses joues étaient devenues pâles à cause de tous ses soucis.
แก้มของเธอซีดเผือดเพราะความกังวลใจมากมาย

Mais à présent, leur fille s'épanouissait et devenait une femme remarquable.
แต่ตอนนี้ลูกสาวของพวกเขากำลังเติบโตเป็นหญิงสาวที่งดงามแล้ว

C'était vraiment une belle et jolie jeune femme, maintenant.

ตอนนี้เธอเป็นหญิงสาวรูปร่างดีและงดงามจริงๆ

Ses parents se turent et admirèrent leur fille.
พ่อแม่ของเธอเงียบไปและชื่นชมลูกสาวของตน

Ils échangèrent un regard, communiquant inconsciemment.
พวกเขาสบตากัน สื่อสารกันโดยไม่รู้ตัว

« Il sera bientôt temps de lui trouver un homme bien. »
"อีกไม่นานก็ถึงเวลาที่จะหาผู้ชายดีๆ สักคนให้เธอแล้ว"

Le tramway était arrivé à destination et avait ralenti.
รถรางมาถึงจุดหมายแล้วและชะลอความเร็วลง

Leur fille semblait confirmer leurs nouveaux rêves.
ลูกสาวของพวกเขาดูเหมือนจะยืนยันความฝันใหม่ของพวกเขา

Elle fut la première à se lever et à étirer son jeune corps.
เธอเป็นคนแรกที่ลุกขึ้นยืนและยืดเส้นยืดสายให้กับร่างกายอันอ่อนเยาว์ของเธอ